レッド・アロー

ウィリアム・ブルワー

上野元美訳

早川書房

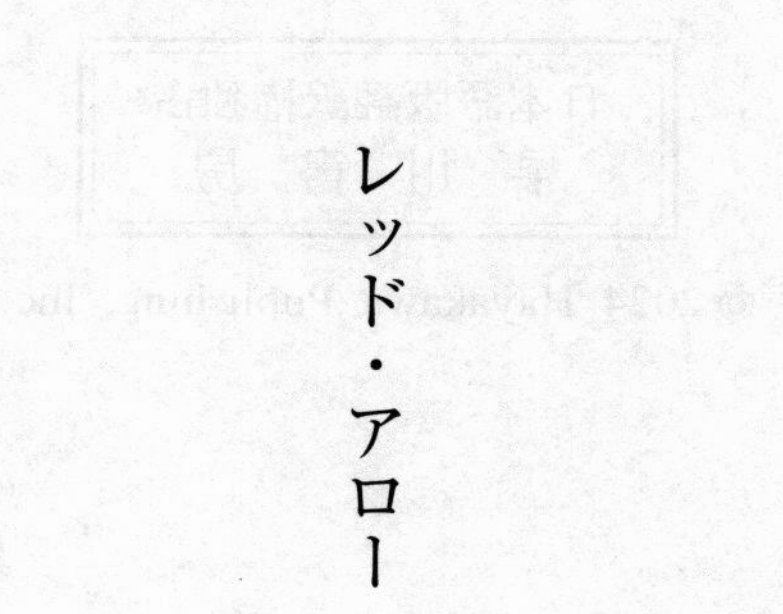

レッド・アロー

装幀／森敬太（合同会社　飛ぶ教室）

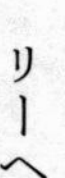
リーへ

最初に言っておきたい。いま、ぼくは幸せな気分でいる。ずっとこうだったわけではない。実をいうと、こんなことはほとんどなかった――満ち足りて楽しいと感じているときでも幸せでなかったのは、そうした気持ちはすぐにもやもやなるもの（ミスト）で追い払われてしまうと知っていたからだ。幻想なのだと。いまのぼくが幸せなのは、あの旅（ジャーニー）がうまくいったおかげ、治療が効いたおかげだ。治療の話はあとまわしにしよう。でないと、読む気が失せるだろうから。とりあえず説明すると、肉体的には文句なく健康で（最新の善玉コレステロール値は基準より高く、悪玉は低く、脈拍は正常、薬物依存は一切ない）、出来損ないの作家で三十三歳のぼくは、ボローニャ経由でモデナへ行くため、ローマのテルミニ駅で出発を待つ高速列車フレッチャロッサに一人で乗っている。イタリアにいるのはハネムーンで来たから。結婚したのは九カ月前の九月だが、季節を選んで旅行を――妻と話し合って、この旅行はぼくが全部まかなうことに決めてある――延期した。妻のアニーはまだぐっすり眠っている。パスキーノ広場に面した十七世紀のタウンハウスを改装してイタリアンデザインの殿堂となった超高級ホテル〈G－ラフ〉の、名高い家具デザイナーであるグリエルモ・ウルリッケのデザインした家具ばかり置かれた彼の名のついた部屋の、独創的デザインの壮麗なキングサイズのベッドで。まるでそのデザイナーを知っているかのように話してはいるが実は知らない。

　ある物理学者を見つけたくてモデナへ行くのだ。契約書にあるとおり、この企画が完了し、ぼくの功績を認めてもいいと彼が思うまで、公式非公式問わず、彼の名を挙げたり、彼の仕事をしていると明かしたりすることは禁じられている。だから物理学者と呼ばせてもらうが、モデナ出身の高名な理論物理学者なので調べればすぐにわかるだろう。

　なぜ物理学者を見つけたいかというと、原稿をもらわなくてはならないからだ。具体的には彼の人生物語の原稿を。もっと具体的には、彼のいう〝大いなる悟り〟、つまり彼の〝認識における飛躍〟から現時点までの後半部分だ。覚醒した彼は物理学をきわめ、いまだに異論はあるが独創的な量子重力理論を発表した（その理論の名も挙げてはいけないことになっている）。誕生から覚醒の一年前までの原稿は受け取った。だが、重要なのはその〝悟り〟の部分なのだ。それこそが借金地獄を抜け出すチケットである。この国最大級の出版社に本を書くと約束して相当の前払金をもらったのに、その本を書くことができず、おまけに、たとえば高級ホテル、G－ラフのジュニアスイート四泊などですべて使いはたしてしまったから金を返せない。マンハッタンの高層ビルにいるダークスーツの大勢の男女が、約束を果たさないぼくに法的な後方かかえ投げ（スープレックス）のわざをかけようと手ぐすね引いて待っている。

救いは、治療を受けたあと、こんな状況に陥った自分を許せるようになったことだ。そのことをありがたく思っている。治療には人生を変えるほどの計り知れない影響があったとしても――確かにあった――借金は厳然たる事実で、解決しなければならない問題であることに変わりはなく、さらに、金銭的なもの以外の重みにつきまとわれていることを無視できないことはわかっている。借金は、イバラの茂みを歩んできた年月で足に刺さった最後の棘（とげ）なのだ。棘は、その年月をよみがえらせ、そこにぼくをつなぎとめるだけでなく、ぼくが授かった新しい人生を汚染する力も秘めていた。だから、幸せな気分なうえ頭はすっきり冴えているのに、今日がどんな一日になるかと心配のあまり、G‐ラフの超豪華な朝食を一口も、カプチーノのほかは生ハム一枚やメロン一切れすら食べられなかった。いまは腹の中にいるカプチーノのおかげで、この列車が目を覚まし、ぼくを結末へと運んでくれることを強く望んでいる。

解決法は簡単だ。物理学者を見つけて原稿の残りをもらい、彼の回顧録を代作（ゴーストライト）するという雇われ仕事を完了すればいい。実は、人生を変える治療をどう見るかしだいで悲惨とも幸運とも受け取れる一連の経験を通して、物理学者の回顧録のゴーストライターを務めれば出版社からの借金を帳消しにできると気づいた。ゴーストライター稼業に乗り出せば、普通なら報酬として受け取る金額がマイナス残高から差し引かれる。彼の人生について書けば書くほど、自分の人生を取り戻せるのだ。

そんなときに彼は姿を消した。いなくなった。いつ電話しても留守電。Eメールを出してもなしのつぶて。しかも取次人は何も教えてくれない。この仕事には昔ながらのプロ同士の協調の精神が少しはあると思っていたのに、いまは彼の居場所にぽっかりと穴が開いている。穴のせいでプロジェクトは立ち消えになるだけでなく、ぼくの借金が息を吹き返す。ドルに換算するとぼくの価値はほぼゼロなので借金を返済できない、というのは誰もが認めるところだろう。ただし例外はカリフォルニア州で、州の〝共有財産〟法によると、ぼくは結婚しているので価値はほぼゼロではない。つまり、ぼくが訴えられたら、アニー——心がきれいで聡明でしっかり者のアニーの愛情だけはどうにかつなぎとめてきたし、治療後はとくに、毎日いっそう深く敬愛し慈しんでいる——は給料を差し押さえられ、個人資産を没収されてしまう。そう考えるだけでもう、ぼくの胃はメイタッグ洗濯機のようにきりきり回って熱くなる。

さらに悪いことに、Richards（リチャーズ）という男——本人はその名を〝リシャード〟と発音する。最後のsは黙音か？——はひっきりなしにこの事実を突きつけてくる。リシャードはこの回顧録の編集を担当する中年の男で、法務博士号（JD）を取ってモンタナからニューヨークに出てきて出版界に入ったのに、いまだにモンタナ州ボーズマンでこけら板を張っているような話し方をする。この業界に入ってしばらく経つらしいが、これまで聞いたところでは、ここ数年は辛酸をなめてきて——「おれはここ数年辛酸をなめてきた」と何度も聞かされた——危ない橋を渡ってまで競りで勝ち取ったこの本、物理学者の回顧録が、職を守るための最後の大きな賭けなのだ。その重圧に加えて、最近刷新された出版社の経営陣から、彼の言葉を借りると「マークされている」。控えめに言っても、彼は最初からこの本の制作に対して鬱屈したものを抱えていた。そして、すべてが崩れた。物理学者が消えてすぐにリシャードに、お偉方に事情を説明するのが無駄と決まったわけじゃないよと言ったとき、電話口で彼はやや悲しげな声で笑い、「結び目に向かって吠えるようなもんだ」と言った。どういう意味かはわからない。

リシャードには心から同情するが、精神的に破綻しかけているんじゃないだろうか。それか、すでに破綻したか。最初のころの彼のメールはまだ意味が通じていた。なんとなく不安そうに、知らせは来たかとほぼ一日に一回尋ねてきた。そのたびに、物理学者と直接やりとりしたことはないからぼくにできることはないと書いた。でも、それは耳に入らなかったようだ。そのあとメールの回数と切羽つまった感じが増した。〝おれはどうすればいい?〟みたいなことを書き始め、それが〝おれたちはどうする?〟となり、〝きっときみはやきもきしているだろうな〟と少し踏み込んできて、〝きみのような事情では——これがきみと奥さんにとって思わぬ不幸となりかねないことを法科大学院で学んだよ〟というところまで進み、〝おれたちは破滅だ〟と〝きみたちは破滅だ〟、そして最後に〝おれは破滅だ〟。

そのあと一日に一度、ときには二度電話してくるようになって、そのたびに留守電に伝言を残すものの、聞き取れるのは言葉と言葉のあいだの妙に苦しそうな息の音だけ。スープをすすっているような音だ。

するとほんの数分前、タクシーで駅へ向かっていたぼくをフェイスタイムで呼び出すという全く新しいレベルに到達した。応答すべきでないのはわかっていたが、彼がフェイスタイムを使うことじたいがとても奇妙に思えたので、ひょっとしたら物理学者と連絡が取れて万事問題ない、残りのハネムーンを楽しんでこいと言うつもりかもしれないと考え直した。で、ビデオ通話に出ると、オンラインで見る写真と同じ顔が現われた。ボクサーのように赤らんで腫れぼったく、こういうのを矩形（くけい）というのだなといつも思って見ているが、短い角刈りにした白髪の頭頂部は真っ平らで、スマホの画面にぴったりはまっているものだから、画面を通してぼくに話しかけてくるのではなく、彼が画面そのものというか、ぼくの手の中の未来から来た、肉体と分離したデジタル人間みたいだった。

「ぼくにフェイスタイムしてくるとはね」

大きな溜め息がスピーカーをかきむしった。「苦戦したよ」誰に言っているのかわからないような話し方だった。

「消息がわかったとか？」

「顔を合わせて話すほうが互いのためになると思っただけだ」目はぼんやりして、ぎらついていた。

「そっちは朝の三時だろ――飲んでいるのか？」

「ちょっとできあがってるかもな。辛酸の数年だった。もっと悪くてもおかしくなかった」

少年のようなすなおな孤独感がリシャードから放たれた。それは明白だった。ビデオ通話でぼくにこれを感じさせたかったのだとしたら、その作戦は成功した。彼を気の毒に思った。ぼくが最近ようやくおさらばした感情空間からの叫びに思えた。回顧録にぼくが関わるのを忌み嫌っていた彼は、思いやりをもってぼくに接してくれたとはとうてい言えないし、もっと最近では、ときにはぼくを動揺させるために、下劣にも妻のことを持ち出すなど――すべては彼ひとりの不安を軽減するためだったかもしれないが――底意ある迷惑なしつこい存在になっていたとしても、この男を助けたかった。苦痛を和らげてやれ。ぼくの精神は、そのときタクシーの車内で手の中のリシャードを見ているぼくにそう訴えてきた――そんなことを思うとは二、三週間前には想像もできなかった。温かい気持ち。偽りのない気持ち。ぼくたちがありのままで一体となる瞬間に、根源的不安という場所からぼくに手を伸ばしてくる現実の傷つきやすいリシャードと分かち合おうとしている気持ち。ところが、ぼくが口を開こうとしたとき、彼の顔全体がこわばり、彼のデジタルの目は画面を見据えてぼくの目をまっすぐ見つめ、とげのあるそっけない声で「きみにとってもずっと悪くなる、それを忘れるな」と言ったのだ。

画面の熱を感じた。ぼくは目を逸らした。タクシーのフロントガラスの向こうに現われたテルミニ駅が、現実に徹した人間味のないものに見えたのは、リシャードに言われたことのせいかもしれないし、飾り気のない簡素なモダニズム建築のせいかもしれないが、ぼくの目には、苦しむリシャードが一緒にドアから入ってほしがっている牢獄に見えた。そう感じられて、ぼくはおびえた。でもいまは、不安に襲われると、その不安が見えるような気がする。視覚的にではなく感覚的に、ぼくの内部で電気を帯びた雲が発達してぎざぎざの波となって広がっていく。内部で起きているのに、でもぼくの一部ではなく、ただ別のこととして発生し、そしてそれが終わり、そのあと意識すらせずまたスマホに目を戻し、笑みを浮かべて「そうか、リシャード――しかたないね。じゃ、ぼくはこれで」と言って電話を切り、タクシー代を支払って人混みにまぎれた。あつらえのスーツやサマーリネンに身を包み、スーツケースとスマホを握りしめ、腕時計を確かめ、乗車券や煙草はあるかとポケットを叩きながら、ここではないどこかへ行く必要に迫られた個別の無数の事象が、乗り込んだフレッチャロッサ9318号からぼんやりとかすんで見えた。いまは8号車の19Dに座って、高速鉄道での日帰り旅行の始まりを待っている。ボローニャまで北上し、そこでローカル線に乗り換えて三つめのモデナ駅で下車する予定。昨日から、ぼくとぼくの過去をつなぐ最後の糸を断ち切ることのできる男がそこで見つかるような気がしている。

四人掛けのボックスシートには他にだれも来ない。治療前なら、ぼくはすべての人から嫌われているんじゃないかという根深い疑いの裏付けだと決めつけていただろう。嫌われる理由？　たくさんある。どんな理由でもいい。とにかく、ぼくの存在そのものが嫌悪感を抱かせるのだと思い込んでいた。ぼくを目にすれば誤って腫れ物に触れてしまったも同然みたいに。自分はそういうものだと——うららかな現実の中にできた腫れ物だと思っていた。もちろん、腫れ物に見えはしないが、それが忌まわしいトリックのなせるわざだった。感じられるものの目には見えないマイナスのオーラがぼくにまとわりついていたのだ。薄暗い影程度の不快さの日もあれば、今日——結局できなくてすべてをめちゃくちゃにし、いまの状況に追いやった自分を直視する日——みたいに、殺虫灯の強烈な光のように猛威をふるう日もあった。だが、いまはそう思っていない。ぼんやりと窓に映る赤い顎ひげとそばかすのある顔を見て、完全に普通だとわかっている。

通路の上の小さなテレビに、長靴形のイタリア半島に赤い線で示されたローマからボローニャまでのルートと、ゼロで静止している速度計と、出発までの時間をカウントダウンする時計が表示されている。減っていく数字を見ながら、背筋を伸ばして胸を開き、安定した自然な呼吸で空調の空気を吸い始める。一回、そしてもう一回と集中して続けながら、まず腹が、その次に意識がすっかり落ち着いて、その奥に身を隠して目を光らすことができるのを待つ。

スピーカーから流れてきた録音済みのアナウンスで一語だけ聞き取れたのは、昨夜までは単なる音でしかなかった〝フレッチャロッサ〟だった。ウルリッケのベッドでうとうとして——意識の半分はこの世界に、もう半分は夢も見ない深い眠りの世界に——いたときに「赤い矢」と言う声を聞いた。何の脈絡もなかったので、あの世から届いた呪文のようだった。というか、ぼくはそう思い、それを口にしたのが部屋にいるアニーだったことに気づかずに眠りの奥へ引き込まれていった。アニーは黒いジーンズに黒いブラウス、差し色に緑色のシルクのスカーフという夕食時の服装のまま、前世紀中期のデスクにつき、その日覚えたイタリア語の単語と、いつどのようにしてその語が耳に残ったかをノートに書き留めていた。それが一週間前にこの国に来てからの毎夜の習わしだった。勤めている会社で新しいAI活用言語習得プログラムの開発チームに入ったときに始めたイタリア語学習を続けるという意志の表われだ。「わたしの仕事は言語を習得するだけじゃないわ」や り始めるときに彼女は言った。「どのように、いつ学ぶかに注目することよ」

こうして彼女は単語を集めるのに夢中なあまり、頭の中で訳語が浮かぶと叫んだりする。昨夜の夕食のときにメニューを見ていたら、いきなり「司祭の絞殺魔」とえらい迫力で言ったので、ぼくは思わず顔を上げてあたりを見回した。「ストロッツァプレティ」彼女は声を潜めて続けた。「テレビで〈モンタルバーノ警部〉を観たときにストロッツァーレが出てきたわ。きっとそうよ」と言ってスマホで検索してから顔を上げてにっこりした。「やっぱりね。ストロッツァプレティ――〝司祭の絞殺魔〟――パスタにしてはすごい名前ね」そのときやっと、メニューのパスタのことを言っていたのだとわかった。

「赤い矢」ベッドにいたぼくは無気味な力強い声をまた聞いた。ぼくが流されていく暗闇の縁に見えた火のごとき声。そのとき突然、まだ目覚めていた意識の半分がそれをしっかりつかんでぼくの身体を起こし、部屋の向こうからぼくを見ているアニーに目を向けさせた。「赤い矢」三度めだ。「出発はいつ？」目覚めたのかどうか自信がなくて、ぼくは目をぱちぱちさせた。「フレッチャロッサ」彼女は一つ一つの音節を伸ばしてゆっくりと言った。「列車のことよ――朝は何時に駅へ行かなくちゃならないの？　目覚ましをセットしてね。明日の計画はもう決まってるけど、あなたと一緒に起きる予定はないから」フレッチャロッサと〝赤い矢〟は――まさにその瞬間、半分目覚め半分眠った状態の意識の中で個々の言葉で存在するのをやめ、ぼくの言語野で永遠に一体化した。なめらかに動く高価な腕時計の歯車が初めて動きだしたような、明確でよどみない身体感覚。とても心地よい。そのあと、闇がやさしくぼくを引きずり込んだ。

そしていま、スピーカーから流れてきたそれを聞いて、意識の前方のどこかで浮遊する言葉が見えた。最初に〝フレッチャロッサ〟、そのあと〝赤い矢〟、その次はただの〝矢〟。ひげ飾りのついた光る文字が小さく震えながら磁石のように新しい語を引き寄せ、物理学者が回顧録の冒頭に選んだ文章が作られてゆく。必ず入れてくれと彼が希望した一文――講演や対談でいわば謳い文句として彼が長年使ってきた文章であり、彼の思考を聴衆で満員の部屋へ開放するドアであり、そしていまは彼の人生録の始まりとなる文章だ。〝時間は起点と終点のある一本線ではない。さまざまな先端を持つ一本の矢なのだ〟。心の目でそれを繰り返し読むうちに、現在が変化して柔らかくなり、そののち花のように開いて、とても長い花びらの一枚一枚が、ぼくをここへ導いた一点へくるりと巻き戻るのを感じる。

←

高く評価されたことが始まりだった。本が認められたのだ。本がきっかけではまりこんだ地獄を終わらせるには、別の原稿を回収しなければならないということなのだろう——まさにいま、それを実感している。ぼくをだめにした本は、ぼくが書いた本だった。本を書きたいと思ったことはなかった。ずっと絵を描くつもりだった。成長期のぼくは美術少年だった。デッサンできるようになり、そのあと絵を描けるようになった。高校のとき、微積分の学習をさぼってまで教室の壁に壁画を描いたのは、できは悪くないのに数学はからきしだめなぼくへの救済措置だったからだ。高校卒業後は北東部の美術大学へ進み、美術学修士号（MFA）を取った。世間並みにニューヨークへ出て、世間並みにブッシュウィック地区で狭いわりに賃料の高いアトリエを借り、画家として失敗に終わる生活を始めた。

　絵を描くことが大好きだ。描けないのが寂しくてたまらない。身体を使う作業、薄汚い作業着、絵の具のついた両手、ふらりと入ってきてうちのビールを飲みながら、絵を描くぼくを眺める友人。それが仕事であり社会生活だった。なのに、本を書いてからこっち、絵描きに戻れるような気がしない。その理由を一度も口にできなかった。でもいま——治療後は前より自分に正直になれるからだと思う——思い切って言うと、ぼくは絵が下手だった。たしかに子どものころは抜きんでた才能があったが、ウエストバージニアみたいな土地ではわりと簡単に芸術的才能を認めてもらえる。そのあと美術大学で、才能があるように見せる方法を学んだように思う——その場にふさわしいことを言い、適切な現代美術の作品を褒め、しかるべき角度に首を傾げて批評し、なかでも重要な――〝正統的美学原理を問う〟スタイルを身につけた。この言葉そのままを口にし、どこかに書いたことも一度ならずある。称賛に値する演技だった。それどころか、うますぎて、自分でもそう信じていたくらいだ。しかしやはり、ウエストバージニアと同じく、美術大学のような場所ではそう難しいことではない。そして大学を終えると、数少ない家財道具のほとんど全部を一人の男に売り、もっぱら美術品取り扱い業――大成したニューヨーカーの部屋の壁に大成した芸術家の絵を掛ける仕事――に従事しながら制作を続けた。たいして儲けはなかった。絵描きとして最後の五年間で売れたのは二枚だけだ。だから、絵を描いてもとくに自分の利益にはなっていなかったと思う。でも、完全にそうとも言いきれない。絵を描いていなければアニーと出会っていなかったのだから。

六年前の二〇一三年、夏の終わりだった。ITエンジニアになりたてのアニーは、デジタルアバターを専門とするブルックリンのAIスタートアップ企業で働いていた。ぼくの友人の芸術家が、デジタル肖像画の仕事があるらしいと言って、その会社を紹介してくれた。ぼくは肖像画を描かなかったし、とくに自画像は一枚も描けないでいた――が、もちろんこのことは相手側に話さなかった。そのうえで、ぼくのアトリエに近い無味乾燥なスカンジナビア風カフェの相手払いのコーヒーめあてで面談を了承した。担当者がアニーだった。

早めに到着して、デンマークデザインの低いテーブルにつき、スケッチブックにいたずら書きしながら、ITエンジニアが雇いたくなるようなアーティストらしく見せようとした。創造的で意欲的でこざっぱり。それに、絵の具のついたカーハートのワークパンツと穴だらけのTシャツという普段着はキングズ郡の北端、つまりブルックリンでは完全に許容範囲だが、今日は絵の具のついていない上下を着てきた。仕事をもらえないのはわかっているのになぜ身ぎれいにするかって？　ずいぶん長いあいだ、ぼくは誰からも相手にされてこなかったので、手に入るチャンスならものにしたかったのだ。

ところが二十分経っても、ぼくはまだ一人だった。注文もせずに居座っているぼくをバリスタがあからさまににらんできた。コーヒーを買えばすむことだが、コーヒーは買ってもらえるものと固く信じ、財布をアトリエに置いてきたので買えなかった。財布を持ってくればよかったという話でもない。すっからかんだった。

ぼくに対するバリスタの嫌悪感が他の客に広がっていくのが感じられた。ビーニーをかぶり、特大のヘッドホンをつけて身体を揺らしながらMacのキーボードを打っている若い男が一人。つんのめるように前かがみになり、焼き印を押しつけたようなしかめつらでやはりMacでタイプする男がもう一人。あんな猛烈な勢いでキーボードを叩いているのは、誰かとチャットしているのか。いや、誰かとではなく誰かのことを、たぶんぼくのことを書きたてているのだろう。そして最後に、蛍光ペンでペーパーバックに印をつけている、茶色のショートヘアに大きな眼鏡の若い女。そうだ、間違いない。彼らには状況がわかっていて、ぼくに出ていってほしがっている。ぼくが彼らを見ていないときに彼らがぼくをちらちら見ているらしいことからそれが感じられたが、黒い虹彩から嫌悪感が発せられているんじゃないかと思うと不安になり、彼らを直視できないから確信は持てなかった。ぼくの考えはこういう調子で続き、ついには何がなんだかわからなくなって、自分の視線の先に注意が向いていなかったにちがいない。というのは、はっと我に返ったとき、自分がペーパーバックの女を見つめていたことに気づいたからだ。彼女を見ているぼくに気づいた彼女本人は、ぼくが変質者みたいに彼女を品定めしていると思っているだろう。本当は違うのに。実はさっきから彼女のほうを見ないようにしていたのは彼女が魅力的だったからで、つい純粋に見とれてしまい、知らないうちに気味悪い雰囲気をかもしだすことを恐れたからだ。ここまでにしよう、と太ももをパンと叩いて思ったとき、彼女がバッグをつかんで立ち上がり、ぼくのほうへ歩きだした。気づかないうちにいやらしい目で見ていた言い訳を必死で考えながら、さっと手を動かして彼女をスケッチした。〝インスピレーション〟とか何とか言ってデッサンを見せればおわびと弁解ができる。そんなの無理筋だと言われても、じっさい無理筋だからしかたない。それが最後に浮かんだ考えだった。彼女は公に非難を浴びせようと歩いてくる。黒一色で身を固めてはいるものの、ゴスでも標準のニューヨークファッションでもなく、美的ミニマリズムに対する確たる信念の表われ──わたしはとっても疲れているの──だと、そのときでさえ感じたものだ。

「アニーという人物と待ち合わせですか？」

ぼくは立ち上がって、思っていた以上に勢いよく彼女と握手してしまった。「すみませんでした。あなただと思わなかったんです。エンジニアっぽい見かけの人をさがしていたので」

　これを聞いて彼女は返事に詰まり、目を細めた。「エンジニアっぽい見かけって？」

　こんなにきれいじゃない人と言いたかったが言わなかった。「実はよくわかりません」

　ぼくは自分のブーツを見つめた。ブーツで自分の頭を蹴飛ばしたかった。

「そうですか。じゃ、面談に一時間取ってあるので、もしよかったらまだ時間はあります」会社払いだから飲み物はいかがですかと彼女が勧めてくれて、自分は温かい牛乳入りエスプレッソ（コルタード）にすると言い、ぼくもそれがいいですと言ってからテーブルにまた戻った。

　コーヒーを二つ持って戻ってきた彼女は、腰を下ろしもしないうちに、ぼくに非開示契約（NDA）をしたことはあるかと訊いてから、彼女が属する会社のことややりたい事業について説明を始め、仕事の説明を聞いているうちに恐怖心でいっぱいになったぼくでさえ、自信あふれる話し方に心動かされた。「顔を二百枚くらい描いてもらうことになる」彼女は言った。「その顔をもとにすればどんな顔でも作り出せそうなひな型を二十人分描いてもらう。目標は複製ではない——不気味の谷現象はまさに現実よ——だからライバル会社とは違って、もっと遊びのある表情を柱にしてるの。写実的だけど全体的にもっと具象的で、できれば筆使いとか肌理（きめ）といったダイナミックなアナログ的性質がある画風ね。後期印象派っぽく。それに、一枚ずつつなぎ合わせてタイムラプス動画にすることも考えてるの。資源として利用できる価値のある動的な可能性があればの話よ、まだそのデータの利用法をさぐっている最中だけど。理想としては、第4四半期までに引き渡してもらう。大変なのはわかってるわ、Q2はあっというまに過ぎつつある。でも、ある程度柔軟に対応できるから」

　彼女の言ったことを理解していて、それについてじっくり考えているふうに見せかけたかったが、すぐに降参した。「ぼくにはできない。友人の話と行き違いがあるなら申し訳ないが、人物画二百枚はとてもむりだ。ぼくはふさわしくない。おまけに動画撮影なんてとんでもない」彼女はコルタードを飲むだけで何も言わなかった。二人のあいだに落ちた沈黙の硬いブロックを彼女はまったく気にしていないようだったが、ぼくはもじもじし、もっと説明しなければならないと思った。「この仕事がいま制作中の作品を邪魔しないか心配なんだ」と付け加えたものの、制作中の作品はそう多くない。というか、自分でもまだ理解できていない、描きかけのキャンバス二、三枚だけだ。彼女の髪は、ぼくが子どものときに裏庭一面に生えていたトチノキと同じくつやつやした茶色だった。

「わかった」ようやく彼女は言って、肩の力を抜いた。「正直に話してくれてありがとう。請負仕事の件でやりとりするほぼ全員が、なんでもできますと言うの。とくに男性は。あなたのおかげで、窮地に陥らずにすんだわ」そこで初めて彼女は笑みを浮かべた。一瞬だったが心のこもった微笑みで、ぼくの中でそれまで知らなかった暖かい波が目覚め、両肺のあいだでパイロットランプが灯ったようだった。彼女はバッグに手をのばし、お開きにしようというかのようにあたりを見回したが、ぼくはまだ彼女にいてほしかったので、I

T業界で働くのはどんな感じかと質問した。オフィスは長いテーブルや休憩コーナーとかがある広々したフロア？　男たちはファスナー式フーディーを着てる？

「たしかに何人かフーディーがいる」バッグをおろしながら彼女は言った。「それに、そうね、オフィスは広々したワンフロアだけど華やかではないわ。条例違反はほぼ確実なきったない古いビルよ。冬はあちこちにヒーターを置かないとやってられない。おやつは無料だけど、大半はコストコで買った大袋のお菓子。チーズパフの大箱も。スタートアップってそういうものよ。わたしの最終目的地じゃないけど、エントリーポイントが見つかって喜んでる。あのね、フーディーの男たちのことをみんな訊くけど、それ以上に独特なのが黒いタートルネックの男たちよ。わたしも同僚も彼らをスティービーと呼んでる。二人のスティービーがなにか話してるところをたまに見かけるんだけど、同じ服を着てることにお互い気がついてないみたいなの」

「犯罪的美学だね」ぼくは言った。

「まあね」彼女はまた見回した。

「きみはプログラミングをしているの？」

「必要なら少しはできるわ。スタートアップじゃ全員がいろんなことを少しずつやらなくちゃならない。でも本当はデザイナーよ。プログラミングで実現する世界をデザインするの」

「ぼくはアートとデザインの学校を出たんだ。アート一辺倒だったけどね。デザインはちょっと保守的な感じがした」

「おもしろい意見ね。わたしはそうは思わない。そこに専門化された手法があるという意味で言ってるのはわかるわ。でも、保守的に見えるのは、デザインがすぐれているからよ。だからすっきりしてる。必要なものがあるだけ。つまりそれが注目を集める」

「では、きみは何に注目する？」

「できるだけ多くのことに。たとえば」――彼女は空のガラス製デミタスカップを持ち上げた――「このカップはうまく作られてる。これみたいな透明なうつわに入ったコーヒーに白ける人はいるわ。でも透明だから中身のエスプレッソが目に楽しいし、陶器と同じく重みと厚みはあるけど、たいていのガラス食器とは違って熱くならないから、飲むときに指や唇をやけどすることはない。うまく関与できる。〝関与〟はＡＩ業界では重要なの。最近はずっとそのことを考えてる。人はどのようにモノに関与するか？　そして、その関係を無理のない方法でどう継続するか？」

　ぼくたちは予定の時間を過ぎてもこんな調子で話し続け、ついにはバリスタがグラスを片付けに来てくれたのに、ぼくたちは話に夢中で彼にありがとうも言わなかった。やっと話が終わったとき、また会いませんかと言うと、いいわよと彼女は答えた。

　一週間後、パークスロープの彼女のアパートメントに近いオーストリア料理の店で会った。ぼくたちは自分の顔くらい大きなシュニッツェルを注文し、ラガービールを二リットル半飲んで、これまでの人生の出来事をトランプのように切って提示しながら、とても楽しく、うまが合っているように感じていた。ウエストバージニアのことをほとんど知らないし、これまでそこの出身者に一度も会ったことがないのだけどどんな所かと訊かれて、たぶんラガーのせいか、それとも気持ちが落ち着かなかったせいか、とりとめもないことを言ってしまった。きれいだけど忘れられた場所、アメリカ人の心のどこにもない場所、そこに住む人々も相手にされないかカリカチュアされる一方で、経済活動によって自然が絶えず傷つけられている場所。ぼくが絵で意味づけしようとしたことだ。話があちこち逸れることを謝ってから、アニーに出身を尋ねた。独特のアクセントがある。

「北部の母音推移よ。自分でもわかってるの。そう発音しないようにしてるのに。でも、仕事でボットをテストしているときにたまに役に立つわ」シカゴのベッドタウンで「郊外の中でもとくに郊外らしい郊外」の出身だと彼女は言った。

「郊外のことはあんまり知らないけど、郊外出身の人にしてはきみはとても都会的な感じがする」

「どうしてそう思うの？　まあ、うれしいけど、でも――」

「わからない。きみはＡＩで働いてる。自分なりの美学がある。凡人じゃない、そう言いたいんだろうね。郊外と聞くと、『Ｅ．Ｔ．』に出てくるような平凡な住宅地を想像するんだ」

「まあそんな感じよ。たぶんあなたが平凡と感じるのは、だいたいどこの郊外でも似たような雰囲気があるからでしょうね。じつは、関係を切り離すために作られた場所だとわたしは思ってる。そこへ引っ越す人にとっての恩恵の一つがそれなの。たとえばうちの父は、都会のくだらないポーランド人街出身てことにうんざりしていたわ。少なくとも父はそう言ってる。わたしたちが住んでいた町では、あなたがウエストバージニア出身だからとつい考えてしまうようには、出身地のことを考えなくてよかった。それと引き換えに一様性みたいなものはあるけど、それでも直通列車で街へ行ける。それに、みんながみんな同じなわけがない。いかした人がいるのよ。うちの祖母なんかすごくいかしてた。祖母の住まいへよく行ったわ。あなたが感じているのは祖母のエネルギーかもしれない。名の売れたアクセサリー作家だったの。我が家より奥の住宅地に住んでいて、母屋の裏に工房があった。あそこは特別だった。床一面にいろんな敷物が敷いてあって、作業台があった。小さな鋳造場まであった。わくわくする場所だった。子どもには危険もあったけど、おばあちゃんは気にしなかった。わたしに仕事をくれたわ。読む物も。それにいろんなことを教えてくれた。一緒に街へ行ってサックスで買い物をした。そのあとビストロでランチして、美術館へ行った。これはおばあちゃんが作ったの」アニーは耳からぶらさがる光沢のある銅片を指さした。

想像していたよりもずっと魅力的なところだとぼくは思った。

「ウエストバージニアよりいいところね、きっと」

それがジョークなのはわかっていたし、間違っていなかったが、ぼくは何も言わなかった。

「ごめんなさい。ばかなことを言ったわ」

ぼくはその話を流した。「おばあちゃんから――デザインのセンスを受け継いだの？」

「ええ、たぶんね。結局、デザインに戻ってきたの。祖母が断固として心がけていたのは、わたしに本をたくさん読ませることだった。だから、わたしは英文学を専攻した。大学を出てしばらく出版社で働いたんだけどいやになってやめて、〝性格デザイン〟担当でＡＩに入った。その気味悪い業界用語は、ボットのキャラクターを書くという意味よ。そのあと会話デザイン、そして経験デザインへと進んだ。結局は全部デザインなのよ。祖母が教えてくれたことは、じつはそこへ行くためのものだったんじゃないかと思ってる。ある物の仕組みを知る。とりあえずやってみる。そのうえで調整する」思った以上に長々と流しこんで一口でラガーを飲み終えた彼女はグラスを置き、げっぷをこらえようとした。「一服しない？」

ぼくたちはレストランの前に置かれたベンチに座り、濃い藍色から黒色へ移り変わる空の下、ツタのからまる壁に頭をもたせかけて煙草を吸った。点々と連なる丸い電球に火が灯り、ぼくたちに薄暗いブロンズ色の光を投げかけた。ホルガの箱型カメラを首にかけた男が歩道で立ちどまって、その光景を写真に撮った。ぼくらと同じ年代だが、ボーイスカウトの制服のカーキシャツを、かつてはジーンズだった短パンにたくしこんでいた。太ももが青白かった。ぼくたち二人でその男の黒いレンズを見つめた。

「犯罪的美学ね」彼が歩き去ってからアニーは言った。

「ほんとだね。シャツのパッチは正しい場所に縫われてもいなかった。それに、ランクパッチが複数あったから意味がない。細かいことをないがしろにしてる」

この発言によって、ボーイスカウトに入っていたことをばらしてしまった。入っていただけじゃない――ぼくはボーイスカウトだった。最高ランクのイーグルスカウトだ。そのことを自慢に思っているが、最近では極右的に聞こえるので口にするのをためらう。さいわい、アニーはばかにしなかった。気を遣ってくれたのかもしれない。なんにしろ、ぼくはボーイスカウトのことや、たくさんの野外活動のこと、属していた隊のことを話し、さらに、ウエストバージニア州立公園でキャンプしたときに環境活動家と州当局の争いに巻き込まれていわゆる人質事件なみの事態になったが、ぼくたちにとっては環境活動家と州当局者のあいだにはさまれてキャンプしたようなものだった、ということまで話した。その晩遅くに、この話がよみがえってきた。アトリエでまた一人になり、噴火する火山に向かって色鮮やかな小さな人影が大勢歩いているという変てこな大きな絵を描いていたぼくは筆を置き、アーティストの友人が置いていったコカインのせいで邪心がなくなったばかりか小さな自信にあふれて、ノートパソコンでその話を綴った。

どうしてその話を書き留めておかなければいけないと思ったのか？　あとになって幾度となく考えたが、答えはいつも同じだった。わからない。どうしてそんなことをしたのか説明できなかった。美術大学の教養課程で〈詩創作入門〉を選択したのは、短い詩なら一週間で作れるんじゃないかと思ったからだ。授業はすごくおもしろかった。作った詩のほとんどは、ぼくが育ったモノンガヒーラ川流域の情景を描いたものだったから、誰の興味も引かなかったようだ。もう一つの選択科目は〈怒りと無慈悲〉。第二次世界大戦後のドイツ語圏における美術と映画と文学に関する講義だった。ぼくはトーマス・ベルンハルトとW・G・ゼーバルトに少し傾倒したが、その後しばらく読んでいない。もう何年も、ぼくが書いたのはEメールともらえたことのない補助金の申請書だけだった。読むほうでは、新聞や雑誌やペーパーバックを手に取ったし、ときどき何かを夢中で読むことはあるものの、自分を読書家と思ったことはなかった。読書家がどういうものであれ——ぼく以上に読書に慣れた人にとっては、あのときぼくがノートパソコンでやっていたことをしても違和感はなかっただろう。それに、不慣れな感じはあったにせよ、かすかな親しみも感じた。変なモンスターやミュータントをノートに——めくってもめくってもあふれてくる化け物たちの終わりなき饗宴を——描きなぐってばかりいた子ども時代に呼び戻す内なる声が聞こえた。一つの怪物を描いていると、ぼくの頭に彼らの人生や特色や苦労が、そのあとなんと声がにじみ出てきて、それらがひとつにまとまって絵が完成すると、つぎの怪物に取りかかる。アトリエで座り、パレットの絵の具が派手な地形図へと固まりつつあるそばで、タイプしては細部を直していたあの週は、そのときの感じと少し似ている。

そのあと、生涯の恋人に出会ったと信じる若い男にしかできない、なんともばかげたことをしでかした。書いた物語を読んでもらえないかと送りつけたのだ。彼女は読んでくれた。そのうえ――英文学専攻で、大学卒業後、短期間だけ出版社に勤めたあとIT業界に転職した彼女は、かなり鋭い感想を述べてくれた。たとえば「このシーンのやり場のない攻撃性はじつに明白ね」とか「ここの文章のリズムが好き」とか「ここはまとまりに欠けるし、あなたならもっとうまく書けると思う」とか言って、ぼくをばか者とは呼ばず、会ってもいいと思ってくれた。ボーイスカウトの隊についての最初の話を書き終えると、それぞれ異なる隊員を中心にした物語、または隊員が語り手となる物語を一つ、また一つと書いていって、ワードのドキュメントを変な(W)フィクション(F)もの(T)と名をつけたフォルダーにまとめた。こうしてアニーと一緒に時間を過ごし、一年半が過ぎたころ、パークスロープの彼女のアパートメントに引っ越した。そして、ぼくの二十九回めの誕生日だった三月のその日の午後、自殺するためにそこを出たときにちょうど電話が鳴った。

　昼間ぼくに電話してくるのは自動音声の勧誘か政治活動家くらいだった。それはわかっていても、部屋で鳴る電話のベルを聞いてぼくは悩んだ。もうこれで最後だと思ってドアに錠をかけたあとだった。ブーツは履いていたが、紐はまだ結んでなかった。この世を去ることに集中しようとした。長いあいだめざしてきたその場所にやっと到達したのだ。でも、いまにも自殺しようとしていたぼくは、大いなる虚無へ消える前に人の声を最後に一度聞きたかったのかもしれない。理由はどうあれ、すばやく錠を開けてどたどたと中へ入った。

　かかってきたのは、ぼくが行ったこともなく知り合いもいないサンフランシスコ湾岸のベイエリアの番号だった。発信地のスクランブルをかけているんだろうと思ったが番号を見直してみて、ベイエリアのその市外局番は、執筆活動のための奨学金制度のある大学の所在地だと気がついた。そういうものがあるから申し込んだらどうかとアニーが言いだすまで、そんな奨学金のことを聞いたこともなかった。そのあと二度と口にしなかったアニーだが、ある晩、二人で夕食の用意をしていたとき、奨学金に応募したのかとぞっとするほど冷たい口調で訊いてきて、何の応募だろうと考えながらぼくがしてないと答えると、シェフナイフを手にしたままぼくのほうを向いて「あの小説をどうにかするつもりがないなら、わたしはいったいなんのために時間を割いてあれを読んだの？　わたしの時間はまったくの無駄だったわけ？」と言ったのだ。アニーの話に合わせてナイフの刃が揺れて光り、切っ先はコブラのようにぼくの胴にねらいを定めていた。メッセージはしかと受け取った。それから数カ月経ったいま、電話が鳴っていた。

電話に出ると、いかめしいロングアイランド北海岸（ノースショア）のアクセント――ぼくにとって大きな意味を持つことになる声――が聞こえてきた。その声の持ち主、ベイエリアの大学の奨学基金運用者であり、高く評価されている小説家であるＬＤが、ぼくに二年間の健康保険つき奨学金の提供を申し出た。

これが、ぼくの〝まぐれ当たりの数年〟の始まりだった。ぼくは、何かを勝ち取る人間ではなかった。負けの連続だった。この二十年近く、頭の中の声が、アニーに会う前に立ち上がってコーヒーショップを出ろと言ったのと同じ声が、毎日、しかも朝から晩まで、こう話しかけてきた。〝おまえは負け犬だ、まぬけだ、病気だ、おまえと出会う全員に終わりなき苦痛をもたらす種だ〟。で、ぼくはそれを信じた——だから、この世から去る予定。ゆえに何かを、専門であろうがなかろうが、とりわけほとんど経験のない分野の奨学金を勝ち取ることなどあるはずがなかった。

その夜、仕事帰りのアニーがアパートメントの階段を三階まで上がってきて見つけたのは、彼女宛ての手紙とぼくの遺体のありかの説明書の入ったマニラ封筒ではなく、居間の窓際に座ってブラウンストーンの建物裏のじめついた灰青色の庭を眺めながら日本のビールを飲んでいる、妙に意気揚々としたぼくだった。奨学金のことを話すと、アニーはぼくに黙れと言ってから、叫び声を上げて飛び跳ねたので、茶色のショートヘアがマッシュルームの傘のように開いて、膝から力が抜けそうなほど可愛かった。そして少し涙を流し、大きめの丸眼鏡をはずして目をぬぐってからまたかけた。こんなに喜んでくれる彼女を見るのは、ぼくの人生に贈られた最高の瞬間だった。この人はほんとうにぼくを愛しているのだとほとんど心から信じた瞬間だった。

「これは完璧だわ」そう言うとアニーはようやく腰をおろし、朗報を全身に行き渡らせた。アニーが首を左右に小さく揺らしながら何かを見るともなく見ている様子から、移住によってキャリアを飛躍させる可能性を思い描いていることがわかった。これまでもベイエリアは彼女にとって移住したい場所、スタートアップを脱却して業界のもっと核心に近づくための選択肢だった。「あそこでたくさんのことが進んでる」求人情報をスクロールしながら彼女は言う。「大きな将来性があるの」だからこそ、自分のために密かに喜ぶ彼女を見て、彼女からその機会を遠ざけてきた原因の少なくとも一部は自分にあると気づいて恥ずかしく思った。この地にいるための理由としてはおよそ不十分な美術品取扱いのアルバイトと作品制作で時間稼ぎしながらニューヨークで挫折した人生にしがみついていた自分。実際、そうした挫折に耐えることができたのはニューヨークという街のおかげだったことは、ずっと前からわかっていた――ぼくは何一つ成し遂げていないものの、ニューヨークで生きて暮らし続けている、そのことになにがしかの価値はあるはずだ。ただし、それですら事実に合致しているとはもはや言えなかった。細かく破ってキッチンのゴミ箱の奥に隠した書き置きが動かぬ証拠だった。恥ずかしいしバツが悪い。それでも電話が鳴ったときに受話器を取って本当によかったと思った。

その夜はチキンを料理して、いろんなことがうまくいっていると二人ともひしと感じた（ぼくはまだ放心状態だった）。それから数週間後、荷造りの算段をし、ベイエリアの物件をさがし、オークランドの家賃はブルックリンと同程度だとわかったのですぐにそこに決めた。家主に知らせた。友人たちに話した。アニーは求人情報を本気で見始めた。ぼくはバンと画材のほとんどを売ることにし、残りは箱に詰めて、八月上旬に車で大陸を横断してはるばるカリフォルニアの新居へ行く途中、ウエストバージニアに寄って実家の物置に置いていくことにした。これが幸せというものだとぼくは思った。

だが、なにか落ち着かなかった。すべてが、ぼくの人生のリズムに反して動いていた。

驚き、浮かれ、感謝していた最初の夜ですら、ベッドに入っても眠れないまま、自分のしていることを自分でもわかっていないことがばれたら、短篇集をなぜ書けたのか説明できないことがばれたらどうなるんだろうと不安にさいなまれ、あげくに、ひょっとすると短篇集そのものが、これまで一度もなかった方法でぼくを罰するための、もっと大きくもっと複雑な計画の一部なのではないかと思うに至った。これまでと異なる過酷な処罰。となるとアニーに悪いことが起きるんじゃないか。

いまは、とても奇妙だとしか言いようがない。そういうこと——ぼくの人生の多大なる時間を取り上げ、客観的に楽しい時間すら一時的なものだと思わせ、不安を行き渡らせた考え方——は覚えているのに、ぼくは何も感じない。身体的な変化もない。それがぼくの心の働きだったこと、そうやって生きていたことを頭ではわかっている。が、もっと明確に、もっと根本的にわかっているのは、それが終わったことだ。反芻と恐怖に占められていたぼくの精神の広大な一角はいまはある意味で空っぽだから、記憶がよぎるときでも、ぼくはあたりを見回して、いろいろなことを落ち着いて明確に認識できるようになった。たとえば、心地よくまわりを照らしていたローマの太陽が数分のうちに真上に来て巨大になり、テルミニ駅構内のすべての線路が銀色の棒のようにぎらついていることとか。ぼくは窓に額を押しつけ、目を細めて光る線路を眺めてから、背筋を伸ばす——動きだした。列車はゆりかごのようになめらかに揺れ、ぼくをくつろがせて静止と移動という二つの感覚に陥らせる。パワーを増していく大きな機械の中でのみ感じられる発進する独特の感じ、間違いなくなにかが始まる感じ、前進する感じを味わいながら、また窓の外の前方に連なる古い倉庫に目をやって、濃淡さまざまなマンゴー色や柿色でほんわかと光るその一つひとつを見ていると、今日みたいに暑かったあの日、自分の手で人生を壊していたあの日、いずれそれを救うことになる治療について初めて知ったあの日のブッシュウィックの倉庫を改造したワンルームのアトリエに送り返される。

←

部屋から荷物をほとんど全部運び出して、壁と床を白く塗り直していたところへ、友人のアントニーが入ってきた。アントニーは、ぼくがこれまで会ったうちでもとりわけ頭の切れる男だったとはっきり言っておきたい。悲しいことに彼はもういない。アントニーはまれな小児癌に冒されていた。十代でその病を克服したものの、二十代になって、癌に煩わされずに生きられる可能性が激増するとされる寛解の期限のわずか数カ月前に、ふたたび癌が鎌首をもたげた。アントニーの命はあとわずかだった。彼の死が迫っていたが、誰にもどうにもできなかった。アントニーは十人分の知性と二十人分の霊的エネルギーの持ち主だったのに、二十六歳の誕生日まで生きられなかった。

出会ったのは、彼が美術学修士(MFA)課程を卒業して隣の部屋に入ってすぐのことだった。引っ越してきたその日の午後、ぼくらは友だちになった　ドアを開けたまま、調子っぱずれなミュージカルの挿入歌をほとんどノンストップで歌っているので、それに負けじとボリュームを上げて音楽をかけていると、彼がうちのドアをノックして、歌声がうるさいからかいとあけすけに訊くから、そうだと答えた。それから一時間とたたないうちに、大学四年のときに癌が再発したため、もうどうとでもなれと言い放ち、とにかくMFAをやると決心したときから現在に至る彼の人生物語を聞いていた。これが、いろいろ考えさせられる実り多い長い友情の始まりだった。最初からぼくのほうが人間的にも知性的にも格下だったが、それで満足だった――ぼくは劣っていたが現実的だった。「でたらめを相手にするな」と彼はぼくに言ったものだ。というのは、彼の独り言が、ぼくには耐えられない――ついていけないという意味――ほどの抽象度と語彙へ昇華するといつもぼくがそう言うからだ。「きみの爪は汚なかった」と彼は言う。思うに、ぼくにはある種の現実的な根性があると指摘することにより、彼は彼なりに、理解力に欠けるぼくに対する哀れみを埋め合わせていたのだと思う。いまは、もしアントニーがいなかったら短篇集も生まれていなかったと細胞レベルで思っている。アントニーなしでは、いまあるものは何一つ存在しなかっただろう。彼が教えてくれたのは、というか、少なくともぼくの中で目覚めさせてくれたのは、創造的な無鉄砲さのようなものだった。彼がそれを楽に使いこなせたのは、ひとつには確実な死の近くにいたからだと思う。それが彼を恐れを知らぬ制作者にした。うまくいかなくても気にしなかった。カンバスに描いている絵をどう思うかと訊かれて、好きじゃないと答えても、彼は肩をすくめてまた描き始めるだけだ。初めのころ、彼の作業を見て、何を作ってるのと尋ねると、彼はいつも「わからない、だからいいんだ」と答えた。恐れ知らずの制作者ではあったが、死を恐れていないわけではなかった。そのことについて、ぼくたちは何度も話し合った。だから、いっそう親しくなった。その話から逃げない、数少ない知り合いの一人がぼくだった。当時、ぼくの頭の中でも死は多くを占めていた。そして、命を奪われようとしている若者に対して、ぼくみたいな長生きしそうな若者が自殺のことをひんぱんに考えていると打ち明けるのは恥ずべきことかもしれないのに、彼はぼくの苦悩をありのまま尊重してくれた。

アントニーと過ごしたこの午後は、四月上旬なのにことのほか暑い日で、夏が近づいていることを初めて感じ、街の誰もが仕事を放りだして、この春最後の冷え込みをもたらす雨の前に外に出たがるような日だった。マリファナの煙を生暖かい空気と入れ替えるためにアトリエの工場風の窓を開けてラジオを聞いていると、丸めた雑誌の『ニューヨーカー』を手にしたアントニーが入ってきて、これを読んだかと訊いた。ぼくはその週の新刊はもう見たよという顔をして、どの記事だと尋ねた。

「二月のだ」アントニーは言った。「幻覚剤（サイケデリックス）の記事。見逃してたみたいなんだけど、今朝、だれかの投稿でそのことを知って、部屋の本の山からさがしだして読んだんだ。きみもぜひ読むべきだ。そういうことは詳しいんだろ？　きみは何でもかんでもやってきたからね」そんな勢いづいた彼を見たのは久しぶりだった。

ぼくは何でもかんでもやってきていない。だいたいのものだけだ。美術大学の優等生の例に漏れず、ある程度はサイケデリックスをやった。それに、年々人に話す頻度は少なくなっているものの、十七歳のときにキノコから採れるサイロシビンを初めて試したことで、ある意味でぼくだってウエストバージニアを出て芸術家をめざせるのだという単純な事実に目覚めたことを、確かに彼に話した。数年前にこの話をしたとき、アントニーがすごく興味深そうにしていたのは知っていたが、かなり大きめの赤いランバージャックシャツを半分はだけ、丸めた雑誌を握りしめてぼくのアトリエに立つ彼を見ることになるとは思いもしなかった。アントニーはぼくに何か読まなくちゃいけないといつも言っていたが、いま正直に言うと、あの手のもの——クレタ島の遺跡やビート世代の無名詩人の記事——にはあんまり興味が持てなかった。とはいえ、彼の口調がいつもと違ったので、ぼく自身の小さな嘘の枠からどうにか一歩踏み出してすなおな目で彼を見ると、黄金色の春の陽を浴びた聖人のような神々しい姿に胸をつかれ、彼が何を言おうともそれを聞き入れなければならないと思った。「床を塗りながら聞くから読みあげてくれ」とぼくは言った。

　彼はひっくり返した牛乳箱に腰かけて、〝トリップ治療〟の全文を読み始めた。川向こうにあるニューヨーク大学（NYU）で幻覚剤を投与された末期癌患者の緩和ケアが著しく向上した件を詳述したマイケル・ポーランによる記事だった。サイロシビンを大量に投与された末期癌の患者が〝自我の死〟を経験したこと、こうした自我の死が一種の〝死の練習〟となって患者は死に対する不安や恐怖に直面できるようになり、人生最後の数カ月または数年を存分に生きられたという事例がいくつも紹介されていた。個々の治療記録や研究結果は驚くべきもので、依存症や不安障害やうつ病といった疾患の治療にも使用できる見込みがあるという。アントニーが読み終えるころには、ぼくはペンキローラーをトレイに置いて足を組んで床に座り、読み聞かせのときの幼稚園児のように彼を見つめていた。自分が低い位置にいたせいか、それとも彼が牛乳箱に腰かけていたからか、まるで遠近法のように彼の長い手足が堂々と、彫刻に刻んだように誇張されて見えた。そして彼が雑誌を下に置いてぼくのほうを見た瞬間、リンカーン記念堂の荘厳さと英知が彼を貫いた。

ぼくはその記事に魅了された。沸きたつような喜びと望みを感じた。何十年と閉じ込められていた牢獄は牢獄ではなかったことを知ったかのようだった——ドアを開けて出ていけるのだ。ところが、ぼくの意識はこの考えに引っかかり、アントニーが読み終わって二秒とたたないうちに無数の反論が押し寄せ、その気持ちを押し流した。それがぼくの表情に出たにちがいない。呪文が解けるのを感じたとき、アントニーの顔からもそれが引いてゆくのが見えた。

「信じてないな」彼は言った。

「いや、そうじゃない。ただ——思うに——ちょっと簡単すぎる……かなあって。キノコを食べたらパッとまともになるなんて」

「ペニシリンはカビから抽出する。あれは世界を変えた。これもそうならないとはかぎらないだろ?」

「そうだな。それは認めよう。でも、言いたいのは……」そこで詰まってしまい、言葉が出てこなかった。

ひょっとすると、自分の考えを口に出すのが恥ずかしかったのかもしれない。不安障害やうつ病、死の恐怖——は病気ではない。自分という人間の根本的表出だ。それは、話のできる霊長類であることを意味している。生きるのは苦しい。ぼくはこう感じるにふさわしい人間だ。これはぼくのために選ばれた人生だ。これがぼくだ。

それがぼくの本心だった。ふさわしい。選ばれた。そのとき、意識のどこかで金切り声を上げてこの論理に反対する自分がいたのは確かなのに、〝ミスト〟のせいでぼくの耳に届かなかった。そいつは両耳の奥でちょっとした嵐のような旋風（つむじかぜ）を起こして、〝おれがいなけりゃおまえはどうなる？〟とささやいていたのだ。でも、ぼくはそのからくりに気づかなかった。

「マイケル・ポーランだぞ！」アントニーの声で、ぼくは物思いから引き戻された。彼は身体をこわばらせて威嚇する動物のように居丈高になり、以前は髪の毛があった場所を片手でつかんでいる。「大好きだったろ？　きみは彼の本を全部読んでる。オーガニック食品！　忘れたか。あれからきみは遺伝子組み換え穀物を食べなくなった、なのにこれを拒否するのか？　幻覚剤（トリップ）で人生が変わったときみは自分で言ったんだぞ」

「たしかに。よくわからないんだ。そんなのあり得ないとは言ってない。考えてるんだ。疑ってかかるのは健全なことだ」

「それは疑ってかかる時間と健康があるからだ」ぼくをまっすぐ見つめて彼は言った。

ぼくは恥ずかしくなり、自分勝手でいやな人間だと思った。

「すまない」ぼくは言った。「考えが足りなかった」それを機に、ぼくの意識のもつれはほどけていった。たちまち外の空気のように澄み渡り、共感にあふれた。やる気が湧いてきた。ぼくは首を振った。首の骨をぽきんと鳴らした。正面に座っている彼にようやく目を向けて、微動だにしない彼を見た。決してじっとしていない彼が。大きくてだぶだぶの綿のシャツだけが、国旗のように胴のまわりではためいているようだった。どういうことなのかわかった。

「悪かったよ。きみが正しい。完全に正しい。で、これからどうする？　どう考えても、すぐにきみをそこへ連れていくべきだな」

「ちがう」

「どういう意味だ？　これはまさにきみのためのものだよ。いまから電車で研究室へ行こう。橋を渡ればすぐだから。いや、タクシーで行くぞ」

彼はうつむいた。「病院も研究もうんざりだ。実験材料になるのはもうやめた。もう、つつきまわされたりしない。きみに一緒にやってほしいんだ。二人でやろう」

ぼくのキノコ経験は、ビールを飲んだり、マリファナを吸ったり、『ザ・ウォール』を観たりする仲間と、気晴らしにごく少量を試しただけだと説明した。「比較にもならない」ぼくは言った。「それにこの服用量。意味がわからないよ。ぼくはガイドじゃないんだし。今日までガイドなんて聞いたことなかった。記事を読んだだろ。専門家が必要なんだ」

雲が太陽を翳らせたのか、彼のオーラが消えたのか。ひやりとした罪悪感がぼくの中にあふれてきた。

「こういう薬物は遊びじゃないんだよ」ぼくは訴えるように言った。「きちんとわかったうえでやらなければ生き地獄を味わうことになる。完全な地獄が四、五時間続くんだ。病院に電話しようよ。きみが必要とされてる。それにきみは――アーティストだ。頭がいい。なにがわかるか、どんなものが見えるか考えてみろよ。きっとすぐに研究室にまわされる」

「ちがうんだ」アントニーは毛のない頭を左右に揺らしてまた言った。「わかってないな」

その話はそれで終わったと思っていた。ところが、とうとう一人で生活できなくなり、マレーヒルの両親のアパートメントへ移っていた彼を、六月下旬にアニーとぼくとで訪ねて食事をしていたときに、彼がその話をまた持ち出した。アトリエで話したあの日から、彼の体調は急激に悪化した。痩せ細り、青白く、弱々しかったものの、軽妙でウィットに富んだエネルギーは健在で、執事みたいにナプキンを腕にかけて玄関で出迎えてくれて、あとで、誰もが画家の絵に関するドキュメンタリーを観たがる理由を説明しろとぼくに迫った。「壁に掛かってるのは全部ゴミなのに！」と彼は言った。ぼくたちのために特に四川風のピリ辛麵を注文したのは、翌日――彼の言葉によると――けつの穴が「山椒のせいで〝格別ひりひり〟して、ぼくのことを考えざるをえなくなる」からだそうだ。あるとき彼はアニーに、ボットに自分を保存してくれる人を知らないかと訊いた。アニーはどうにか笑い声を上げたものの、うつむいて箸で麺をいじっただけだった。あとで彼はベポライザーを取り出して、テーブルでそれをぷかぷかやりだした。「においがするが勘弁してくれ」ヨーロッパ大陸風のアクセントで彼は言った。「消化を助けるんだ。医師お勧めのインディカ種。いま楽しみにしてるのはこれだけだな。一緒にキノコでトリップして永遠に癒やされようとだれかさんを誘ったのに断られたから、これしか手に入らなかった――大麻と痛みどめ」こう言われて自分がどう反応したか覚えていない――笑うか嫌味を言うかしたんだろう――が、いきなり無力感に打ちのめされたのは覚えている。この食事がお別れ会なのはわかった。ぼくたちの引っ越しが決まっていただけでなく、アントニーの冗談や、彼の話ぶりからこれで最後だという雰囲気が伝わってきたからだ。耐えられなくなって、ぼくは席をはずしてトイレへ行った。でも、そこでも状況はよくならなかった。ライトをつけたら、吐き気がしたときに顔をふくタオルの掛かった物干し棒のそばの壁に、折りたたまれた車椅子が立てかけてあった。ぼくは便器に座って、みんなに聞こえないように口を押さえた。アントニーのこともあるが、自分が情けなくて涙が出た――車椅子とタオル、衰弱して毛布にくるまれてテーブルについている、すばらしく頭のよい若いアーティストを揃えても、ぼくの目を覚まさせることはできなかった。ぼくなんか生きている価値はないという印がまた一つ。

食事が終わるころ、突然アントニーはひどい眠気に襲われた。そうなることがお母さんにわかっていたにちがいない。呼ばれたかのようにぴったりのタイミングで顔を出し、少し休んではどうかと言ったのだ。帰ろうとして二人で立ち上がったとき、ふと、アニーとぼくが引っ越そうとしているときで本当によかったと思った。おかげで、すべてはぼくたちのカリフォルニア行きのせいだというふりをしながら、アントニーとぼくはお互いに別れを言えて、さらには〝きみと離れると寂しくなる〟とも言えたのだから。エレベーターまで送ってくれたお母さんが、開いたドアからかごへ乗る直前に、ぼくの腕をぎゅっとつかみ、予想もしていなかった口調で「ありがとうございました」と言ったときに、ぼくはまた泣き崩れた。

二カ月後、そのお母さんが電話をくれた。カリフォルニアに来て二日め、アニーとぼくはサウス・サンフランシスコ駅から高速鉄道(バート)に乗って——オークランドのアパートメントが空くまでサンフランシスコに滞在していた——少し北のコルマという町の自動車販売店へ行った。駅から歩いているときに、コルマはサンフランシスコの死者を葬る場所だと気づいた。街を貫くハイウェイに沿って広大な墓地と霊廟(れいびょう)が続き、その合間にときおり花屋か自動車販売店があるだけだ。〝物言わぬ人々の街〟と陸橋に落書きしてあった。そんな街で販売員と向かい合ってアニーと並んで座り、書類ができあがるのを待っているとき、アントニーの死を知らされた。

いま振り返ると歴然としているのだが、アトリエで過ごしたあの日の意味を、そして、ぼくの命を救ってくれる可能性を持つものについて話していることを、あのときはわかっていなかった。アントニーはぼくの自殺性うつ病のことを知っていて、彼のためであると同時にぼくのためにあの記事を読みあげてくれたのだ。ぼくには疑ってかかる時間と健康があると彼は言ったが、そのとき、彼の口が一つの真実を語るいっぽうで、わずかに黄疸（おうだん）の出た目がもう一つの真実を語っていることに気づくべきだった。ぼくに本当にそれらがあるのかと。彼はぼくに、きみは救いようがない人間だとは言わずに、自分の短い人生を鏡にしてそれを見せてくれた。だから彼はぼくよりすぐれた人間だったのだ。

アントニーが死ぬ前の、ぼくたちがコルマへ行く前の、アニーとぼくが残りの荷物を引っ越しトラックに載せて国を横断する前のある週末、ジュールズというぼくの友人の絵描きがロングアイランド島ハンプトンズの保養地アマガンセットに所有している家に泊まらせてもらった。最近一発あてた彼とは、美術大学の一年生のときから親しかった。じつは、ジュールズの名が売れたから、アニーのＡＩ企業は彼に注目し、彼は自分の代わりに（明らかに親切心から）ぼくを推薦したといういきさつがあった。彼は餞別のつもりで家を使ってくれよと申し出てくれた。心惹かれた。だからこそ、その旅行のことを考えると不安になった。ほんの二、三カ月前はもう死んでいるつもりだったし、奨学金をもらえたという事実にまだ慣れていなかった。きっとそのうち、天秤の釣り合いを取るような恐ろしいことが起きると思った。文字どおり、入ることすら許されないとぼくが思いこんでいた、豊富な文化と――現実の――資産の象徴であるハンプトンズ以上に報いを受けるにふさわしい場所はない。長いあいだハンプトンズのことを、〝ザ・ハンプトンズ〟という駅名のある一つの場所だと思っていたから、その駅でぼくが下車したなら、ハンプトン人はぼくにくるりと回れ右させて送り返したことだろう。そうでないことを知ったのは、ジュールズがアマガンセットに家を購入したときだった。アマガンセットってどこだいと尋ねたら、彼はまごついたような顔をして「えっと、ロングアイランドだよ。ザ・ハンプトンズ」と答えたので、アマガンセットは町の中にある町なのかなと考えていたぼくは、腑に落ちない表情だったにちがいない。結局ジュールズはスマホを取り出して地図を見せ、ぼくは冷静さをどうにか保ちながら、自分の間抜けさを痛感していた。それに、〝ザ・ハンプトンズ〟に出かけるのかいとさりげなく訊くたびに、ジュールズは決まって「うん、二週間くらいアマガンセットに行ってくる」みたいなことを言う。で、「ザ・ハンプトンズはどうだった?」と尋ねると、「アマガンセットはすごくよかった」と答えるから、アマガンセットにはぼくにはやっぱり理解できない力がある、ぼくにふさわしくない場所だという証拠だと思った。でも、アニーに行かせてやりたかったので、ぼくは笑みを浮かべてアマガンセット行きに同意した。出発の前夜は一晩じゅう同じ夢を繰り返し見た。水辺に立ってぼくに笑いかけるアニー、すると突然波間から飛び出してきた身軽なホオジロザメに飲み込まれ、餌を獲得した喜びの航跡を残してもろとも消えるという夢だ。

ところが、まぐれ当たりの数年の始まりとして、当然ながらアマガンセット滞在中に予想と正反対のことが起きた。よい知らせがさらに飛び込んできたのだ。アニーとぼくは、とても冷たい大西洋の大波で無料マッサージのように背中を打たれながらボディサーフィンした。一時間のち、ふたりでタオルに倒れ込み、テクノロジーと距離を置きたいと思っていたくせに、ぼくはスマホをチェックした。よくない知らせが来るのはわかっていたから、一刻も早くそれを知りたかったのだと思う。これまた知らない番号から電話がかかっていた。エリアコードはニューヨーク。音声メールが残っていた。やっぱり来たかと思い、身構えた。それを聞いた。ベッツィーという女性からだった。ブルックリンを本拠とし、ある新人文学賞を主催する、世に聞こえた文学雑誌の編集長だ。ぼくの短篇集『ボーイスカウト』が選ばれ、社会的評価の高い個人出版社と提携しての刊行が決まったことを伝えるために電話してきたという。訳がわからなかった。賞に応募した覚えはなかった。ぼくの横でタオルに寝そべり、日光を浴びて湯気を立てているアニーに話すと、ひどく興奮して悲鳴をあげ、飛び上がって喜んでから、確かに応募した、何カ月か前のクリスマスのあとすぐ、夜に居間で二人でやったじゃないのと言った。それを聞いて思い出した。「夕飯のあとカウチに座っていて」とそのときのことを話してくれた。それを聞いて思い出した。締め切りの期限は夜中の十二時だったが、応募する気はなかった。しっくりこなかったし、悪だくみが進行中だった——ミストが街灯を壊しながら窓の外を動いていた。いつもそこに、霊的エネルギーであると同時に物理的エネルギーでもある悪魔がいた。もう何年も前、美術大学が手配してくれてようやく面会できたセラピストに、最初にそのことを説明しようとした。背骨と脳とが接する隙間からもやもやした不気味なものがゆっくりと這い出してきて、奇妙な触手でぼくの灰白質をつかみながら動き、ひだのあいだを進んでいるように感じることがある。意識にきつく食い込んだ手が、ぼくにひどい言葉を投げかけながら霧の中にぼくを引きずりこむように感じることがあるし、強大になったそれがぼくの外に出てきたのが見えるように思うときがある、と話した。一人めのセラピストは、さほど謎めいていないにしろぴったりの病名があると言った。自殺念慮のある重度のうつ病。好きなように呼べばいい、でも、もやもやは消えないんだ。ぼくはセラピストに言った。もやもやはいつもそこにいて、ぼくにつきまとってきた。応募した夜はとくにそうだった。

「したくないな」カウチの上でアニーに言った。「悪いエネルギーが動いてる。外の空気に混じってる。どう言えばいいかわからないけどそれは確かだ。そういう空気」アニーにミストのことを詳しくは話していなかった。そのときみたいに遠回しに言うだけで呼び名を使わなかったのは、愛想を尽かされるんじゃないかとか、頭がおかしいと思われるんじゃないかとか心配したのではなく、話すことでそれを彼女の人生に入り込ませたら、どんな力を持たせてしまうか不安だったからだ。「悪い空気があるから応募したくないの？」

「いま現在の空気は悪いね、確かに。外の。それは感じる」

アニーは窓を、そのあとぼくを見てから立ち上がり、ばかでかい〈アグ〉のスリッパに足を突っこみながら、外へ出てそれを見せてよと言った。「あなたが言っているものをこの目で見たいの」

「ばかなことを言うなよ」

「ばかなこと？　〝空気〟のせいで、あなたは応募のボタンを押せないでいる。そういうことよね——応募したら罰せられると思ってる。空気のせいでそう感じるんでしょ？　もっと詳しく知りたいの」アニーはもう戸口でノブをつかんでいた。

アニーはいつものスタイルとは違って髪の毛をうしろでピンでまとめるときがあり、その晩もそうだった。少し露出した頭皮が真っ白でひどく異質なので、それを目にすると、彼女の知ることのできない部分が一瞬さらされたかのようにぼくは動きを止める。そのとき、ぼくの気分はよくなる。説明しなかったことに対する罪悪感が減る。そして、それによって彼女を信頼する気持ちが増すのは、ぼくに知ることのできない未知の彼女を一瞬でも目にすることで、アニーに知ることのできないぼくがあるとわかって孤独感が減ると同時に、互いに知らないものがある点で彼女といっそう深くつながる感じもするからだ。あのときそれを見た。だから、一緒に外へ出ることにした。

二人で階段を下りていってポーチに立った。思ったとおり、雨が降ったせいで積もっていた雪からもやが湧いていた。そのこと自体はまったく構わなかったし熱力学的に正しかったが、やはり自分が見ているものの正体はわかった。拒絶されるのを恐れたことと、どんなだったか思い出せないが自分の気持ちをはっきり述べたことを、本心とは別に謝った。それの正体はわからなかったとしても、アニーもそれを見たという事実に慰めを見いだそうとした。必ずしも他の人にそれが見えるとはかぎらないのだ。部屋へ戻ったぼくはくつろいでいるようなふりをしていたものの、もっといやな気分になっていた――外にあったのはまぎれもない不吉の前触れだった。それでもとりあえず、ぼくたちは原稿を出した。こうして、ぼくに縁もゆかりもない場所であるアマガンセットのビーチで、あなたの本が出版されるのよというアニーの言葉を聞いていた。その商売に縁もゆかりもないのに。だから最初は断りたかったのだが、意外にもアニーが自分のことのように大はしゃぎしたのでぼくは何も言えなくなり、自分も大喜びすることにした。その夜、にこにこ顔で町へ繰り出し、全体が板張りされたようなレストランでロブスターを注文した。ブルゴーニュの白ワインをしこたま飲み、そのあと、ジュールズの家の網戸を張ったポーチの暗がりで、背の高いオークの老木の葉のこすれる音に導かれて愛しあった。終わると、薄着のまま、ことの成り行きを理解するという新しい段階に入ったばかりのような雰囲気で無言で横になり、そのまま眠ってもよかったのだが、突然アニーが自分の身体をぴしゃりと叩きながら飛び起きて部屋へ駆けこんだ。そのあとを追い、照明に目が慣れると、彼女が叩いた個所に、しかも決して見つけたくない場所に確かにマダニがいた。ぼくはそれをピンセットで引きはがして、医者に見せる必要ができた場合のために広口瓶に入れた。次に彼女はぼくの身体を念入りに調べて、尻にくっついていたべつの一匹を見つけた。それも瓶に入れた。

　そのあとベッドでうとうとしていたぼくは、内臓と血管をありありと感じて目を覚ました。その中を、あご全体に広がっていく局所麻酔薬（ノボカイン）のように、目的を持った冷たい何かが動いていたのだ。知らんぷりしようとしたけれど、ぼくにはわかっていた――それを予期していなかった自分を、ミストが現われることはないと思っていた自分を、瓶に集めた二匹の害虫となってすでに出現していたことに気づかなかった自分を笑いそうになった。虫に嚙まれたことは、運命として決まっている罰の皮切りであることをぼくは疑わなかった。ぼくらの体内をうごめくライム病となって現われるにちがいなかった。

だが、それは来なかった。次の日も次の週も、本の受賞が発表されたときも来なかったし、文学雑誌に短篇集のうちの一篇が掲載され、リーザという女性からぼくのエージェントとして働きたいという手紙が届いてぼくが承諾したときも、それにアパートメントの荷物を梱包しながらアニーと言い合いになったときにも来なかった。アニーが不機嫌なぼく――確かにクソ野郎だった――に業を煮やして「いい事だって起きるのよ。いつになったら認めるつもり？　とにかく起きるの、それだけよ」とがみがみ言うから、「それが事実だとわかれば認めるよ」みたいなことを言うと、「わたしのことはどうなの？　わたしに出会ったのはいい事じゃなかった？　わたしたちの付き合いはいい事じゃないの？　あなたはど阿呆だと思うわ。だって、わたしたちに悪い事が起きないか心配だもんだから、先回りしてわたしを怒らせてそれを起こさせようとしてるけど、そうはいかないからね。わたしが知りたいのは、あなたは心からわたしたちは罰されて終わると思ってるかどうかよ」ぼくは何もためらわず、考える間もなく「いや、そうは思ってないよ」と答えた。「じゃ、そう思ってないなら、そういういい事は単純に――いい事だと思えるようになるかもね」そのときのアニーの目は特別だった。あのグレイでぼんやりした美しい虹彩は、やさしさもさることながら、ある種の目的でふくらんでいるように見えた——ぼくを見ているのではなく、ぼくをさがしているような。ぼくは、自らついた嘘の雲の下のどこにいたのか？

←

前に彼女のあの目を見たことがある。一度だけ。六ヵ月前の二月下旬。自殺するつもりだったのにＬＤの電話をとって奨学金獲得を知った日。ぼくの誕生日の二週間前。

週末にフィラデルフィアへ行く予定だった。アニーは技術者会議に出席することになっていて、会社の無料招待旅行のようなものなので、ぼくも列車のチケットだけ買って一緒に行くことになった。そして土曜の夜は豪華ディナーのお相伴にあずかる。ちょっとした保養よ、と彼女は言った。ぼくは精神的にどん底だと感じていて、どうにかして状況を変えたかったから、からっけつだったにしろ、その誘いに飛びついた。ここ数年、一枚の作品も売れず、クレジットカードはほぼ限度額に達し、美術品取扱い業の収入は冬の気候のせいで尽きていた。とはいえ、ぼくの経済状況の悪さを少しでも漏らせば、きっとアニーは実情を察し、正直に話してとぼくに迫ってくる。基本的に彼女に嘘はつかなかったものの、状況はきわめて暗かったから嘘をつかざるをえなくなることを恐れていた。嘘だけはつきたくなかったから、真(まこと)にできそうな一時しのぎの嘘を思いついた。最大の顧客がフィラデルフィア(フィリー)に住んでいて、新作を見たがっているんだが忙しくてニューヨークに来られないので、カンバスを車に積んで見せに行くつもりだったという嘘だ。「一緒にバンに乗っていけばいいよ」ぼくは言った。「きっと売れるだろうし」

じっさい、ぼくの最大の——そしておそらく唯一の——顧客がフィリーにいた。クライブという男の見かけはぼくと同年代だが、行動はずっと年長にも年少にも見えるのは、莫大な財産を有する人にのみ可能な芸当だろう。ペンシルベニア州の石炭および鋼鉄製造で成した富を相続したのだ。現在は投機に手を出して資産を増やしている。詳しくは知らないが、ぼくの絵に魅力を感じたのは、石炭と鋼鉄を連想するからだと聞いたことがある。一風変わった半抽象画で、アクションペインティングに近く、グラフィティ半分風景画半分の画風で、主として酸性の鉱山排水で汚染されたその地域の水路の色合いを模した暗いオレンジ色でアパラチアとその地方の産業を表現した絵だ（こうして説明すると、ぼくの絵が流行らなかった理由がよくわかる）。そうした産業が環境に残した爪痕(つめあと)を彼がどう思っているかは不明だった。

「列車で行けないの？」ぼくが計画を話すとアニーは言った。「絵を持っていくのは別の機会にできない？　それとも、わたしは列車で行って現地で合流するとか？」

「ぼくの仕事を真剣に考えてくれていないように聞こえるな」ぼくは言った。胃がひっくり返った。

「そうやってわたしを責めるのはすごくひどいと思うけど、わかった。車で行こう」

ゴミ袋になったような気分で二、三日中にフィリーへ行くとクライブにメールし、別のコレクターに会うつもりだけど、興味があるなら必ず最初に作品を見せるよと嘘を書いた。着いたら連絡をくれうちに来ればいい会えるのを楽しみにしてるよという、いかにもスマホで音声テキスト化した返信が来た。なんでもいいからかき集めて持っていかなくてはならない。

金曜の朝、バンに絵と荷物を積んで南へ走り始めるとすぐに渋滞にぶつかって、目的地までそれが続いた。車内の空気は張りつめた。アニーはしじゅうスマホをチェックし、首を伸ばして外をうかがってばかりいた。とうとうぼくは屈した。「なんてこった、すまなかった、道路事情はぼくにはどうにもできない。東側ルートは予測不可能なんだ。事前にわかるわけないだろ?」

「列車で行けばよかった。朝の計画がめちゃくちゃだわ」

「不手際ですまない」

「いまごろ? 本気で言ってるの? 絵を待ってもらえなかったの? わたしは仕事で出張なのよ。コレクターが大金持ちなら、午後にプライベートヘリで来てもらえたんじゃない?」

「とても忙しい人なんだよ。美術業界がどういうものか、きみにはわからないんだ」内部で自分の大きな部分がわめきたてるのが感じられた。

ホテルに着いて車を寄せたとき、チェックインしておいてねとアニーに言われた。夜、仕事が終わったら、バーで落ち合うことになった。アニーは車をおりて、じゃあねとも言わずにドアを閉め、会議へ向かった。

　フロントで、予約してあったアニーの姓を伝えた。係員からＩＤの提示を求められた。ぼくは見せた。すると、ぼくの名前で予約されていないので部屋には入れないと言われた。アニーは妻だと嘘を言い、ぼくが結婚したがるタイプの人間に見えることを祈った。係員は指輪のはまっていない指をちらりと見た。

「こんなのばかげてる。妻はいまここで会議中なんだ」

「では、奥様にここに来てもらってＩＤを提示していただくしかないですね」

　ぼくは脇へどいて彼女に電話したが、すぐにボイスメールにつながってしまう。係員のほうに身を乗り出した。「電話がつながらないんだ」

「ああ、それは地下の大ホールにおられるからでしょう。あそこは電波が届かないんです」

「つまり、地下の会議ホールへおりて妻を見つけてここへ連れてこいと言っているのかい？」

「いえ、お客様に何かをしろとは言っていません。でも、そういうことです」

　ジグザグに続くエスカレーターを何度も乗り継いで深い地下へおり、会議場へ入る観音開きのドアにようやくたどりついたのに、中へ入ろうとしたら細い口ひげの警備員に止められて、ストラップを見せろと言われた。何のことを言われているのかわからなかった。彼はぎょっとするほど大きな声で「ここに入りたいなら、名札のついたネックストラップが必要です。それがなければ中に入れません」と言って、トートバッグを持ち、青っぽいストラップ付き名札を首からぶらさげている人を指さした。すぐに、ぼく以外の全員が青っぽいストラップをぶらさげ、トートバッグを持っていることに気づいた。頭にかっと血がのぼった。ぼくは拳を握りしめていた。声をひそめて「ざけんなよ」とつぶやいて一階へあがり、アニーに都合のいいときに電話してほしいとショートメッセージを送ってから、クライブに連絡して会うのがいちばんだろうと思った。彼のサイン済み二千ドルの小切手がポケットにあれば、今日の災難など全部どうでもよくなるだろう。

彼に電話をかけたが出なかった。すぐにかけ直してくるさと自分に言い聞かせた。彼がどこに住んでいるかはだいたい知っていたから、その地域へ車を走らせてスポーツバーに入り、安いビールを注文して待つことにした。数時間が過ぎた。知らないうちに予定以上にビールをたくさん飲んでしまってほろ酔いどころでなくなると、自分がますます哀れで、本当にだめな人間としか思えなくなった。七時ごろ、バーに集まりだした明るいオレンジ色のフライヤーズのジャージーを着た人たちを見て、アイスホッケーの試合観戦だと気づき、大きな不安に襲われた。

父にピッツバーグ・ペンギンズのファンとして——ペンギンズの試合を観戦する父を見て——育てられ、フィラデルフィア・フライヤーズを見くだせと教わった。今日のフライヤーズの対戦相手はペンギンズですらないのに、彼らの試合を観なければならないという事実は、ぼくの魂に対する侮辱のように感じた。これに対処するために、また一本ビールを注文してから、クライブに〝やあ、少し前にかけた電話に気づいてくれただろうか。もう着いたよ。会えるのを楽しみにしてる！〟という痛々しいメッセージを送った。試合が始まって早々にフライヤーズは二ゴールを決め、ぼくはそれを自分へのあてつけと解釈した。贔屓のチームですらなかったのに、負けているチームに肩入れし――氷上で踏み潰されている負け犬一人ひとりがぼくの分身であり、つまりはまわりにいるファン全員がぼくの敗死を歓迎していた。とんでもなくゆがんで忌々しいことだと思った。そのとき、クライブから〝今夜はだめで申し訳ないが金融市場は決して眠らない〟というメッセージが届いたが、金融市場は完全に眠るからそれはでまかせだった。起こすためのベルがあるくらいだ。もう一本ビールを頼んで、それを口元まで持ち上げたとき、ジャージーを着た隣の男がぼくの肘にぶつかって、ズボンの股にビールが少しこぼれた。男はこっちを向いて詫びた。気をつけろとぼくは言った。男はぼくを見つめた。

「おバカなくそチームに戻れよ」ぼくは言った。

何だって？ と男は聞き返した。ズボンを濡らしたビールのせいか、ぼくの酔狂な酸性鉱山排水の絵とまったく同じオレンジ色のフライヤーズのジャージーのせいか、それとも、ぼくの脳みそが万力でつかまれると同時にゆるんだような感じだったせいかは知らないが、四十年近くスタンレーカップもとれないへぼチームの試合を見てろよ、さすが二流のクエーカー教徒の住む田舎の代表チームだなと追い打ちをかけてしまい、数分後には、酔っ払ってすかんぴんで、あふれ出る鼻血を止めるためにナプキンを鼻の穴に詰めて、ぼくは凍てついた歩道にひとりで立っていた。マンホールの蓋から立ち昇る蒸気がぼくの方へ漂ってきた。

アニーに電話した。運よくつながった。かんかんに怒らないでくれと願いながらチェックインできなかったことを説明する。厳密にはぼくに落ち度はないが、渋滞にはまって遅れたのは、まあぼくのせいだから、そこには触れないでおいた。アニーは長々と溜め息をついた。「まだ夕食会の途中よ。仕事してるの」

自分の発言がこの状況に否定的に作用するのを恐れて、ぼくは何も言わなかった。

「これが終わりしだいホテルで会えると思う」彼女は言った。「バーはそのそばよ。わたしがチェックインするから、そのあと一緒に歩いて行きましょう」

「愛してる」と言ったのに、アニーは電話を切った。

酔いがひどすぎて運転できず、金がなくてタクシーに乗れないので、かなりの距離を歩いて戻り、広々したロビーで腰をおろした。ベルボーイがやってきて、お手伝いしましょうかと声をかけてきた。ばかなフロント係からぼくじゃだめと言われたから、チェックインするために妻を待っているんだと説明した。彼は笑みを見せて首を振ってから、もし顔を洗いたければと言いながら、ロビーの反対側のバスルームを手で示した。ぼくは鼻血のことを忘れていた。彼に罵声を浴びせようとしたとき、回転ドアからアニーが入ってきた。

つかつか歩いてきてぼくの腕をつかみ、エレベーターそばのアルコーブに連れていった。ぼくと一緒のところを見られたくないらしい。

「いったい何があったの？」言うなれば、食ってかかる勢いだった。

「マンホールの蓋でつまずいた」と嘘をついた。

「どういうことよ」

「転んだんだ」

「マンホールの蓋で？　で、倒れて鼻だけぶつけたの？」

ぼくは何も言わなかった。

「荷物はどこ？」

バンの荷物のことを忘れていた。「クライブがカクテルを勧めてくるもんだから、もういいよと言えなくてさ。運転するのはまずいと思った」アルコーブの照明がちらついて、そのあと暗くなったように思えた。

アニーはぶつぶつ言いながら背を向けて、フロントへ歩いていった。ぼくはどうしていいかわからなかったので、その場を動かなかった。彼女がルームキーを持って戻ってきて、ふたりでエレベーターに乗ってあがった。部屋に入ると、ぼくがベッドや椅子にたどりついて腰をおろす前に、彼女は立ち止まり、振り向いてぼくを見た。そして、どういうことか教えろと強く迫った。

そのときのぼくにはわかっていた。歩いていってベッドの端に腰をおろし、頭を垂れて、支えにするかのようにすべすべした化繊のベッドカバーを両手でつかんだら、アニーがそばに座って忍耐強い片手をぼくの手に重ねてきて、ぼくはすべてを――おけらになり、クライブにすっぽかされ、脳みそは溶けて崩れ、死にたくてたまらなかったから、だから誰かにぼくの顔を殴らせたと――話し、彼女は動転しただろうが、明らかに体調のすぐれないぼくだからそういうことを言ってしまったのだとも見抜いたはずだ。誠実さ、もろさ、自信――ぼくにはそうした資質があると、つきあい始めたころ、うつ病のことを打ち明けたときに彼女は言った。話したらてっきり見捨てられると思っていたのに、反対に、打ち明け話の目的がときにはそうであるように、予想どおり二人の距離は縮まった。彼女は確信を持ってぼくに続いた。ぼくのうつ病は間違いなく怖いし悲しいが、慣れていないわけではない。じつは祖母は死ぬまでその病気に悩まされ、ぼくと同じく入院したこともあった。でも、自分が怖いからといってこういう状態のぼくをひどい目にあわせるつもりはないし、できれば二人でそれを乗り越えたいと思っていると彼女が言ったとき、ぼくの目に涙が浮かんだのは、彼女に対して強い愛情を覚えたのと、ぼくの病気は克服できるものと信じていることがとても悲しかったからだ。まるでぼくのためにいつも用意されていた出口のほかに出口があるかのように。自我を抜け出す出口があるかのように。そのときは話したくなかったから話さなかったが、正直なぼくでさえ、不正直になれるということだ。それなのに、フィリーのホテルの部屋で立ちすくむぼくは、正直でやましいところのない状態でいたかったから、こう言いたくてたまらなかった。

〝アニー、ぼくはものすごく時間をかけて爆発する手榴弾だと思うときがある。ミストのしわざだ。自分の死に方とその死にまつわる事情が人々になにをもたらすかをずっとわかっている感じなんだ。だって、それを現実にするのは自分なのだから。それは問いではないし、理由は必要ない――それは目的だ。ぼくは手榴弾で、何年か前に一緒に食事をしないかと誘ってきみがイエスと言ったときにピンが抜かれた。あのとき、それがわかった。ずっとわかっていた。ぼくはきみを破滅させてしまうと。初めて会ったとき、カフェのぼくのテーブルまできみが歩いてきたときに、そう言うべきだった。ぼくはきみを破滅させてしまう。したくないけど、してしまうんだ。ぼくはきみを破滅させるし、たぶんきみだけでなく――被害を最大にするために、家族を持とうと考え始めるほど希望に満ちた時期が長く続くかもしれないが、自分ではどうすることもできない精神はぼくから受け継ぐものによって破壊され、ぼくの自分への仕打ちによって家族の心は傷つく。前もってことわっておくべきだったのにそうしなかったのは、ぼくが甘かったから――いや、必死なあまり――すべてを包みこむ一生をかけた真実の愛が、ぼくの心を変えるのに必要な薬かもしれないと思ったからだ。それが間違っているのはわかってたんだ、アニー、でも、止められなかった。なぜならぼくは自分本位だからだ。ぼくはウイルスなんだ。だから、きみがぼくを愛していると言うときでも、きみのおかげで幸せを感じるときでも、キスしたり、タクシーの暗い後部座席でお互いにもたれかかったり、目の前に心温まる善意の道のように延びている二人の未来が感じられたりするときでも、気分よく感じる一秒ごとに気分は悪化して、これまで以上に、ぼくの表面にあった小さなひび割れが音を立てて裂けるのを、そして爆発して広がる無慈悲で無秩序（エントロピック）な光が届くのを感じるんだ……〟

　でも、どれほど正直でいたくても、これを話すことはできなかった。舌は自分の舌ではなかった。意識は自分の意識ではなかった。その代わりに、ばかげた作り話を繰り返し口にした。本当のことを話してとアニーは言い続け、ぼくは嘘をつき通し、なんて言えばいいかわからないと言い続けた。

「あなたの状態がわからないの」彼女は言った。泣き出しそうに見えた。そのせいで気分はさらに落ち込んだものの、ぼくの一部はとても喜んでいた。「いまはどうにもできないわ。手が出せない。今夜は一緒に来ないでほしい。明日、あなたは家に帰って、日曜に話し合うのがベストだと思う」

「いいよ」ぼくは言い返さなかった。それがまた彼女を傷つけたらしかった。

　日曜に帰ってきたアニーは、ぼくに簡潔な最後通牒を突きつけた。もっとセラピーが必要なのは明らかだ、以前かろうじて効いた薬物治療を再開することを主治医と相談しろ――同意しなければ別れる。ぼくは同意した。ここ一年以上、金銭上の都合でセラピーを受けられなかったことはわざわざ話さなかった。関係ない。どうやって死のうかともう考え始めていた。

　それから二週間後の誕生日になっても、ぼくは死んでいなかった――ＬＤからの電話に出たからだ。そして、カリフォルニアへ引っ越すための荷造りをしていたとき、ぼくをさがしにきたアニーはぼくを見て「こういういいことは単に――いいことなんだと信じていいんじゃないかな？」と言ったので、ぼくはそうだねと言い、そのとき本当にそう思い始め、そのまま信じ続けた。ニューヨーク生活の最後のころはそう信じていたし、アニーがデジタル製品製造会社の活気あるＡＩ研究開発部（R&D）のデザイン部長職採用の電話面接にこぎつけ、それに合格して、ぼくたちがカリフォルニアに入ってすぐに二日間の面接が設定されたときも信じていた。ジュールズがアトリエにしている倉庫のルーフデッキで開いてくれたお別れパーティのときも信じていたし、トラックに乗り込んでニューヨークと、バックミラーに映る青空を切り裂くノコギリ歯のような高層ビル群に別れを告げて西へ向かったときも信じていた。最初はアニーが運転し、ぼくは面接の準備のお手伝いで参考図書の『デザインについて：批評による意思伝達と協力関係の向上』か『デザイン組織のための組織デザイン：企業内のデザインチームの形成と運営』――どちらも業界のスタンダードらしいが、ぞっとするような表紙で、良質なデザインとはまるで縁がなさそう――を読み聞かせるか、〝デザインとは何か〟から〝組織内のデザインカルチャーの要素をどう概念化するか〟まで多岐にわたる質問カードを読み上げるかした。ときには彼女の答えをスマホで録音して聴きなおし、修正したり暗記したりする。彼女の過去と現在の声がほぼ完璧に前後に並ぶ。「ことにＡＩでは、誰もがデザインチームの補欠要員として制約を受け入れ、それを支持しますが――わたしの意見では――〝制約を受け入れ〟ているように行動するデザイナーは、実際には制約を平凡な製品の言い訳にするという意図しない結果を招きます。デザイン部長としてのわたしの役割は、そうしたことが起きないカルチャーを醸成することであり、明快な価値基準によってそれを実行します」ペンシルベニア州を南に走ってなめし革色の幅広いサスケハナ川を渡り、最初の晩にウエストバージニアの父の家、すなわちぼくが育った家、ミストが初めて現実のものとして姿を現わした一九九六年のモノンガヒーラ川化学薬品流出事故のときに住んでいた家に立ち寄ったときも信じていた。その事故の痛手はいまだにぼくの人生に、動的媒体である時空世界そのものに——物理学者の回想録を読んでからそう思うようになったが、ぼくの理解が正しいかどうかはわからない——波紋を起こしており、ぼくには決して予測できず、想像すらできなかったかたちで、未来でぼくを待ち受けていた。車で私道へ入っていったアニーとぼくを、玄関先の階段の上で、吸ってはいけないはずの煙草を吸いながら父が出迎えてくれたときも、まだそう信じていた。

煙草を吸っていた父のこのときの姿から、煙草を吸うことに関して一つのある考えが芽ばえた。イタリアに来てからその考えがふくらんでいるのを感じていたが、いまやっと言葉にできるようになった気がする。つまり、カフェや街角で煙草を吸っている年配のイタリア人男性からは、父に似ていなくもない男たちからは堂々とした風格を感じるのに、煙草を吸っているときの父は、とりわけぼくには〝風格がある〟ように見えないことに小さな悲しみを覚えるのだ。ヨーロッパ人は——階級や土地や健康についてのアメリカ的固定観念に縛られずに——煙草を吸っているときのほうがずっと堂々として見えるというのは、基本的にはアメリカ人が彼らを評するときの決まり文句だが、だからといって真実でないわけではない。父にとって煙草は手に届く数少ない嗜好のひとつであり、長い一日の労働のあいまにこっそり息抜きできる手段のひとつであるという事実が消えることはない。健康を引き換えにした息抜きだが。ぼくだって偉そうなことは言えない——若いころは父の喫煙に不満たらたらで、煙草を何百本もちぎっては煙草を吸うことに小言を言ったり、「ゆるやかな自殺と同じだよ」などと言ったりした。確かにそのとおりかもしれないが、おわかりのようにぼくは、どれほど軽微な自殺行為であっても、それをとやかく言える人間ではない。だから、底抜けに野暮であきれ返ることも多い父のことを話す前に、まず言っておく。ボローニャに到着したら、次の列車までの短い乗り継ぎの間に駅の外に出て、父を偲んで煙草を吸おうと決心した。それが感傷だとしても全然かまわない。アニーとぼくがニューヨークから到着したあの晩、玄関先の階段で父が味わっていたように、父のためにに煙草を味わおう。遠路はるばるやってきたうえ、あのときはさほど運命にとりつかれていない一新した気分だったから、煙草に出端をくじかれることなく、父をたっぷりとハグして、大嫌いなはずなのに大好きなマールボロのにおいを吸い込んでから後ろにさがり、こうなるといいなと願っていたとおりに、アニーに会って顔を火照らせる父を見つめた。アニーはそんな父にアニーなりに火照った顔を向けた。治療のときに遭遇することになる、どこまでもいつまでもピーチシャンパン色のオーラを放つ彼女の精神の輝きとともに。そしてその二人が抱き合った瞬間、一つになった身体から放たれた光が、晩夏らしい蒸した黄昏に浮かび上がった。居間からテレビの大きな音が聞こえたが、ありがたいことにフォックスニュースではなかった。最初は父のもてなしの気持ちかと思ったら、兄のベンが家にいて、チャンネルを変えてくれたのだと気づいた。ぼくが子どものときによく座っていた、居間の辛子色の格子縞のカウチを占める雄牛のような体格が見えた。

大きくなって、ラファイエットパークやチートレイクといった高級住宅地の友人宅のインテリアの上品さがわかってくると、この家の質素な造りと暗くて古い室内装飾に嫌気が差した。茶色のけば織のじゅうたん、茶色のウッドパネルの壁、台所の濃い茶色の戸棚、バスルームのリノリウムの床と茶色の菱形の吊りランプ。栗色、茶褐色、灰褐色、黒褐色、赤褐色。いろいろな砂の色。ところがその晩、居間に座り、ソファの目の粗い布地をなでながら見回してみて、フラットスクリーンの大型テレビは別として──頑として変わらなかったこの部屋がついに、景気後退期以後のしゃれた状態となって存在していたことに初めて気づいた。田舎くささ半分ミッドセンチュリー様式半分の家具、ウッドパネルを張った壁、壁にずらりと掛かった色あせた家族写真とガマの群生地の上を飛ぶマガモの絵。その横に永遠に羽を広げて飛ぶマガモの剝製、その横に切り株をウエストバージニア州の形に彫り出して作った時計、そのすべてを見おろす、暖炉の上に飾られた鹿の剝製の用心深い目。それを狩った祖父と同じ威厳と静かな心遣いを感じさせる姿勢で固定されたエイトポイントの角を持つ鹿の頭部は、祖父の賛美対象だったわりには飾り立てられていない──家族で意見が合わないときに祖父のことが引き合いに出されるたびに、その鹿のほうにうなずくか指さしてからそれに背を向けるのが恒例だった。マントルピースの上に、ベトナムで戦死した軍服姿のユージーンおじさん——父の兄——の写真。いくつかある灰皿は陶製で、カナディアンクラブのロゴが入っていた。ブッシュウィックに一年弱前にできたこんな雰囲気のバーでは、レモンツイスト入りボンベイサファイア一杯が十五ドルはする。

アニーは気に入ったにちがいない。全部を丹念に見て歩きながらいちいち「これ好きだわ」と言ったからだが、そんな彼女を見てぼくの心情も、恋人としても、美意識的にも満たされた。案内役のベンが、ぼくがとくに悲劇的だと思っている数枚の写真を指さした。その写真がずっと大嫌いだったのは、見るときまり悪くなるからではなく、のんきな子どもからミストに悩まされる子どもへと変わる瞬間をとらえているからだ。ぼくの屈託ない笑顔は、まるでカメラのすぐ後ろに、不器用な撮影者のはげ頭のすぐ後ろに、小さく集まりだした不気味な雲を見ているかのようにこわばって不安そうにしぼんでいる。

でも、その夜は気にならなかった。父が台所でごそごそやっているあいだ、アニーの相手をベンにまかせた。ベンに会えてうれしかった。兄弟仲が悪かったのではなく、疎遠だっただけだ。ぼくは美術大学へ進むためにウエストバージニアを離れたが、兄はあえてこの地方で生きることにし、大学へ行かずにまっすぐ採鉱現場に飛び込んだ。手っ取り早く稼ぐためだと兄はいつも言ったが、アパラチア地方の奥の奥に姿を消したのは、ぼくがカンバスで決してできなかった方法でそこを理解してみせたかったからではないか。つまり、兄は金をほしかったからでも、現場で働きたかったからでも、アパラチアにいたかったたからでもなく、ぼくたちの父親を理解したかったから——というか、父親を作り上げた世界を理解したかったからその道を選んだのだとぼくは思っている。思うようにはかどっているかどうかはわからない。ウエストバージニアを離れてから、こととすっかり縁遠くなった。絵を描くことで距離は広がるいっぽうだったし、父にとって——要するにぼくは異星人となってしまった。そんなぼくが、カリフォルニアへ行く途中、荷物を満載したトラックを私道に駐めて、育った家で腰をおろしているのは、ウエストバージニアでボーイスカウトとして経験したことを小説に書いたからだ。

ソファに座って、大学のマスコットである山人(マウンテニア)を彫ったガラスのジョッキでビールを飲み、街の騒音を何年も聞いてきた耳にはとても愉快で心地よい、止むことのないセミの声を聞きながら、ぼくは幸せな気分だった。自分に満足していた。ところがそのとき、居間と食堂の境に置いてある低い本棚が前と変わったことに気づいた。その中身がだ。入っていた本——タイムライフ社美術全集二十九巻——がなくなっていた。

出ていった母は二度と姿を見せず、誕生日かクリスマスにときどきカードを送ってくるだけで、ベンとぼくはダメージ——自分の名前すら書いてないときがあった——を防ぐために封筒を開けるのをやめたので、母の思い出の品はその全集だけだった。全二十九巻。『巨匠の世界　ゴヤ』。『巨匠の世界　マネ』。『巨匠の世界　ダ・ビンチ』。革装で、背表紙に金色の字が打ち出され、画家の代表作が印刷された厚紙の外箱に収納されている。母はたぶん酔った勢いでガレージセールでセットを買ったのだろう。母が残していったのはそれだけだったから、ぼくはそれに執着した。理由があって置いていったのだと思った。暗号のようなものだと思った。暗号を解くには、それを全部読んで、ページの中の絵や文字から、母が出ていった理由と連れ戻すために何をすればいいかを見つける必要があった。まだ小さかったぼくには文章はひどく退屈で、最初はほとんど読めなかったが、絵が訴えかけてきたので、すぐにそれを描き始めた。これがぼくが最初期に受けた構図（コンポジション）、形態（フォーム）、動勢（ムーブメント）の教育だった。描き始めは子どもっぽい筆使いで見たままを模写したが、やがてより明快な解釈へと発展した。それぞれの代表作がぼくのノートのどこかで見られた。ときどき、だれかの絵に夢中になった。レンブラントの『織物商組合の幹部たち』にのめりこんで何十回とトレースしたから構図を覚えてしまい、いつでも描くことができた。もちろん、ぼくが描いていたのは絵ではなく、グラファイトでもっとフラットな二次元に印刷された絵のイメージ図だったが関係なかった。ほかの作品も描いた。リクテンシュタインの『筆致（ブラッシュストローク）』の一枚、ウィンズロー・ホーマーの『急流のカヌー』。そのうち、この本を読めば母のことがわかるという幻想を卒業した。最初から最後まで丸ごと一冊は読まなかった。惚れ込んでいた画家の本さえ読むのに苦労したが、それとは別の意味で、たぶんもっと真剣に本を味わうようになったのは、ぼくに知識がどうしても必要だったことに加えて——逃避の手段としてだった。

　美術全集はぼくと母との、あるいはぼくと芸術家人生との接点だったから、全集がなくなっているのを見てぼくは怒りをつのらせたはずだとみなさんは思うだろう。その二つの接点はまぎれもない感情的な絆ではあったが、ぼくの中で湧き上がる怒りと完全に釣り合ってはいなかった。そりゃそうだ、長らく画家として生きてきたのに、全集を一度もニューヨークに持ってこなかったのだから。だが、その点については答えがある。ずっと心に秘めていた答えがある。ぼくは全集をある種の記念品（ブラッシュストローク）にした。筋は通らないのだが、大学進学で実家を離れる数カ月前のあるとき、この全二十九巻がぼくの人生の芽生えであるなら、それを手元に置くのは、不遇の時期を乗り越えてぼくなりの『巨匠の世界』を打ち立ててからだと決心した。いまでも空想にふけったときの場景が目に浮かぶ。元倉庫のきれいに片付いたアトリエのど真ん中の簡素な本棚にきちんと並べられた二十九巻。そのそばのイームズのラウンジチェアに深々と座って、助手が広げた大きな新（さら）のカンバスをどうしたものかと考えているぼく。北側の窓の下で光る大判の白紙のカンバス。カメラマンが雑誌の《アート・イン・アメリカ》や《タイムズ》の作者紹介コーナー用に撮りたがる場景だ。澄んだ光、汚れのない壁、傷のない床、洗われたパレット、未使用のカンバス、清潔な作業服、こざっぱりしたヘアスタイル、イームズの椅子。「で、あそこにある本は」とジャーナリストが尋ねる。「何か謂（い）われがあるのですか？」

〝あそこにある本？〟ぼくはまごついたように言って、まず全集にちらりと目をやって口ごもる。振り返ったときに、背後に置かれたあか抜けないが誇り高き庶民的な由来を持つ中古品と一緒にソフトフォーカスで素顔を撮られることを承知している。〝あそこにある本がすべての始まりです〟

これを言うのは気が引けるが、治療のあとはどうでもよくなった。理解はできる。そういうふうに考えた少年の気持ちはわかる。いずれにしろ、このころにはぼくは妄想を手放していた。むしろ、そのことを考えないように最大限努力していた。なぜかというと、ぼくの失敗はある程度、そもそもそういう空想をしたことに対する処罰だったと思うようになっていたからだ。ではあのときなぜ、全集がなくなっていたことに怒りを感じたうえ、その理由を知ろうと必死になったのか？　ぼくの脈の中で強烈な動揺が目覚め、恐慌状態となった舌の下に言葉が集合する。またしてもいま、それが感じられるような気がするが、ただし——治療中に過去へ飛んだときに感じたように——ぼくとそれとのあいだにはスペースがあり、そのスペースを通して、ぼくが育った居間の辛子色の格子縞のソファに座っていたあの夜に起きていたことがだんだん意味をなし始める。そして、全集に象徴される力を、絵を描くための根本的促進剤から『ボーイスカウト』を書いた動機に変移させたかったのだという結論に達する。画家とは彼ら自身の現実の産物である、ということを教えてくれた二十九巻の全集は、もっと広い意味で、人々は人々なりの現実の産物であることも教えてくれたのではないか？　確かに説明文はろくに理解していなかったが、そのうち点と点をつなぐことを学んだ。となると『ボーイスカウト』は、物語で描いた時期を含めた過去の年月で学んだことを実現したぼくの産物と言えないか？　若き日のピカソが友人のカサヘマスの自殺を機に青い絵の具を使いだしたことや、十三歳の新入隊員ロジャー・マーティネッリが言語障害のせいで無口になり、傷つき、思いやり深い心を持つようになったことを理解できるということと大差ないのでは？　辛子色の格子柄のソファに座ってむかっ腹を立てていたときに、こういう考えがぼくの意識の裏階段の下からそっと這い出してきた、ように思う。ぼくにはあの全集が必要だった――もしかすると全集を取り戻したくてウエストバージニアくんだりまで車を走らせたのかもしれない――なぜなら、『ボーイスカウト』としてできあがった自己流の一連の物語は幸運のたまものではなかったという証拠をなんでもいいからほしかったから、というのは幸運のたまものはぼくには転がってこないからだった。「どうやったのかはわからない、とにかくできあがった」という説明は容認できなかった。だめだ。この短篇集は、明確な一本線で源（みなもと）までたどれるものでなければならない。原因と結果。どうやったのかわからないとしても自分が作ったものは本物だったことを、そしてそこから生じたものに値する自分であることを、単なる自己満足にしろ、自分に証明するためになんとしても必要だった。それがタイムライフ社の全集なのだろう。だから、ぼくはあんなに腹を立てたのだと思う。

いま、ローマ郊外を離れ、時速二百五十六キロメートルでラツィオ州の静かな田園地帯をなめらかに突っ切るフレッチャロッサの中で、あの全集は父にとってはとてつもない苦痛を生む種だったにちがいないと生まれて初めて思いいたったぼくは、その怒りの幻が消えていくのを感じている。突然自分を捨てて出ていった愛する妻の形見を数十年にわたって毎日見るのはどれほどつらいことかと思いやれなかったのは、ミストとミストの小細工のせいだ。全集だけでなく、わざとらしくうなるか音を立てて新聞をめくるかするまで父が部屋にいることに気づかないほどそれに夢中になっている息子を見て、不在の母にはそこにいる父以上の影響力があると感じていたにちがいない。残酷な愚弄だった。ひとり19Dの座席でようやくそのことに気づいて心が痛み、その痛みをありがたく思う。その痛みのおかげで真実が見え、父に国際電話をかけてありがとうと言いたくなったことに感謝するが、もちろんそんなことはできない。そう言われても父はどうすればいいかわからないだろうし、麻薬でもやってるのかと思うだろう。でもぼくは言いたい、だからいま言う。〝長いあいだ全集を置いておいてくれてありがとう。それを見てどんな気持ちになるか気づかなくてごめんなさい〟

しかし、あの夜のぼくはこんなことを考えていなかった。あの夜のぼくは激怒していた。さきに挙げた理由だけでなく、ブルックリンの近所にあったキーフッド・スーパーマーケットの外で売っている海賊版に似たくだらないDVDに、しかも主にスティーブン・セガールの映画の海賊版に置き換わっていたからだ。ぼくは即座に台所へ歩いていって、ぼくの全集をどこへやったと父に尋ねた。父は煙草を口にはさみ、エプロンをつけ、ウールリッチのシャツを腕まくりして、ぼくのイタリア人の祖母直伝の日曜午餐用ソース(サンデーグレイビィ)の鍋をかきまぜていた。「おまえの部屋に置いてある」父は穏やかに言った。

「なんでおれの部屋に？　動かす前にことわってほしかった」

「DVDを置く場所がほしかったんだ」

「DVDだって？　あんなの粗悪な海賊版じゃないか。誰に売りつけられたのさ？」

「俺が作った」かきまぜる手は止まらなかった。

ぼくは冷蔵庫からビールを取り出してジョッキをまた満たし、自分の部屋へ――実家に着いてからも部屋へは行かず、荷物はトラックに入れっぱなし――全集を見に行った。全部たんすの上にきちんと積んであったが、心境に変わりはなかった。神聖なものを汚された気分だった。

居間に戻ると、兄とアニーが気まずそうにソファに座っていた。いかにも嘘めいたなにげなさを漂わせる彼女の態度からして、自分はおそらくこの部屋に久しぶりに入った女であり、時間をかけて、まわりの空気も含めて自分のための場所を作らなければならないと感じているように思われた。「ここに座れば？」と彼女が言った。ぼくは二人のあいだに腰をおろしてビールを口に含み、ベンに顔を向けた。「DVDで何やってるんだろう？知ってた？」

「おまえは知ってると思ってたよ。おやじがコンピューターの使い方を覚えて、いまじゃネットフリックスで映画を観て、それをコピーして、コレクションして、ひとにプレゼントしてるんだ。プラスチックケースまで買って。ジャケットとか全部印刷してる。最後にいつ地下室へ行った？」

「地下室がどうした？」

「行けばわかる」

むきだしのマツ材の階段をおりて暗い地下室へ行った。ぼくがここにいたあいだ、そこは未完成だった。壁の一部はボルトが見えていて、一部は石膏ボードが張ってあるものの未塗装だし、床は冷たいコンクリート。ところが、階段をおりた足の下は――機械織りの青い事務室用カーペットだった。照明のスイッチを弾いたが部屋は暗いままだった。目を凝らして慣らした。地面近くの細い窓から月明かりが差し込んでいた。荘厳な墓所のような雰囲気だった。ゆっくりと歩いていくと、前は古いソファや使わなくなって畳まれた敷物の上にテレビが置いてあった場所、ベンとぼくが仲間と集まってビールやマリファナを巻くのを覚えたり、やがては女の子の下着のゴムの下に指を滑らせるときにぞくぞくを感じた場所が見えてきた。いま、そこには壁沿いに白く高い棚と、部屋を仕切るように白い棚がいくつも置かれていた。暗くても、棚にぎっしり詰まっているのはDVDだとわかった。数百。数千かも。ぼくは、何かを目覚めさせたくないと思っているかのように棚と棚のあいだをそっと進んだ。棚の一つひとつに青と金色のプラカードがつけてあった。〝アクション〟、〝コメディ〟、〝ファミリー向け〟。奥へ行けば行くほど現在という感覚がずり落ちていって、一歩ごとに純粋な郷愁（ノスタルジア）の場所へ踏み入り、そこで鳴っている古い鐘のような不穏な音が聞こえてきそうな気がした。若いころの自分に戻りたいと思ったことは一度もないのに、この部屋、この過去の空間は、ぼくを過去へ引き戻しただけでなく、その勢いが猛烈だったせいでゆっくりと消されていく現在の自分を感じたほどだった。若いときのベンがVHSを手にしていまにも棚の向こうから現われるような気がしてならなかった。対峙する心の準備ができていないものが一つあるとすれば、それは若いころのベンだった。ぼさぼさの濃い髪の下から見つめてくるベン、母が出ていったあと、流出事故のあと、父が精神的に参ってしまったあと、ぼくたちを襲う苦しみを物ともしないベンの笑顔。酔っ払い、骨の髄が干からびてしまったように浮ついていたぼくは、終末論的孤独としか言いようのない周波数に接続された――移送されたインテリアの内側で生き永らえていた精霊たちの孤独、もっと言えば父の心の孤独、衰弱した心身の中にぼくは立っていた。

いま19Dの座席でそのときのことを思い返し、物理学者の仕事をして得た知識により、時間に関する彼の著作に出てきた略図――時空の時間的構造において光円錐（ライトコーン）が同一点に戻ってくる様子を示す図――を考えずにいられなかった。どうやればこれを適切に説明できるのかさっぱりわからない――それがわかりにくい点だ。物理学者さえ略図を使わないと説明できないのだから。ぼくに言えるのは、治療してから――なんと言えばいいのか――不自然なほど自然だと感じるレベルでこれを理解できるようになった。どうしてこうもすんなり理解できるのかよくわからない。だが、それを明確に説明するだけでなく、なぜそれがわかるのかと考え始めると、解離と強制メタ認知という感覚を引き起こし、さらには、小さいころ文法を勉強したときみたいに頭がくらくらするのだ。要は、時空のある一点へ戻る光円錐という概念または現象が、あのときあの部屋で起きたのだろう。ぼくは時空のある一点に再突入した。よくわからないんだが……わかっているのは、何かがぼくを貫き、ぼくはビールのジョッキを落とし、また子どもに戻ったように――なぜなら子どもだったから――両手両足で階段を這い戻ったことだ。

　ベンは居間にある地下室のドアのところで、どうなることかと楽しみにしながら、階段をあがってくるぼくを待っていた。アニーもその横にいたものの、寡黙な少年倶楽部から救い出してくれと目が訴えていた。ひどく動揺していたぼくは、さほど積極的に客をもてなしてくれないベンと父に腹を立てることもできなかった。兄も父もその気になればいくらでも楽しい話ができるのに、明らかにアニー生来の国際人的気質に恐れをなしていた。ぼくはベンとアニーのあいだにどさりと座り込んだ。そのとき父は、自分の安楽椅子に座って、テーブル代わりの腹の上にビールを持つ手を置いて野球を観ていた。

　ぼくが言いかけた。「あの棚は――」

「ブロックバスターのかって？　そう、そうなんだ」ベンは言った。「おやじが買ったんだ。全部。それと黄色と青のプラカードも。閉店の日にブロックバスターへ行って、敷いてあったカーペットを買った」

「この町にとっては悲しい日だった」父は画面から目を離さずに言った。

　いったいどうなってるんだと尋ねると、父は信じられないという顔をしてコレクションしてるんだと答えた。「ほしい映画はあるか？　タイトルがわかれば作ってやるぞ」

「ＤＶＤプレーヤーを持ってないし」ぼくは平静を保とうとしながら言った。「全部ストリームで見るからね。誰でも全部ストリームだ。ＤＶＤなんてもう死んだテクノロジーだ。なんでこんなに買えたの？　障がい者手当をつぎ込んでる？　ディスクだってケースだって安くないんだ。それにラベルをプリントアウトするのだってインク代がかかる。これまでに何枚作った？　いくら無駄遣いしたんだよ？」

「無駄遣いじゃないぞ。これまで何枚作ったかはわからん。メールでネットフリックスに一度に注文できるのは十本まで――盗まれるのを見越してのことだろう。だから図書館へ行ってもっと借りる。一度に五十本しか貸してくれない。信じられないだろ？　こっちは税金を払ってるんだ。でもそれが政府のやり方だからな」

すべてまったく普通のことだというふりをして聞いていたのに、結局かっとなって怒りを爆発させ、いったい何を考えてるんだと大声で怒鳴ってしまった。父は腹を立てて怒鳴り返してきた。おまえにわかってもらえるとは期待してない、おまえが選んだ幻想に、ニューヨークのエリート主義者の絵空事の世界に住んでいるおまえにはな、だがいつか、おれの考えがわかる日が来る、手遅れになる前に、いまのうちにできるかぎりのメディアを全部集めておかないとならないんだ。「おれはそのストリームとかいうのはごめんだ」父は言った。「まさにそれが問題なんだよ。若いおまえたちは起きていることに気づいてもいない。すでにやつらにしっかり握られてる。DVDプレーヤーがないだと！　ふん！　やなこった、この家はそんなことにはならないぞ。おまえたちの世代はなんでもかんでもインターネットだ。やつらはそうさせたいんだよ。やつらはそうやって全部のメディアを支配してるんだ。そうやって、おまえたち若者の急所を握ったんだ。じきに、ここにある映画やライブの半分は見られなくなる。やつらのリベラルなアジェンダに従って全部消され、編集され、新しい形態にされるんだ。ＰＣ警察。おまえがストリームで観る映画とおれのＤＶＤを並べて流せば、その差がきっとわかる。ぞっとするぞ。場面にこっそり何かが挿入される。ちょっとしたセリフとか。政府を賛美する気持ちをしゃべりまくる登場人物とか。余計なことはカットされる。やつらはそれをしたいんだ。やつらが全員にストリーミングしてほしいのは、それなら管理できるから。そのうち、やつらが見せたいものしか見られなくなる。でもおれは違う。おれは持ってる。これは備蓄なんだ。それにおれだけじゃない。おれみたいなやつがもっといる。それは自由のための図書館だ。映画の中身を変えるのがアメリカか？　あの男が説明しているビデオを見せてやろう」

「いらない！　どんなビデオも見たくない。おやじが誰のことを言っているかはわかってる。あの変人だろ！」

「おやじは、あの人からプロテインパウダーを買った」ベンが言った。「そしたら腹をこわした」

「違うって言ってるだろう、ベンジャミン。前から胃が悪かったのはよく知ってるくせに！」

〝胃が悪い〟というのは心気症カルテにずっと前から記載されている嘘だと指摘したかったが、そんなことをすれば父は家を壊してしまいかねなかったので、ぼくは自制し、呼吸し、別のバトルに移った。「あのいかさま師をオンラインで見るのをストリーミングって言うんだよ、知ってる？」

「それは勘違いだ。デジタルテレビなんだよ、彼がやってるのは。彼がインターネットで番組を公開せざるをえないのは、主流メディアが彼を出さないからだ。悪党め。なにが『言論の自由』だ。だがテレビでもそれは同じ。同じことをやってる。それを説明する番組がある。どうしてもだめなときは引き払うさ」

父はいつもこんなじゃなかった。確かに辛辣で皮肉屋で、政府を信用していなかったが、ウエストバージニア人にはそういうところがある。変だなと思い始めたのは、父が怪我をして働けなくなり、障がい者手当を受け取るようになってからだった。人とつきあわなくなり、とりつかれたようにニュースばかり見て、汗の染みついたマウンテニアズの野球帽に代わってドラッグストアで買ったよくある愛国者の帽子をかぶった。あいまいな群集心理から逃れられない自分をわかっていながら、知らず知らず制服を着た社交タイプにずり落ちていくティーンエイジャーを見ているようだった。こともあろうに父は、自分と同じ立場の人々を、とくに〝受け取る人々〟を容赦なくけなし、文句を言い始めた。働くことのできない労働者が抱く自己嫌悪ほど強烈なものはないし、自己嫌悪する労働者とインターネット環境という組み合わせ以上に危険なものはない。

父と離れてから、ぼくはそうしたことをすべて理解しようとした。これまでわかったのは、父は他者との相互作用で決まるタイプの人間だということだ。あたかも高度に肉体的な作業現場で——他の労働者、鉱物などの原料、巨大プロジェクトを支える数千におよぶ作業、大型機械との——無数のやりとりを通してのみ、父は存在し、表現され、本物であると証明されるかのように。こうしたものが奪われたとき、父がふれあう相手はベンとぼくになるはずだったが、父は一人ぼっちだったから肉体と自己の感覚を失った。〝電子は互いに作用しあう他の物質との関係においてのみ具現化する〟に似ている。これはぼくの文章ではなく、物理学者の著作からの引用だが、とはいえ、ぼくが自分の文を引用するかのようにぼくの中から出てきたのは確かだ。こういうことが続き、光円錐のような概念も、連想ではなく奥深くに取り込んだ知識としてぼくの意識に出現した。本当はぼくにそんな知識はなく、あるはずもなく、論理も説明できないが、それを拒むのは贈り物を捨てるようなものだろう。というのは、それのおかげで、父の地下室プロジェクトの原動力は妄想ではなく絶望だったことがわかるからだ。ベンとぼくはここを出ていった。だから、父の精神は急速に病んでいった。父はそれをわかっていた。精神的におかしくなるのを止める最後の必死の試みとして、父は、ぼくたちが幼かったころ毎週金曜日に三人でブロックバスターへ行って一緒に棚を見ながら、みんなで見たい夢物語を選んだときのように、いちばん大切なぼくたちが実家にいたころを彷彿とさせる過去のポケットを作り直そうとしたのだろう。あのとき、居間にいたぼくにはそれがわからなかった。わからなかったものの、ぼくは父を責め立てるのをやめ、食ってかかるのをやめた。一つには、こんなにいかれて始末に負えない人間には会ったことがないという目でぼくを見る父がやりきれなかったからだ。荷物を取ってくるといって席をはずした。アニーも手伝うわと言ってあとについてきた。トラックの後部でアニーはぼくに大丈夫かと訊くから、ぼくはああ平気さ、おやじは頭がおかしいけどと答えた。アニーがハグしてもいいかと訊き、ぼくは触れられたくなかったがいいよと答え、ハグのあいだは心が慰められたのに、離れた瞬間にまた無価値な自分を感じた。「シャワーを浴びるよ」ぼくは言った。

「いいわね」

「頼みがあるんだけど？」

「なに」

「シャワーを浴びているあいだに地下室へ行って、ぼくが過剰反応していたかどうか見てくれないかな？」

彼女は少し迷ったものの、やると言ってくれた。

バスルームに蒸気を充満させながら裸で便器に座り、アニーから使ってみてと勧められた瞑想アプリを聞いた――ぼくが瞑想を始めたのはこのころだ。それからずっと熱心に練習してきた。そのときのことを思い返してみて、バスルームに逃げ込んで、蒸気、つまり一種のもやを充満させたのは、それがないと挫折感や悲しみをどう感じていいかわからなかったからだと初めて気づいたいま、笑わずにいられない。

瞑想アプリが、心地よいイギリス風アクセントの男の声で、ゆったり座って呼吸しながら、自分の心に浮かんでくる考えに囚われずにそれを見つめろと誘導してきたがうまくいかないので、スマホを横に置いてシャワーの下に入り、やけどするほど熱い湯を頭から足首までかけた。泣きたい気持ちに代わる感覚がなんでもいいからほしかった。いずれにしろぼくは泣き、自分の悲しみを十把ひとからげにしてイギリス人のアドバイスを却下し、ぼくと若いぼくとマトリョーシカ人形並みの多重構造のぼくに、ひとときの解放、ひとときの悲嘆を与えた。そして、父の緩やかな衰弱を、斜陽化した工業地帯(ラストベルト)の一般的には哀れだが愛情深い男が、いまや怒れるパラノイア、精神の分裂へと急落してしまったことを受け入れた。そのときビニールのシャワーカーテンを開けたなら、猿のような花輪のポーズ(マラーサナ)になって踵で身体を揺らし、熱い湯のせいで全身ピンクになっているぼくが見られただろう。涙の勢いが弱まってくると、頭から流れ落ちる湯をボウル形にした両手で受けとめた。このボウルは感情をコントロールしたいという呪縛だ、と自分に言い聞かせた。とすると湯はぼくの感情を意味し、とするとぼくの感情はあふれ出ているが、それでよかった。なぜならすべての湯を受けとめるのは不可能だったし、湯が両手から落ち、薄汚い浴槽を流れてゆくさまがきれいに見えたからだ。この比喩を進んで心に宿らせた自分に驚いた。それらの持つ神秘的な力がとても強かったので、アプリが勧める呼吸法に戻り、一瞬、時間と場所の感覚が水音へ、そして宣伝どおりのセラピー効果をあげていたボディシャンプーの香りに解けていって、時間を超えたカタルシスを経験した。ぼくがまだ理解していなかったことが起きたのだった。数年後に治療を受けるときまで完全には理解していなかったことが起きたのだった。たとえば、生まれてからこれまで過ごしたすべての寝室のベッドで癒やされる自分の身体を、熱を発しながら静かに回復するすべての時代の自分を同時に感じたような。

シャワーを終えてバスルームを出たら、ソファからぼくを見ているアニーと目が合った。その目はある一つのメッセージをたたえていた。〝地下室にブロックバスターがある〟

夕食のとき、アニーは父の真正面の上座、つまり祖母が座っていた席についた。祖母が亡くなってから、誰もそこに座っていないと思う。その席に女性が座っているのを見て、ぼくたち男性陣は一瞬ひるみ、やや背筋を伸ばし、同時に少しなごんだ。

夕食はとても豪華だった。オーソドックスなイタリア系アメリカ人のごちそう。サンデーグレイビィと呼ばれるソーセージと薄切り肉のトマト煮込み、モッツァレラチーズ――ぼくたちはどんどん気持ちよく食べた。アニーもだ――彼女は旺盛な食欲の持ち主である。ぼくたちは祖母がそうしていたように脚のないグラスでテーブルワインを飲み、父は祖母の古いテーブルクロスまで引っぱりだして敷いていた。父はアニーに、驚いたことにオバマに触れずにシカゴについて尋ね、アニーはいつもの「郊外の中の郊外」ですと答えてから、彼女の祖母のアクセサリー工房の話題に移って、最初にぼくに話したとおりに述べた。「ちょっとした鋳造場」と彼女が言うなり、父が俄然興味を示し、「鋳造場？」と聞き返すと、彼女は「そうです。ほとんどは成型のためです。実際より大げさに聞こえますけど。そこで行なう九十パーセントはごく普通の作業です。金属鍛造とか。成型してやすりで削って磨く。はんだ付けも多いですね」と答え、それを聞いた父はフォークを置き、口元にナプキンをあててから言った。「はんだ付けのやり方を知っているのか？」「ここしばらくはやっていませんが、忘れることはないと思います」と彼女が言うと、父はぼくに顔を向けて「はんだ付けのやり方を知っているか？」と訊き、その口調が、アニーに対する嫉妬と父なんか大嫌いだという二つの気持ちを呼び起こした。ぼくは〝いや、はんだ付けのやり方なんて知らないよ、だってその機会は十八年もあったのにバカなあんたは教えてくれようともしなかったんだから〟と言いたいのをワインを飲んでこらえ、「まだ知らないけど、アニーが教えてくれると思う」と答えてから、パンを口に押し込んで動揺を隠したときにベンもしゃべりだした。仕事柄もちろん金属に詳しいから、すぐに三人は「銅の復元性が厄介になるときもある」とか「鉄床(かなとこ)作業のすべてはハンマーにかかってる。金属は硬いものだとみんな思ってるが、ふさわしいハンマーがなければ到底むりだ」とかの話になって、アニーはそのグループにすっかり取り込まれてしまい、故意でないにしろぼくは閉め出されて外辺に追いやられ、ぼくがいつからか感じたことのない父とのある種のつながりをアニーが作りあげるのを見ていた。面食らうような瞬間だった。だがそのときも、その夜ぼくが努力したように、それをやりすごして黙って静かにしていると、ようやく話題が変わった。スポーツのこと、食べ物のこと、ぼくの祖母のこと、カリフォルニアと奨学金が予想外に飛び込んできたことを話した。そしてアニーが、短篇集が出版されるなんてすごいと言いだして、そのとき、ゆっくりとぼくに向けられる父と兄の目を感じた——二人に本のことをまだ話していなかった。わざとではない。単にそういう、いいニュースをみんなに話すという習慣がなかっただけだ。そういうことは自然にわかるものだし、そういう自然なタイミングはまだ訪れていなかった。じつは、短篇集のことも二人に話していなかった。一つには、二人が、雑誌という世界に存在する小説がどういうものか本当にわかっているのか自信がなかったからだ。二人が馬鹿だからではなく、二人の守備範囲外なのだ。二人ともノンフィクションしか読まない。「出版されるとはどういう意味だ？本になるということか？」父が言うと、アニーがぱっと飛び込んできて、一緒に進めてきたみたいに「そう、本になるんです。バーンズ・アンド・ノーブル書店で買えるような」と言うと、最初二人はいくぶん驚き、そのあと大喜びし、そして嬉しそうにしていたが、アニーが『ボーイスカウト』は、兄とぼくがイーグルスカウトだったときの――父はいまでも関わっている――隊の話がもとになっていて、ボーイスカウト隊の隊員たちの物語だと説明すると、二人にまずいぶかるような表情が浮かんでから興味深そうな表情となり、そのあと怒りに似た表情に変わった。「つまりは小説なんだな？」兄が言った。「作り話だな」

「うん、そうだよ」ぼくは答えた。「でも、どう見ても、ぼくらの隊での経験がもとになってる」

「フィクションなら、思い当たる事実が出てくるのを心配しなくていいんだな？」

「まあ、なにかしら出てくるかもしれないけどフィクションだから。いろいろ変えてある。何をそう心配してんの？」

「本に自分が出てくるのがいやなんだ、それだけ。どこまでリアルに書いた？」

『リアル』ってどういう意味？」

そして兄は、ウエストバージニア人が永久に抱き続ける疑問を口にした。「おれたちは頭の悪い田舎者集団に見えるのかってこと」

「そんなことはないよ、ベン。でも、ありのまま書いた部分もあるから、読む人によっては田舎者に見えるかもしれない。そういうこともいくつかある。そういうもんさ」

「そういうもんだとおまえが言っていいと誰が許可した？　おれたちの話を使っていいと誰が許可した？」

「ここはアメリカなんだよ、ベン」びっくりするくらい大声で言ってしまった。「フィクションだし、アメリカなんだし、兄さんと同じようにおれだって経験したんだ」

「ほう、アメリカときたか。いまやアメリカの一員か、おい。奨学金をもらったらアメリカの話だ。こんなとこで言論の自由」

「もう、やめてくれ、ベン。いいかげんにしろよ！　兄さんだってできたんだ。書けばよかったんだ。おれが天才とかそういうことじゃない。そんなに心配なら自分で書けよ、おれの知ったこっちゃない。必要なのは、一度だけでも自分が荒くれ者のふりをやめることだ。自分がどう書かれてるかそんなに心配する理由にびっくりだ。安心しろ、独特のなまりで話させてやるから」

たくさんの〝くそったれ〟が飛び交った。ベンが飛びかかろうとするかのように椅子を引いたので、ぼくも自分の椅子を引いて、赤信号で急ブレーキを踏んだかのようにアニーの前で手を伸ばした。すると音楽はかかっていなかったのに、いきなり音楽が鳴っているような、しかも大音量で鳴っているような感じがして、しまいに父がテーブルを手でバンバン叩いた。

「おれは中皮腫なんだ」父は言った。

ベンとぼくは顔を見合わせて、互いの疲労を保留にした。いったい何の話をしてるんだとぼくは穏やかに父に尋ねた。

父は繰り返した。「おれは中皮腫なんだ」

「なんでそんな。いつわかった？」ぼくは訊いた。「調子が悪いなんて言ってなかったじゃないか」

「心配させたくなかった」

「でも、いつ医者へ行ったの？」

「うん、まだ行ってないがそうなんだよ。感じるんだ。バスケットボールのコロシアムの建設工事をしたからいつかこうなると思っていた」コロシアムは大学のバスケットボールチームがプレイする悪名高い体育館だった。「そこのどこもかしこもアスベストだらけだった」

「おやじはコロシアムの建設工事はしなかった。九〇年代の修復工事のときのセメント担当だった」

「でも、そのときまでに除去されていなかった。肺の中にそれを感じるんだ。咳が出る。

腰が痛い。症状が出てる。ジェリー・ヨーントがどうなったか知ってるし、いまおれもそうなってる感じ。やつは九カ月で死んだけどな」父は咳き込んだ。それが病気のせいなのか、テーブル上で灰色の触手を這わせている、父がくゆらせるマールボロのせいかはわからなかった。

「おやじがやった作業ではアスベストを吸い込まなかったはずだよ」ぼくは言った。「ジェリー・ヨーントはあそこの建設に関わった。実際に吸い込んだんだ」ぼくの顔が熱くなってきて、蹴飛ばされた雑種犬みたいに顎がこわばった。脳裏から貨物列車のようになにかが突進してきた。いまは中皮腫だが、これまでは関節リューマチで初期のアルツハイマー病でクローン病だったという大ぼらが集まってきた。仕事中に怪我をして働けなくなったことを父自身が早く受け入れることがみんなのためだし、それでかまわないし、だれもそのことで父を責めたりしない。父はこれまでずっと懸命に働いてきたのだから、病気にしがみついて恥を雪(そそ)ぐ必要はない。初期の慢性閉塞性肺疾患(COPD)なのにそれを放っておくことにした場合はとくに。と思ったけれど、「そうだね、おやじ、診断がくだったら治療計画を決めよう。そのあと弁護士事務所へ行って、もしまだなら遺言を作ろう。だけど、それまではサンブーカを飲もうよ」ぼくはその場をうまく計らった自分に驚いた。アニーも驚いたにちがいない。

ぼくは酒類を置いた棚にアニス系リキュールのサンブーカを取りにいき、父は、祖母が働いていたガラス工場で祖母自身が吹いて作ったグラスを出してきた。そのガラス工場があったから、祖母の両親と赤ん坊だった祖母は、地域のイタリア人ほぼ全員とともにベニスからここモノンガヒーラ川のほとりに移り住み、リトル・ムラーノを作りあげた。また和気あいあいでいろんな話をした。ぼくはテーブルクロスを縁取るレースを指で丸めていた。子どものころはそうやって、そのときぼくが飲んでいたように大人たちがサンブーカを飲む横で、テーブルを中座するタイミングを見計らっていたものだ。すると、あのころの日曜日の気持ちがよみがえってきた。ぼくが若くて気難しかったころ、いつものようにサンデーグレイビィをテーブルクロスにこぼすと、祖母は笑って「元気のいいこと（ヴァベーネ）」と言いながら手を伸ばして顔を拭いてくれた。すごく優しいしぐさなものだから、もう一度やってほしくていっそう行儀悪いことをしたように思う。まだ中座する機会を待ちながらそこに座り、テーブルクロスの汚れた端を口にくわえてこぼしたソースを吸って退屈と落ち着かない気持ちを抑える。あのときのぼくは、煮込み料理の独特の風味と洗剤のにおいが懐かしくてよだれを垂らしていたと言いたいところだが、サンブーカの甘草（リコリス）の香り、アルコールの薬効、アニスが効いていたのかもしれない。リコリス味のリキュールを一口飲んだら、一九九六年のモノンガヒーラ川化学薬品流出事故のときのことが身体にどっと流れ込んでくる——川を、そして飲み水を汚染し、さらにはぼくたちの身体と全細胞を汚染し、数週間ノンストップで唾を吐き続けさせた化学薬品のリコリス臭——おっと待て。

　話を戻そう。そうじゃなくて……だしぬけの強烈な火照りに加えて胃が沈みこんでいく感覚にみまわれて、ぼくは硬いプラスチックの肘掛けをつかみ、窓の下にある小さなエアコンの噴出口に近づいて冷たい空気を顔にあてる。思い出したその記憶――身を寄せてきてイタリア語で話しかけ、顔を拭いてくれた祖母の記憶――はじつは自分の記憶なのか、物理学者から送られてきた口述録音をぼくが回想録として書き起こした記憶なのか確実に言いきれないと気づいたとき、身体と意識が慌ただしく不安定にずり落ちていく感覚に圧倒された。

もう一度言うと、これは治療後に起きていたもっと大きな流れの一部だが――治療中に起きたことのせいもあるが、それはいずれ話すとして――いつもこれほど強烈な感覚をともなうわけではない。つまり、物理学者のゴーストライターを一年以上も務めてきて、ふさわしい文章で描写できるよう彼の思い出話を多大な時間を費やして消化してきたため、それがぼく自身の意識の一部となってしまったように感じるときがあるのだ。それは記憶の交換でも上書きでもなく、自然に取り込まれてぼくの記憶の一部となった。その感覚は治療中のいくつかの瞬間に拡大された、という話はのちに説明する。だが、ぼくにわからないのは、これらの記憶が実際にぼくの一部となったのかどうかだ――それはどういう意味かって？　〝私たちは自分自身の変遷の記録であり、物語である……〟と物理学者は記憶について書いている。〝そのすべてが消失しても、私はまだ存在するのか？〟ぼくは黙って座ったまま、父に祖母の話をまかせた。父は、ぼくの祖母は素晴らしい女性だったとしごく正確にアニーに説明した。イタリア旅行のあいだも忘れずに使ったごくわずかなイタリア語を含めて、ぼくという人間のほとんどは祖母のおかげで作られた。リキュールを飲み終えると、アニーとぼくはベンに別れを言って、家族用倉庫へトラックを走らせ、カリフォルニア滞在中はそこに置かせてもらうつもりで絵と画材をおろした。奨学金をもらえるのは二年だけだし、そのあとどうなるかわからないので、無料のそこに保管しておくのが最善だと思った。でもそれ以上に、今後また絵を描くことがあるかどうか確信はなく、ウエストバージニアにまた来ることがあるかどうかも確信はなく、少なくとも当分は戻らないのでそこに置くことにしたのだと思う。だから、ある意味で海のど真ん中に落としたようなものだった。

倉庫から家への帰り道、いきなり故郷(ふるさと)がひどく懐かしく思えた。めったにない感覚だったが、それは怒りを伴ってやってきたので、高校時代に自分の車でマリファナを吸いによく行った丘の、人目につかない見晴らし台にアニーを連れていくことにした。「うわあ」車を駐めたときアニーが言った。アニーがとても喜んでくれたことがぼくには意外だった。「こういうのに慣れていないの」彼女は言った。「わたしが育った場所に見晴らし台なんか一つもなかった。真っ平らなのよ。見えるのは隣家か林だけ。自分の生まれた町を見たことは一度もない」

それを聞いて、前に広がるモーガンタウンの全景にあらためて目を向けた。モノンガヒーラ川は市街地でカーブを描き、北のピッツバーグへ向かってゆったりと流れている。広場に屹立する郡庁舎の赤レンガの尖塔。ハイストリートのぎらつく光とネオンレッドのストロボライト。ありふれた樹木や忘れ去られた政治家の名がついた周囲の街路。クリーム色のレンガと煉瓦色のレンガ、花崗岩と青色砂岩造りの建物。つつましい格子状の街が丘の中腹へと続き、ウエストバージニア州の宝である大学のキャンパスと溶け合っている。大学の校舎が見えた。フェデラリスト様式、第二帝政様式、イタリア風円柱と望楼、第二帝政様式折衷派、つる棚（パーゴラ）とタマネギ形丸屋根、鉄製の尖塔頂部（フィニアル）の装飾とベネチア式窓、自然科学系校舎のブルータリズム、人文科学系校舎のクイーン・アン様式――ここに住んでいたときはまったく知らず、美術大学へ進んで美術史の講義で初めて学んだことばかり――ずらりと並ぶ寮と友愛会の建物が、下見板とこけら板がパッチワークになったリトル・ムラーノの荒れ果てた家々へ道を譲る。丘の向こう側に新旧の住宅地のもう少しやわらかい光が見え、さらにその奥に、この町第二の企業であるアルダーライト薬品会社の工場の排気口からいくつもの蒸気の筋がミニチュアの雲のようにたなびき、そしてその向こうに、明るく味気ない光を放つ研究キャンパスと第二大学寮、病院と医学部、サッカー場とバスケットボールのコロシアムなどが、ゆるやかに波打つ大地のあいだ、町と農地、草地と森のあいだにおさまっている。その森の木々が夜気に水蒸気を立ちのぼらせるさまは、いまぼくが乗るフレッチャロッサが背後に置き去りにしはじめた落ち着いた緑の農地が水蒸気を発するのに似ている。農地の続く低い丘の上に、何十年も前にここに流れついた身分の低い地主がかつて所有していた屋敷がちらりと見える。過去が新たに明快に、そして強固になると、頭の中で生まれたてのシナプスがなめらかに心地よくつながるのが本当に感じられるような気がして、こうした回想のすべてがこの点へ向かっていたことをぼくはついに理解する。一九九六年のモノンガヒーラ川化学薬品流出事故を題材とする小説を書け、衰退の一途をたどるその輝く風景の中で起きたことを書き留めておけという種がぼくの無意識に植えつけられたのは、街を展望する見晴らし台に座っていたあのときだった。その後数年間カリフォルニアで過ごすあいだは気づかなかった風景。表現できず、理解できず、もつれを解くことができず、それについて一語も書くことができなかった風景。作家としてきわめて大きな失態を演じたため、ぼくはここへやってきてフレッチャロッサに乗り、回想録の続きを提出してくれない理論物理学者をさがしにイタリア北部のボローニャ経由でモデナへ行く。もし見つかれば、ひょっとすると、ぼくには語る手段も語りたいという願望もない場所の小説を書くためにもらった前払い小切手を現金化して使い果たしてしまった末の借金地獄を脱出する道が開けるチャンスがある。

あのとき、こういうことが全部わかっていればよかったのにと思う。

いや、よくない。

治療を受けてから、これまでのいろんなごたごたと折り合いがつくようになった。治療のおかげで、ぼくたちが過去と呼ぶ一連のものに抵抗しても利点はまったくないことを学んだ。多くの絶望と苦悩の根源こそが抵抗であるとわかった。だからおそらくぼくが知りたいのは、小説の契約書にサインしたとき、流出事故のことを本心から書きたいと思っているいることをどうやって自分に納得させたかだ。そう考えると、自分は金になびいたのだとすぐにわかった。『ボーイスカウト』の小さな版元とは違ってニューヨークの大手出版社――はぼくに大金を提示した。このくらいの額だろうと想定していた以上の金額だった。『ボーイスカウト』の評判がよかったせいだ。その本は大きな注目を集めた。そこまで注目されるとは予想していなかった。作家になった自分を想像したことがなかったので、自分の書いたものが少しでも評判になると想像したことがなかった。それだけ。

父とベンと夕食を共にした翌朝、ウエストバージニアを発った。トラックは州間道路を走りつつ、いくつも丘をのぼった。延々と続く緑と黒の山陰にかすんで流れていく太い木々。のぼりおりする長い坂道は、待ち受ける日、待ち受けるこの先数年の物語をはらむ朝焼けが続く西方へとぼくたちをいざなう。太陽を背に受けるうちに、丘の起伏はゆるやかになり、地味だが正直なオハイオ州の平地へと変わる。錆びついて角の欠けた休止中の煙突と油井やぐらが放置された草地を過ぎる。広く低い空と北方にどんよりした雲のかかるエリー湖地方を通り過ぎる。そこで、あとに残した世界を悲しみ懐かしむ気持ちをちくりと感じたが、西へ顔を向けているかぎりは問題なかったからそのまま走って、肥やしのにおいのするインディアナ州ゲーリーを抜け、夜空をかすかに照らすシカゴの街明かりを見た。アイオワ州のどこかの、ぼくらの人生のできごとが誰にとっても何の意味も持たない場所でモーテルを取り、ベッドに入るころには半分眠っていた。腰がひどく痛み、ナパームを注入したのかと思ったほどだったが、新たな可能性を秘めた良い状態に入ったことを確信した。疲れすぎのせいで眠れないようにふと感じたものの、なぜか朝になると目を覚まし、アニーに着替えさせて出かける用意をさせ、ぼくは蛇口から直接水を飲んで、とにかくトラックに乗りたいとアニーに言った。こうしてまた走ってドライブスルーでコーヒーを買い、面接の質疑応答練習をしながら平原を突っ走った。そこの道路はまっすぐに伸び、虫の死骸や泥のはねが点々とついたフロントガラスに丸い地球がかすかな弧を描いていた。ときどき停まってガラスを拭いてはまた走り、ワイオミング州シャイアンの近くで、馬用毛布にくるまったカウボーイ二人が焚き火にあたっている絵が壁に描いてあるモーテルに入った。夜中に目を覚ましたぼくは部屋の外に立って煙草を吸いながら、近づいてくる真夏の雪嵐を見つめた。嘘じゃない。あらゆる音を飲み込んだ白く揺るぎない壁は、ぼくが煙草を半パックと数センチ吸うころには駐車場に白いものを振りかけていて、雪がにおいを発して輝くさまは清潔で真新しく感じられた。アニーが起きてきたときには嵐は消えていて、暑く乾いた空気に戻っていた。単調だが何かぞくぞくする火星のような赤土の地帯を走り抜けて、ぼくの地元の山地とはまったく異なる山岳地帯へ入って鋭く切り立つ岩のあいだを進み、格子状に広がるソルトレイクシティの倍幅の大通りと巨大塩湖の岸を走ってから再び不毛の荒れ地へ入り、ネバダ州を走った。大きな広々とした空間、舞いあがる土ぼこりしかない平原の秘密を、それがぼくの中に新たな空虚、静かな空虚をかたち作ったことを理解したように思った。自然災害後にがれきが片付けられ、ゴミが取り除かれ、損傷した住宅が解体されるが、まだ何も復旧されておらず、物音はせず、復旧されるのを待っている。ただ言えるのは、ネバダ州のどこかでアースカラーに塗られた壁のモーテルで、ぼくが本当の意味で眠ったこと。この数年一度もなかった本物の睡眠をとった。テレビはつけなかった。目を覚ますとまた車を走らせ、べたつくような揺らめく熱波を抜けて、まばゆい光あふれるリノへ入り、そのあと作り物めいた雰囲気の白い冠雪とスレート色と先の尖ったマツに覆われたシエラネバダ山脈を突っ切ってセントラルバレーへくだり、サクラメントへ近づくと、真っ平らな地面はうなりをあげて大陸の西端へ向かう大型トラックでごった返していた。そのあと、サンパブロ湾南岸の低い丘を登ってからリッチモンドへ出て、バークレーをかすめて南下すると、右手はサンフランシスコ湾のきらめく青い海となり、ぼくたち二人は目を見開いて子どものように熱狂した。そのあとゴールデンゲートの吊り橋とその向こうの果てしない太平洋をながめて、雄大さと世界との隔たりを実感した。ベイブリッジを渡りながら、のろのろと出入りする巨大コンテナ船の数を数え、前にタンカーの数を数えられるほど心が落ち着いていたのはいつだったろうかと考えた。そしてサンフランシスコ市街へ入ると、ウエストバージニアの町みたいな坂道が多かったので、街中の通りはウエストバージニアと似ている、高低差が激しくて急勾配の坂があるとアニーとぼくは言いあった。ゴールデンゲートブリッジのたもとで車を降りて、はるばるアジアから吹いてきた風のにおいを嗅ぎ、エメラルド色からコバルト色へ、コバルト色からスレート色へ、そしてその前のエメラルド色よりもっと明るい緑色へと変わる海を眺めた。ぼくは能天気にも、国を車でさっと横断すれば――自分だけの密かな地獄と自分とをついに切り離せると考えていた。ところが、それは、その土地と同じように両腕を大きく広げてぼくたちを待っていたのだった。

←

到着して数日後、アニーの面接があった。本社はシリコンバレーにあるが、サンフランシスコを横切る目抜き通りのマーケット・ストリートの南に位置するＳｏＭａ（ソーマ）地区にある自動車解体工場を改装したばかりのサテライトオフィスのＡＩ研究開発部で丸二日間かけて行なわれる。一日めの面接が終わった夜、彼女はＡｉｒｂｎｂの部屋の床に座り込んで、思い出せるかぎり自分の答えをタイプし、その日の受け答えの出来を綿密にチェックしながら、ヨガ風ストレッチもしていた。そのあとぼくは、彼女が〝デッキ〟と呼んでいるパワーポイントの資料を含む自己紹介の練習を眺めた。内容はよくわからなかったが、やや強引だとしても説得力があった。ぼくがそう感想を述べると、アニーは「いまは意欲満々の三十分、そのあと吐き気三十分、そして完全な疲労の三十分だけど、明日は意欲半分、疲れ半分になりそうだから図々しさは目立たないだろうし、疲労はトイレ休憩まで隠しておいて、そこで五分間目を閉じて休むことにする」と言った。

翌朝、支度中のアニーのいるバスルームから泣き声が聞こえたように思った。ぼくは頭を突っ込んで、大丈夫かいと声をかけた。目をぬぐっている彼女が鏡越しに見えた。「ごめんね。プレッシャーで潰れそう。ずっとこのチャンスを待っていたのに。わたしたちにとって、とくにこの先――」

「そんなことを心配している場合じゃないよ、いまは。きみは自分を追い詰めてる。自分で言ったじゃないか、ずっとこれを待ってたって。チャンスをつかんだんだ。それを喜ぼう。きみはできるかぎりの準備をした。何があってもぼくたちは平気さ」

外の廊下で一人になったぼくは、二人の生活が自分にかかっているとアニーに思わせていることが情けなくてしかたなかった。ぼくが持ち込むのは不安定で不確実なことばかりだ。この不面目の端にぼくのかつてのたまり場があった――極度の自己批判、自己嫌悪――が、いまはそんなことをしている場合ではないと思う良識はあったので、そのすべてを押しのけた。

その晩、ようやく面接を終えたアニーと、オフィスの角をまわったところで落ち合い、静かな寿司カウンターへ歩いて行った。アニーは疲れ切っていて、そうと気づかずに何度も「できるだけのことはやったわ」と「うまくやれたと思うけど、確実なことはわからない」と口にし、目の奥でその日の面接を再生しながら、一切れの刺し身をときには二、三度しょうゆに浸けた。そんな彼女をとても立派だとぼくは思った。

あくる日の金曜日、ゴールデンゲートパークを散歩した。この日を最後にオークランドのアパートメントへ移ることになっていた。合否の連絡がいつ来るのかアニーは知らされていなかった。二人で業界の掲示板をくまなく見た。これが失敗だった――オフィスを出る前に何も言われなかったなら基本的にあきらめろという者がいれば、最低でもひと月は連絡が来ないと思えという者がいた。公園の柔らかくかすむ光と風でねじれたモントレーイトスギの高木を眺めながらほかのことを考えようとし、アニーはスマホをひんぱんにチェックする以外のことなら何でもした。夕方近くになって、連絡が来るのはたぶん来週だろうという話になり、気を楽にして植物園を見てまわることにした。アンデス山脈の雲霧林で放埒に咲き誇る花のあいだに立つアニーの写真を撮っていたとき、わが社に来てほしいという電話がかかってきた。ぼくたちはアンデスロウヤシの下でじんわりと感慨にふけった。ぼくは手で鼻をぬぐい、その手をざらざらした木の幹でぬぐった。アニーが感じている達成感、すべての奥にある単純な喜び——をぼくは注意深く観察した。彼女の中で、可能性を秘めた錯綜する情報が最後に一つのプロットとして、明瞭でエレガントで敵意を感じさせない計画としてまとまる様子が見えたような気がした。ぼくがすべきことは、それをぶち壊さないことだけだった。ぼくの脳みその奥を引っかくいつもの感じを、古くからある不安の最初のつぶやきを待つ自分などいないふりをし、さいわいなことに結局それは訪れなかった。

次の日、オークランドへ移った。最初のひと月は、アパートメントの外のグレープフルーツの木を見つめ、ただで手に入る食料がそこに生(な)っていることを理解しようとした。何にでもグレープフルーツを入れた——サラダ、テキーラ、サラダのドレッシング、スムージー——グレープフルーツの食べすぎで二人とも口内炎になった。また、あるときはカウチに座って、室内を移動する日光を見つめた——太陽は昇ってから沈むまで動きを止めることはなかった——それには心から驚いた。

その間、奨学金のためにぼくがしなければならなかったのは、週に一度キャンパスへ行き、三時間かけて、ぼくを選抜した作家のＬＤとぼくの作品について話し合うことだけだった。気性は激しいが完璧なまでに細やかで深い精神性と広い心を持つＬＤは、おもに短めで洞察に富んだ、しばしば革新的な小説を次々と発表し、ノーベル賞以外に思いつくすべての文学賞を受賞したこの時代最高の作家の一人だ。こうした理由から、ぼくは彼女の話し相手になれるような人間ではなかったものの、それでもぼくたちはかなりウマがあった。一年めは、出版前の『ボーイスカウト』を二人で磨きをかけた。彼女は作品に対して非常に厳しかったが、ぼくは決してうろたえなかった。それはたぶん、ぼくが〝作家〟であるということにまだ慣れていなかったから、彼女の批評がちっとも応えなかったからだろう。また彼女は、ぼくと同じく食べるのが大好きで、話し合いが長引いて夜にずれこんだときには、ベイエリアのあちこちの四川料理店へ行って一家族分の料理を注文し、本や美術について話しながら、ほかのレストランと味くらべをした。ＬＤの作品のファンで、大学で小説を何冊か研究したことのあるアニーも、仕事帰りに来やすい市街で食事するときには一緒に食べるようになった。ぼくたちがカリフォルニアの住人だと思えるようになったのも、自分は作家であると考えてもひるまなくなったのもこの会のおかげだった。

リッチモンドでよく行くレストランは、日曜日に変瞼ショーを開催することで知られていたのだが、春のある日曜に三人で——LD、アニー、ぼく——朗読会に参加したあとそこで食事することになって予約したときには、それを忘れていた。変臉——中国四川省の郷土芸能である川劇の出し物とメニューに書いてあった——の演者は、黒と赤のシルクの大きなケープをはおり、凝ったかぶり物と面をつけて登場する。スピーカーから流れるスピード感のある音楽に合わせてホール内を行進しながら、ケープの袖で顔を覆った瞬間につけている面を変えるので、食事中の観客は大喜びして感心する。ぼくたちはそのショーが嫌だったのではなく、このレストランではショーが一時間以上続くときがあり、そのあいだずっと鑑賞していないとならないように感じるからだった。時間的に長いというほかに、そのショーを見ていて落ち着かないのは、レストランにいるほぼ全員が変面の仕掛けがわからないふりをすることだ。演者がなんらかの細工を動かして、ぴっちりと重ねられた何枚もの布の一枚をはがして新たな面を露出させ、顔の前でシルクの袖を揺らして隠しながら前の面をかぶり物の中に隠しているのは明らかだろうに。だがその夜、ショーの中ほどで早変わりに不具合が生じた。演者が顔の前で袖を振っても、面は半分しか変わらなかった——上半分は緑色と紫色の暗い柄、下半分は赤と黒の邪悪な笑顔だ。ホール内はいっせいに息を飲んだが演者は気づかなかった。彼はもう一度袖を振ったが、またもや面はうまく変わらず、今度は不揃いな三区分になった——緑と紫の目、赤と黒のふくらんだ鼻、金色と赤の渋面。「おもしろくなってきたわね」とLDが言った。そのときにはフロアマネジャーが演者に不具合を合図で知らせていた。張りつめた空気をどうにかしてゆるめたい観客は、いっそう信じられないというような笑みを浮かべて手拍子を始めた。アニーとLDとぼく――も加わった。演者はさらに芝居がかって袖を大きく振りまわしたが、また も面は一枚また一枚と引っかかったので、顔は色と感情のコラージュとなり、全体的に苦しみの表情となった。それでも観客は拍手して笑みを浮かべ、はやしたてる者さえいた。そこでショーが終わってもよかった。演者はお辞儀して歩き去り、なんとなくすべてがいつもより特別で、一体感があったと感じられたはずだ――不調に終わった早変わりではなく、最後までやりとおしたことが印象に残っただろう。ところが演者はまたもや面を変えようとした。もちろん失敗した。観客がしつこく拍手し続けていると、音楽が鳴り響くなか、フロアの真ん中で演者が突然棒立ちになり、大きな面とかぶり物を頭からゆっくりと持ちあげた。彼の顔は若くて汗まみれで、黒い髪の毛は頭頂で一つに結わえてあった。手にもった幾重にも重なる面を見おろしてから天井を見あげ、また面を見おろした。音楽が止んだ。彼の口元が震え、そのあと大きく開かれて、嘆きの悲鳴が響きわたった。新生児のひどくうるさい泣き声の真似か、なんとも恥知らずな泣き声の新生児の真似か、その両方を合わせた、二本の喉から出た二つの声の真似か。その声がホールの四方の壁のように感じられ、ぼくたちの内側でそれが爆発するように思われたとき、彼は走ってドアから出ていった。

その後も食事は続いたが、誰もあまり話さなかった。フロアがうしろ向きにひっくり返ったような感じだった。その夜、アニーとぼくは寝る用意をしながら、彼がお辞儀をして出ていかなかった理由を話しあった。あそこにいた客たちは団結してイリュージョンに協力することにしたけれど、そのことこそが彼が泣き出した理由じゃないかしら、と目元にクリームを塗りながらアニーが言った。本人が望む演技ができないのに、観客の拍手や声援や驚きなどが残酷な侮辱だったのではないか。観客がなんらかの約束を破って、演技するのに必要な自信や理由付けや自意識を消すことなどすべてを演者から奪ったかのように。そしてそのとき、生の、ほとんど未完成な彼の一部がさらけだされた。たぶん彼自身にも。

その夜、そしてそのあと数晩、ぼくは演者の夢を見た。

カリフォルニアで暮らした最初の一年に特筆すべき点があったとすれば、何も起きなかったということだ。ぼくたちは幸せだった。すばらしい場所に住んでいた。アニーは仕事にどっぷりはまり、ぼくはLDと『ボーイスカウト』に取り組みながら、出版に向けた準備作業を片っ端から行なった。存在することすら知らなかった作業だ。アニーとぼくに何人か友人ができた。ぼくはサラダが大好きになり、ヨガに励まなくなり、人々がぶらつくためだけにジーンズ姿でビーチへ行くのを知り、ミストはほぼ消えたことをなんとなく信じるようになった。ぼくは東海岸から西海岸へ移り住んだだけでなく、人生のまったく新しい局面に入った、平穏と達成と安定の段階に入ったのだと。ものごとがうまくまわっていた。ぼくは心の奥底からこの時期を恨むようになる。憎むようになる。長年の失敗と精神的苦痛は消散し、人生の新しい局面に入ったと思わせるためだけの時期だったと確信するようになる。その年がそういうふうでなかったら、そのあとのごたごたは起きなかっただろう。エージェントのリーザから大きな話が進んでいるという電話を最初に受けたときに身体に走った感覚が、いまでも感じられるような気がする。その日の早朝、アニーと一緒に地下鉄（バート）に乗ってサンフランシスコ国際空港（SFO）に向かっていた。またもや友人のジュールズがアトリエの屋上デッキで『ボーイスカウト』の出版記念パーティを開いてくれるというのでニューヨークへ行くところだった。リーザにどういう意味かと尋ねると、彼女はフィルム・オプションだと答えたが、意味がよくわからなかったので、ニューヨークへ行くから食事をしながら話そうと言った。ぼくは詫びた――カレンダーに月曜日の夕食会の予定を書き入れてあったのに、それを完全に見逃していたのだ。「今夜一緒に食事をする予定じゃなかったわ」彼女は言った。「でも、すぐに話すのがいちばんだと思う。ただちに話し合うべきよ。場所と時刻をメッセージで送るわね」

　アニーからリーザはどうしたいのかと訊かれた。

「フィルム・オプションについて話し合いたいんだって」

「何のこと?」

「よく知らない。でも、今晩食事をしたいっていうから大事なことなんだろう」

　その週の火曜日、『ボーイスカウト』が発売になった。思いきり肯定的な批評がほしいと思っている各所に思いきり肯定的な批評が出たことが、完全に予想外だった（きっとぼく以外の全員にとっても）。独立系出版社にしては大当たりだ。ぼくは浮かれ、おびえ、うれしく思った——奨学金が受けられるとわかったとき、本が出版されるとわかったときとはまた違う気持ちだった。どう違うかというと、ぼくは気をゆるめたのだ。肯定的な批評を、大きな贈り物として、ようやく動きだした自分の人生の一部として、これまで数十年間のパターンを脱した人生の一部として受け取った。ぼくは失敗の世界を脱したのだ。ジュールズはそう思っているにちがいない、とリーザとの電話を切ったあとバートの中でそう思ったのを覚えている。

そして八時間後、ニューヨークに着陸して、トライベッカにオープンしたばかりの伝統的ビストロで大ぶりの焼いた子牛の胸腺を切り分けながら、『ボーイスカウト』を読んだ映画プロデューサーが、人質事件を描いた〝テント〟という短篇の権利を買いたいと言っているとリーザが話すのを聞いていた。そのプロデューサーはとりわけ、その短篇の一九九六年のモノンガヒーラ川化学薬品流出事故の部分に注目している。〝テント〟は事故の二、三カ月後の設定だが、事故直後の混乱、化学薬品のアニス臭、汚染された川、しじゅう唾を吐きまくる人々、暴力行為と社会的影響も手短に描写されている。彼はそこに最も興味を持っているとリーザは言った。そして、ぼくがその件についてほかにもっと書いていないか知りたがっている——彼は流出事故について一度も耳にしたことはないが、ひどく恐ろしい話だから映画の題材として最適だ。リーザは出版されたばかりの『ボーイスカウト』の勢いに乗り、出版社が関心を持ち、評判になっているあいだに次の本の契約をまとめたほうがいいと話を続けた。そのプロデューサーが注目していることを利用すれば契約額をあげられるというのだ。

「うん、理想的な展開だね」ぼくは心にもないことを言い、話しながら自分を切り離した。

「次の本は、じつは流出事故をテーマにした一大小説、大作にする予定なんだ。ぼくは身をもって事故を経験した。もう何年もこの本のことを考えてきて、やっといまそれを書くのに必要なものは揃ったという気がしてる。ウエストバージニアを代表する小説。ニューヨークの小説もシカゴの小説もテキサスとカリフォルニアの小説もある――ならウエストバージニアの小説があってもおかしくないよね？　そう長くかかるとは思わない。いまは全体が見えているような気がするから」リーザは銀鱈（ぎんだら）を飲み込みながら、熱をこめてうなずいた。

もちろん、ぼくには見えていなかったが関係なかった。というのは、ぼくに見えていたのは『ボーイスカウト』とそれがもたらした幸運は特異なものではなく再現できるものなのかどうか、そして、それを完成させる精神力と創造性が自分にあるのかという疑問を解決する機会だったからだ。もうひとつ、もっと素晴らしいこと――ぼくとアニーの結婚式、豪華なハネムーン、そのあとカリフォルニアのクラフツマン様式の住宅に住むぼくたち夫婦と子ども――が見えた。これまで一度も思い浮かべたことがなかったのに、そのとき見たものがあまりに鮮やかで印象的だったので、テーブルについているぼくの身体は霊が降りてきたようにがくがく揺れた。馬鹿話を続けていると、こっちを見ているアニーに気づいた。ワインを長々と流し込んでいるが、ぼくの見たところ、飲んでいるふりをしているだけで、液体を口につけるものの飲みはせずに上唇でそれを止め、瞬きもせずに凝視している目をグラスとそれを持つ手で隠している。ぼくの話に衝撃を受けたのはぼくだけじゃなかった。彼女もだった。

「少しは書いたの？」リーザが尋ねてきた。「ピッチは？　ピッチなら手伝えるわ。そして、この人に短篇と小説の映画化権を与える。短篇の分はすぐに支払ってもらえるでしょう──もちろんそう多くないけど、本を書き終えたらすぐに少なからぬ報酬が入るから。簡単よ。で、映画化権のことがうわさになったら、出版社に本の売り込みをかける。飛びつくわよ。じゃあ、書くのにそう時間はかからないと思っているのね？　すばらしい。これはあなたにとって完全なプラスになるはずよ」

「まだ一枚も」ぼくは言った。「でもピッチなら書ける」ピッチが何かわからなかったがどうでもよかった。ぼくは可能性に酔っていた。実際に少し酔っ払っていた。あたりを見回したことを覚えている。そのあと胸腺を食べてボジョレを飲み、ボックス席の赤みがかったオレンジ色の革製の座席、ぬくもりのある光を放つ硬材の棚と金色の縁、ぼくの以前のアトリエの倍の長さはある大理石のカウンターなどを見て本当に頭がくらくらした。そして、この街に十年近く住んだのに、そのときやっと、ある種の人々を想定してデザインされたこのレストランで、ぼくはその種の人間だと初めて感じたのだった。と言っておこう。

「じゃあ、これはあったことなのね、流出事故は？　あなたはそれを経験したのね？」リーザは言った。

「したよ」

「つまり、それは現実にあったことなのね？」

「もちろんだ。本当に聞いたことないの？」

「わたしはウエストチェスターの出身よ」彼女はワインを一口飲んだ。


「新しい本のアイデアがあったとは知らなかった」その夜、ジュールズの新しいアパートメントに帰ってからアニーが言った。ぼくたちはそこの客間に泊まっていた（ジュールズはアマガンセットのアトリエに行っていて朝戻る予定だった）。ぼくが第二の人生を隠していたみたいに、アニーは傷ついたようだった。新しい本のアイデアなんてなかったが、意識して考えたこともない巨大プロジェクトの先行きを心配させたくなかったし、レストランのテーブルでリーザ相手に嘘をついたことを認めたくなかった。だが、嘘といっても半分程度だと感じたのは、長いこと考えていたのにそのときやっと思いついたような勢いでそのアイデアが浮かんだからだった（結局は無意識の外れでそれを考えていたのだろう。なぜならアイデアの種は植えられていたからだ。ただ、今日、ついさっきまで種がまかれた瞬間の特定はおろかこの事実に気づくことはなかった）。しかし、そうしたことを無視したばかりかさらなる賭けに出て、その本のことはずっと考えていたのだが完成させる自信が持てるまでは話さないでおきたかった、あのときに自信が持てたんだなどと場を納めるためにいろいろ言ったので、アニーは気をゆるめて、ぼくが思い描き始めた二人の将来像に大喜びした。

翌朝早く、ぼくたちはジュールズのアパートメントからわざわざ遊歩道まで歩いていって、ホワイトゴールドの光を反射するマンハッタンを眺めた。見えなかったものの、最後にアントニーに会ったイーストサイドにあるアントニーの両親の住むビルの存在が感じられた。追慕と後悔と悲しみの大波を呼び起こした記憶から逃れたかったので、このまま歩こうよと誘い、パークスロープの以前住んでいた場所に行き着いて、南北戦争のころから生えているスズカケノキの木の下に立ち、かつてはぼくたちの寝室だった窓を見あげた。アニーが、ぼくたちの生活が始まったのはあの部屋だったみたいなことを言い、ぼくはそうだねと言ったものの、頭にあったのは、あそこで自殺をもくろんだことだけだった。

月曜日、アニーとぼくがニューヨークを離れてちょうど一年後のこの日、リーザのオフィスへ出向いて、一九九六年のモノンガヒーラ川化学薬品流出事故を題材にした小説の宣伝文句（ピッチ）を一緒に考えた。一大長篇小説。環境政治学の探究、脱工業化時代のアメリカ、二〇世紀末のアパラチア地方、田舎町の暮らし、断腸の思い、惨事、わが国の暗部。ラリー・マクマートリー、ソール・ベロー、ウォーレス・ステグナーを彷彿とさせる作風の、その地域を代表する作品であるという文言をリーザが付け加えた。ぼくが読んだこともない作家たちだ。「出版社がこれを嗅ぎつけたら」リーザは言った。「すぐに動くわ」

「非常に危ない橋を渡ることになると思う」数日後、カリフォルニアに戻ったぼくたちにLDは言った。いまだ影も形もない本の入札競争が始まっていた。プロデューサーは契約が交わされるのを待っている。そのあと映画化権を買うのだ。「こんなことをすれば」LDは言った。「あなたは将来に対して債務を負う。お金が象徴する自由は現実のものよね、それは否定しないけど、そのお金はあなたを約束に縛りつける。あなたはまだ一行も書いていない。その事実をよく考えることね」彼女は、トウガラシを入れて煮た水煮魚の鉢から立ちのぼる湯気を透かしてぼくをじっと見つめた。

ぼくはまたニューヨークへ飛んで、リーザとよく話し合ってから書類にサインした。金そのものに興味はなかったが、リーザが言ったように契約することに意義があった。数字を見つめていると、数学の授業のときによくそうなったように数字が消えていった。〝4〟を4という価値を示すものとして見るのをやめると、この形が特にその価値を示すものになった理由を——なぜ縦線と角のある線の組み合わせなのか、なぜ8は無限大と同じ記号なのか、などと考えながらくるくる回ってウサギの穴を落ちていく。そうした書類にサインすることで、自分の過去を閉じることにサインしているのだと感じた。ぼくの人生が初めて動き出した——あらゆるところに存在する計り知れない地獄は正式に終わったのだ。

助言に従わずに契約したことをLD本人に打ち明けたとき、彼女の落胆が聞こえて、ぼくは予想もしていなかった方向から打ちのめされた。人をがっかりさせる日々も終わったと思いこんでいたのだろう。「じゃあ、もうそれはあなたのものよ」お金のことだ。「でも、だからって使わなければならないわけではないわ。貯蓄するか投資するか、棒の先にぶらさげたニンジンみたいに使うか。あなたにはやることがたくさんある。草稿でも編集でも手伝うけど、まずはあなたが書かなくちゃいけない」ぼくは貯蓄しろという助言に賛成し、書く準備はできているし、やる気満々だと言った。その翌日出かけていって、アニーにダイアモンドの婚約指輪を買った。

冬の雨期の到来直前に、ぼくはプロポーズした。小さな結婚式をあげることにした。ぼくたちは――というより、ぼくが――新婚旅行を計画した。豪華イタリア旅行だ。ローマ―シチリア島―ローマとまわって、高級で豪華で気品あるホテルやヴィラを転々とし、夜はすごく魅力的なトラットリアやオステリアやリストランテで食事をする。いま、その新婚旅行に来ているが、正真正銘の高級ホテルやレストランで本当にいいことがあるとすれば、それは、全額を前払いすれば、必ずきちんと接遇してくれることだ。ぼくはそれをしたから、小説を完成させられず、受け取った金のほとんどは結婚式と新婚旅行の支払いのために消えてしまい、いまはすっからかんなのにG‐ラフに泊まっていられる。いまごろアニーは目を覚まして、部屋でエスプレッソを飲みながら、昨日書いた単語を見直して発音練習し、できるだけ正確な発音を録音までしているかもしれない。さらに朝の勉強の進み具合にくわえて急速眼球運動（REM）睡眠によって覚えた単語と忘れた単語を記録し、そのついでに、ぼくがホテルの便箋に残した書き置きを読んでくれることを願う。その写真をここに挙げたのは、ローマのホテルで妻に置き手紙を書いたのはぼくの記憶なのか、それとも物理学者の記憶なのかわからなくなったときのためだ。彼がローマのホテルの便箋を使って妻にメモを書いた可能性はかなり高い。

G-ROUGH

Dearest Saint Annie,

Thank you for not killing me for burning this day so I can run to Modena. Fingers crossed it goes well. You're the most generous, most understanding. Have a great day and I will see you tonight @ Santo Palato @ 9:30 PM.

Can't Wait!

I Love You!

G-ROUGH
Unconventional Luxury Suites
Piazza Di Pasquino 69/70
00186 Roma

T +39 06 68801085
F +39 06 68212683
E info@g-rough.com
W www.g-rough.com

聖なるアニーへ、
引きとめないでくれてありがとう。
だからモデナへ行ける。
うまくいくといいんだが。
きみは寛大で理解あるひとだ。
楽しく過ごしてね、今夜九時半にサントパラートで会おう。
待ちきれないよ。
愛してる！

契約書にサインしたのは九月下旬の月曜だった。そのときから、一九九六年のモノンガヒーラ川化学薬品流出事故を中心とする大ウエストバージニア小説をあきらめるまでに二年かかった。その期間の最初の半年はまるで実りがなかった。半年かけて『ボーイスカウト』の朗読会で各地をめぐった。最初に、無報酬だが応対のよい大型書店をいくつかまわり、次に報酬は出たが接待は義務的な大学をいくつか訪問した。ぼくは物書きとして訳知り顔で教室の前のほうに座り、そのあとタクシーか院生の車に飛び乗って空港まで送ってもらい、ターミナルの地域特有の飾りつけをされたバーで値段の高すぎる背の高いグラスのビールを飲んでから、ほかの土地へ移動する。どこかのマンチェスターにある個人書店は〝ぜひともお立ち寄りください〟という率直な招待メールをくれて、一時間とたたずにぼくは返信し――ときには空港のバーにいるあいだに！――たまたま行けそうですと嘘を書いて、大学訪問で得た金を次の訪問に費やす。こうした招待をことわるのは一苦労だった。しかも費用がかかった。飛行機の待ち時間にメモを取ったり人物や情景を書き留めたりしようと思って、ノートとラップトップを持ち歩いていたが一度も使わなかった。参考になりそうな本を何冊か持参するのに、空港の本屋へ行くと、持っていくべきはこれだという本を見つけて買うが、もちろんどの本も開きもしなかった。半年間一度も。本を読まずに、飛行機の中で見られる映画を、特にハイパーレンダリングのアニメ映画をかたっぱしから見た。キャラクターは再現された〝人間〟であり、人間の俳優にまつわる面倒で散漫な要素――表現の癖、有名人のオーラ、成功したいという野望、宙ぶらりんの不信という重荷――をはぎとられて、過剰なほどの感情を伝える導管(コンジット)となるがゆえに子どもにとってはわかりやすい、大人はうんざりするとしても。だから、高度三万フィートで両手で頭をかかえて、話せるおもちゃ、話せる自動車、スカンジナビアやポリネシアの王女、スーパーヒーロー、モンスター、メキシコのサンタ・セシリアの少年たちの運命に身をゆだねて多くの時間を過ごした。ロサンゼルス国際空港(LAX)、シカゴ・オヘア国際空港(ORD)、ダラス・フォートワース国際空港(DFW)での待ち時間も全然覚えていない。ときどき、夜の暗い高速シャトルのどれかで目を覚ますと、自分がどこへ向かっているのか、どこにいたのかもわからなくなる。飛行機は轟音を立ててまた別の銀色の雲の中を、あるいは下界から届くぼんやりしたオレンジ色の光を突っ切ってゆく。やると言ってしまったものの、それが意味することは自分の失敗だぞと、心の中で精製されていく恐怖を感じる。そういうある夜のこと、通路側の座席でうとうとしていると、雨雲の中にいた機体の後部がいやに大きく左右に揺れ、十八カ月近く聞いていなかった声、ぼくの声ではないぼくの声を聞いた。座ったまま向きを変え、ギャレーのほうを見すかして、これは夢でフライトアテンダントの話し声を聞き間違えたのだ、その声は頭の中ではないほかの場所から聞こえてきたのだと自分に言い聞かせたが、それが誰の声かぼくにはわかっていた。自殺するときがまた来たぞと告げる声。ぼくはシェードをきっちりと閉めて、夢を見ている夢を見た。

←

〝旅まわり〟がしだいに減ってきて、書かない理由がなくなると焦り始めた。朝アニーがバートの駅へと出て行ったあと、イーストベイの全コーヒーショップを網羅したリストを眺めて一カ所を選び、そこでエスプレッソを飲んで〝仕事をし〟ながら二、三時間つぶす。つまりとくに何もせず、何もしていないことに不安を感じていると、やがてカフェインがその不安を増幅させ、汗がにじんできて、店のまわりを歩かずにはいられなくなる。そうやってなじみのない地域を歩いていたとき、オフィス用品店に行き当たった。ずっと前につぶれたと思っていた大型チェーン店を見て、礼拝にきた巡礼者のように引き寄せられて店に入った。なんという無益な場所かと感じたことに内心驚きながら通路を行き来した。ある角を曲がると、目の前に特売の黄色いリーガルパッドが高さ二メートルくらいに積み上げられていた。この黄金の塔を見て、ぼくは啓示を得た。リーガルパッドを買え。調べ物をする必要がある。そうだ。それははっきりしていた。考えるまでもなかった。それに気づくのに半年もかかった自分が恥ずかしかった。ほんのわずかの調べ物すらせずに、この頭で絹糸のようにそれを紡いでいけるかのように、歴史的大事故を小説に書けると思った自分はなんて愚かなんだ。大量のリーガルパッドと一緒に、黒と青と赤のパイロットV7とV5水性ボールペン数箱、ポストイット、インデックス付箋、高級鉛筆一箱を購入した。レジ係が一人出てきて、別の一人が金額を打ち込むのを見ていたから、ここ何カ月かぶりの客だったんだと思う。

文具店から大学の図書館へ直行し――大学へ行くようになって一年半たって初めてそこに足を踏み入れた――ケリー・グリーン(ボーイスカウトの名誉にかけて)という名の司書が、要予約の閲覧席へ案内してくれたのち、データベース、マイクロフィルム、ブール検索、図書館相互貸出制度、AVライブラリ、デューイ十進分類法、裁判記録、証言記録について教えてくれた。その後の数週間は着々とデータを集め、メモを取り、できごとを時系列で並べ、記録資料を読みあさった。まるで、一九九六年一月十八日夕方に起きた、正確な分量さえいまだに不明の大量のヘキサシクラノール9という石炭洗浄剤がモノンガヒーラ川に流出した事故の資料が必要だったみたいに。その化学物質は、ぼくの故郷のモーガンタウン——その町の被害が最も大きかった——の飲料水だけでなく、はるか北のペンシルベニア州ピッツバーグ近郊にいたる川の流域を汚染し、濃度が許容範囲に薄まったのは、アレゲニー川と合流するわずか数マイル手前だった。ピッツバーグまで汚染が及んでいれば流出事故は全国的に注目されただろうが、実際はそうでなかったから注目されなかった。ウエストバージニアに住むぼくたちからすれば、べつに驚くようなことではなかった。ぼくは、自分の誕生日並みによく知っていた事実を実際に調査した——知っていたが、それでも調べた——流出事故の原因の一つは極渦（きょくうず）という気象現象だった。北極付近の冷たい空気がカナダ周辺で地表付近へ下降したのち五大湖を渡ってその地域にいすわったため、ユーコン川流域以外の地域ではめったに見られないほどの低気温をもたらした。その極渦には二つの動きがあった。その一つが、一月十八日午後四時ごろから一月十九日午前四時ごろまで続いた突発的な冷え込みで、摂氏マイナス三十六度の低温を記録した。この最初の気温低下により、モーガンタウンから一マイル川上の、モノンガヒーラ川沿いのコンクリート面に配置されていたヘキサシクラノール9で満杯の巨大鋼鉄製タンク十四基のうち九基がひび割れて裂け目ができ、推定で四百万ガロンの化学薬品が漏出した。ひび割れの原因は長らく論争の的となってきた。タンクを所有するフリーダム・アンド・リバティ・インダストリーズ社（ボーイスカウトの名誉にかけて）が化学物質の保管にふさわしくない安物の輸入鉄材でタンクを建設したせいだと環境保護庁（EPA）は主張した。リバティ・インダストリーズの弁護団は、異常気象による事故だと主張した。気温は最低記録すら大きく下まわった。化学薬品は凍結せずに外気以上に冷えたため、タンクは想定外の圧力にさらされた。いっぽう、一月十九日午前四時を過ぎてしばらくしたころ、ぼくの調査が示すように――以前から知ってはいたが――一時的に極渦が西のオハイオ州へ移動したせいでぼくたちの地域の気温は急激に上昇し、摂氏二、三度まで戻ったので、子どもたちは外へ出てスクールバスを待ち、登校した。ぼくはそうした子どもの一人だった。

一月十九日の朝六時四十五分ごろ、川沿いのスターシティに住むシャーリー・アッシュダウン夫人がガス漏れが発生しているようだと911に通報した。だが、夫人が嗅いだのは、ガスに添加されているメルカプタンの特徴的なにおいではなかった――甘草(リコリス)の強烈なにおいがしたと夫人は言ったのだ。最初ににおいに気づいたのは、外に出られるほどの気温になっていた朝、犬の散歩で川沿いを二ブロックほど歩いたときだったという。これが、のちに〝リコリス〟と呼ばれるようになるヘキサシクラノール9流出の第一報だった。夫人はまた、唾が出てしかたがないとも話した。脳卒中の発作を起こしているおそれがあったので、救急救命士(EMT)が派遣された。EMTが夫人の検査を終えたころには、緊急センターの電話交換器は真っ赤に光っていた。

調べを進めながら、自分が経験したことを言葉や数字やグラフや証言として目で見るのは、シュールな体験だった――が、これほどの大事故にしては、あきれるほど資料が不足していた。とはいえ、そうした資料はぼくにはある種の慰めとなった。そんなことがあったなんて信じられない、きみが言うほどひどい事故だったら知っているはずだとずっと言われ続けてきたが、ぼくが経験した狂気の沙汰は夢ではなかったと確認できたのだ。しかし、ウエストバージニアで暮らすというのはそういうことだ——国民の半分は、そこに人が住んでいることすら知らない。

調査していて意外なことがわかった。自分でも知らなかった場所で自分を見つけたのだ。化学薬品の流出を止めるため、のちにはそれを除去するために現場に派遣された男の証言を見つけた日のことだったと思う。彼の証言記録を読むうちに、頭蓋骨の内側に高画質映像が映し出されているかのように、胸がかき乱されるほどの正確さで彼の話が頭の中でイメージ化された。最初は衝撃を受け、引きこまれたが、読んでいくうちに、この証言はぼくの脳裏に焼きついていた光景だと気がついた。その男が話したことは全部、これまでずっとぼくの頭の中にあった。閲覧席で目がくらんでどぎまぎした——目の前の紙の上で心のかけらを見つけたようだった。自分の心が盗まれたかのようだった。自分の一部がいると痛切に感じた。そのとき、この話をどこで聞いたか思い出した。テレビのニュースだ。事故から二、三日後、地元テレビ局が方針を変えて、環境活動家を名乗る匿名の人物から送られてきたテープを放送した。一月十九日——流出が起きた日——と印字されたテープは、事故現場の周囲の森から家庭用ビデオカメラで撮影されたものだった。その活動家は州警察と当事者である企業が張った警戒線をひそかに越えて、州による〝除去〟作業のようすをテープにおさめた。それが放映されるまでは、州は、亀裂は小さく、ひび割れた一基のタンクは特定され、一月十九日午後にはほぼ完全に封じ込めたと発表していた。テープの映像はそれとは異なっていた。十四基のタンクのうち九基がひび割れていた。大きな亀裂だった。ボーイスカウト隊が通り抜けられるほどの亀裂だった。そして亀裂から漏れるというよりも、消火栓から噴出する水のように、それがほとばしっていた。下のコンクリート面を幅約二メートルに広がった化学薬品が川へと流れて落ちていた。画面に現われた危険物処理隊は、つねに走り、つねにパニック状態だった。あるとき、長い木の棒にゴム製ブレードをつけたスクイージーを手にした一人の隊員が走ってきてしゃがみ、オレンジ色のフードをはずして嘔吐する。ちがう、嘔吐ではない——毒を吐き出している。彼の首は膨れて波打ち、顔は紫色になり、両目は飛び出しそうだったが、口から第二の頭を産もうとしているみたいに口を何度も大きく開けているうちに両目はもとに戻っていく。ようやく落ち着いた彼の顔は真っ青で、口元についた汚物を拭おうとも髪の毛をかきあげようともせず、そこでしゃがんだまま、彼のブーツの上でうごめく化学薬品を見つめている。小さく波打つそこに隠されたメッセージを読みとるかのように一心に見つめる目。ぼくが読んでいたのはこの男の証言だった。読んでいるうちにぼくは泣きだした。みじめで小さな泣き声は、隣の閲覧席にいる歴史学博士課程の学生の、気づかいも同情のかけらもない苛立ち(いらだ)を引き出しただけだった。

ずっと前から、危険物処理隊の男のことが現実だったのか想像だったのかわからなくなっていた。これは、嘔吐する男のイメージが自分と重なっていたせいもあった——ぼくが初めてリコリスを口にしたときを象徴する視覚的な記憶だった。体育の授業でドッジボールをさんざんやって喉がからからのクラスのみんなと一緒に上水道からそれを摂取したとき、みんなで水飲み場に並んでがぶがぶ飲んだときだ。じつは、この場面から書き始めようとした。最初から始めて何が悪い、と思った。ぼくは大天才だ。一ヵ月間毎日、閲覧席か自宅のデスクかキッチンテーブル（あちこちで試した）についたが、地理の授業中にこらえきれずに自分の机でもどしたときのことを表現する言葉は見つからなかった。大量の嘔吐。最初に吐いたのがぼくだったのは、たぶん水飲み場の列の一番前にいたからだろう。一人また一人と、ホースで水を撒くように口からへどを吐きながら、ぼくたちは身をよじらせて泣きじゃくった。一ヵ月間毎日、一日八時間、それを表わす言葉をさがした。非常に激しく嘔吐したので視覚認識がなくなり、内側へ、下へ、なにかの中心へ向かって闇をおりていってついには自分がただの痙攣と音となり、そのあと音だけになる。ぼくか教室かそこにいる誰かに残されたのは音だけだった。ぼくの中から出ようと必死のあまり、顔がかち割られるんじゃないかと思った。何週間もこれを文章で表わそうとしたができなかった。子どもたちが毒を吐き出すときに立てていた音そのものを表現する言葉を見つけられなかった。喉の奥で痰がからんだようなしゃっくりというか、泣きやまない赤ん坊が合間に出す音というか、ぼくらが出したのはそういう音だった。ごろごろガーガー泣く赤ん坊でいっぱいの部屋。クラスのほとんど全員が嘔吐するころには、ぼくらは実質的に赤ん坊になって、恐ろしいのと訳がわからないせいで泣きじゃくり、血管が切れて目は真っ赤、唇は真っ白、身体は冷や汗でじっとりしていた。なのに、これを表わす言葉は出てこなかった。それはぼくの心の中でじっとしていた。ベンと父と一緒に危険物処理隊員が嘔吐するのをテレビのニュースで見て、自分はまさにあれだった、彼はぼくだと思ったあの日からずっとそうだった。そしてぼくは彼になった。

啓示はあっても、文章を押しだすまでの力はなかった。調べたものを分類して幅広い背表紙のバインダー数冊にまとめたときも文章は出てこなかった——バインダーは、数十枚のリーガルパッドと一緒に家へ持ち帰って片隅に積み重ねておき、アニーから進み具合を質(ただ)されたときにその後ろに隠れる壁として利用した。大学の化学の教授に頼みこんで、ランチをしながら、ヘキサシクラノール9について、またそれが石炭と人体の両方にどう作用するかについていろいろ教えてもらったときも出てこなかった。肉屋で使う包装紙ロールに事故のときにあったことを時系列で書いていったらアパートメントの端から端までの長さになったけれども出てこなかった。ウールの靴下でゆっくり歩いて刻々と展開してゆく大惨事を追いながら、それが身体に刻みつけられ、複雑だが格調高い構想を生むきっかけになることを願った。願いはかなわなかった。身体の内側に構想を感じなかった。感じたのはおもに、胸の中のもやもやした苛立ちだった。文学的才能がないからではなく(そのことにも苛立っていたが)、流出事故時に実際に起きたことと当局の対応との乖離がはっきり目に見えたからだ。例えば、一月十九日午前十一時までに当局は流出事故の発生を知っており、ヘキサシクラノール9が化学薬品だと知っており、きわめて大量に漏出したことを知っており、その毒性を知っていたにもかかわらず、それが石炭洗浄剤であり、石炭産業に関わるものだったため、彼らは動けなかった。ウエストバージニアといえば石炭、石炭といえばウエストバージニアだから、石炭産業を少しでも批判すれば政治的な自殺行為となる。しかも数十年におよぶ衰退期の最中だった。身動きできない状態にあった当局から州知事に知らせがいくと、知事も凍りついた。水処理施設という重要な――そしてかなり時代遅れの――基幹設備に注意を喚起していれば、適切に対応する時間は十分にあったかもしれないが、それもなかった。予備の活性炭濾過器、アラモ・フィルターを含め、給水系統のあらゆる階層が危険にさらされた。流出事故が発生したので水を使うなと市民に知らせなかったので、人々は何も知らずに飲んだり浴びたり調理したり吸い込んだりした。午後二時まで事故の発生を認めず、認めたときでさえ、化学薬品の名を挙げず、危険物だとも言わなかった。その日の午後五時まで、水を〝使うな〟命令は発布されなかった。激しい吐き気、発疹、めまい、下痢、呼吸困難、記憶障害、麻痺――これらの症状は午後五時まで確認されなかった。午後五時に化学薬品の名が正式に発表された。そのころには死者が出ていて、ぼくの学校のかなり年配の教師も激しい嘔吐が原因で卒中を起こして亡くなった。生徒たちの前で倒れなかっただけましだが、台車つき担架に載せられ、覆いをかけられて廊下を運ばれていく先生をぼくは見たし、ちょっとした段をおりるときにそれが大きく跳ねるのを見たし、横に飛び出た左脚を見た――ＥＭＴはストラップで固定するのを忘れるほど急いでいたのだ。脚を見てぼくはぞっとした。死体はそういうふうに動くのか、そう思ったことを覚えている。ばたばた動くのだ。ほんの一時間前、教室でぼくら生徒の状態を確認したEMTはほかにどうしていいかわからず、町じゅうでひどく恐ろしいことが起きているから、保護者に知らせて生徒を帰宅させたほうがいいと先生に進言した。そう言われた先生は、教室の外で話しましょうとEMTに言った。とはいっても、ドアの向こう側で彼らが話している内容は全部聞こえた——ひどくおびえていて、自分たちが大声で話していることに気づかなかったのだ。先生は、ぼくたちを病院へ連れていく必要があると思っていた。「いますぐにでも連れていけますが」EMTは言った。「十分ほど前に無線連絡したら、やめておけと言われました。たくさんの人が押しかけていて廊下も歩けないそうです。よくない状態だ。人々が争っている。専門家としての意見ですが、私に子どもがいたら、いますぐ迎えにいくでしょうね」水を〝使うな〟命令が午後五時に正式に告知される前に、ボトル入りの水は全部売り切れたと推定されている。ウォルマートの駐車場で、ポーランド・スプリングの水二ケースをめぐって、男が別の男に発砲した。

事故が起きた朝、ぼくの父は、大学のキャンパスで建設中の新校舎の塗装作業を行なっていた。父は早くにラジオでことの次第を聞いた——朝のトーク番組に電話してくるリスナーたちがにおいや水のことで苦情を訴え、やがてそれがパニックと恐怖に満ちた声になった。最後に大学の化学の教授が電話をしてきて、化学薬品はヘキサシクラノール9であるのはほぼ確実だ、これまでに市、または州はこのことを知っていたにちがいないし、まだ何も発表していないことを恥じるべきだが、いま最も大切なのは、ただちに水を使うのをやめることだと断言した。その後まもなく、全ラジオ局が、できれば保護者は学校に子どもを迎えに行ってくださいという役所からのお知らせを流した。直感的に父は水を買いに行かなかった。きっと買えないだろうとわかっていたのだ。だが、ぼくとベンを学校まで迎えにくる途中、職場に近い学生が多く住む地域の端の小さな飲料樽販売店へ寄り、十ポンド入りの氷五袋を買った。精製水で作られ、数週間前にオハイオ州の倉庫で袋詰めされた氷だ。それを解かせば真水六ガロンになる。父の話では、もっと手に入れることもできたが、父の意図を察した店主は、氷の価格をその場で千パーセント値上げしたという。

　アパートメントの床に広げた紙に、父が氷を買った時刻と学校にぼくら兄弟を迎えにきた時刻を推定して書き入れた。認定されている事実の横に、証言記録を読んで思い出したことや耳にはさんだことを思い出せるかぎり書きこんだ。汚れた空気のせいでベンが喘息の発作を初めて起こした時刻を書いた。大学で起きた暴動（一回め）の煙を見た時刻。停電した時刻。事故一日めの深夜零時ごろ、各家庭で電気暖房装置をパワー最大で使用したうえ補助ヒーターもつけたので電力需要が高まったせいだった。ところが、タイムラインを埋めていくうちに連続性が乱れはじめた。直線的な連続はでたらめだ、ぼくの経験は無菌状態にされている、順序はなにも語らないと感じた。こういうことをじっくり考えていたときにちょうど、反対方向から列車がやってきて鋭い音を立てたので、ぼくは不意を衝かれて19Dの座席で飛び上がり、わずかにまごついた。目撃したのは、うなりをあげる赤いぼんやりしたものだけで、意識が理解する前に消えてしまった。自分の乗る列車と同一であるという事実以外は知覚できないスピードだ。それを考えると、ぼくの現在の速度はありえないだけでなく、少なくとも厳密に現在という意味においては経験するはずのないもの、あるいは記憶でしかないように思える。そこで、物理学者のやや回りくどい一節を思い出す。ぼくたちが経験する時間は熱力学の第二法則――だと思う――と関係していること、また過去とはエントロピーの低い状態で、エントロピーが増大する一方の状態が未来であるが、それは正確な事実ではない、と論じている一節だ。過去をより低いエントロピーの状態として見るのは、特殊性という枠にあてはめてそれを見ているから、意識の中でできごとが順に並んでいるからだ。だから、過去のエントロピーがより低いと思えるのは、自分ゆえ、知覚器――だよね？――ゆえである。彼はこう書いている。〝原因は結果に先行するとよく言うが、ものごとの基本原理において、〝原因〟と〝結果〟に相違はない。我々が物理法則と呼ぶものに代表される、異なる時間の事象（イベント）を関連させる規則性はいろいろあるが、それらは未来と過去で対称である。微視的説明においては、過去が未来と異なることはありえない〟。あるレベルでこの意味がわかったように思う。流出事故について、思い出せたこと、耳にしたこと、記録されたことなどでタイムラインを埋めて掘り下げていけばいくほど、思い違いの重みでつぶれそうに思えた。その後タイムラインをいくつかのまとまりに分けて、それぞれの位置を置き換えると、リビングルームの中央にカタツムリの殻のようなものがだんだんとできあがってきた。一つ一つのできごとを分離するのは不可能だった。起きたことに順序はなかった。無秩序だった。それ以外の言葉で表現するのは、それを生き抜いた人々に対する犯罪だろう。だが、無秩序を文章でどう表現する？　まるでわからなかった。

この仕事への情熱が急速に弱まっていくのを感じたぼくは、いっそう金をつぎこんでその感覚に逆らおうとした。まず、結婚式を豪華にしようとしたが、アニーに却下された。親しい人たちだけの小さな式を望んだのは、それが彼女のスタイルだからだが、ぼくが明らかに最高とはいえない状態にあったからでもある。それに、酒に酔った大勢の人々に挨拶をしてまわれば、おもにアニーが何度も脇腹をつつかれて、子どもはいつ作るのと訊かれることを考えると、やめたほうがいいようだった。

言っておくと、子どものことはいつもつきまとっていった。とくに、結婚式や新婚旅行で大枚をはたいたとき。一度ならずアニーは言った。「このお金を投資にまわせば増やせるのよ。わたしたちにとって大きな基盤となるわ」その〝わたしたち〟に、現在の夫婦二人以上のものが含まれているのはわかっていた。むろん、子どものことは話し合ってきた――つきあって何年もたつのだから――しかも、わりと初めのころから。アニーは家庭を持ちたがっていたし、すごく抽象的な意味でぼくも同じだったが、ぼくが生きていたような人生では持ちたくなかった。責任感とか自由を失うとかいうよくある男の恐怖心ではなかった。ちがうんだ、ぼくが恐れていたのは、自分が家族をどんな目に遭わせるかわかっていたからだ。そんな先の自分を想像することさえできなかった――いつも自分は二、三カ月以内に、長くても一年以内には死んでいるだろうと決めてかかっていた。でも、そう思っていることははっきり言わなかった。自分の病気が子どもたちに与える影響を恐れているという本心を明かせなかった。子どもたちの存在の半分はぼくの責任なのに、その子たちの苦しみは百パーセントぼくのせいだろう。それを考え始めると、そもそもアニーとつきあっていていいのかという問題に目を向けざるをえなくなる。そう口にすれば、彼女を失うかもしれない。それには耐えられなかった。だから自分は手前勝手で卑劣な人間だと思ってしまう——わかってもらえただろうか。「とても怖いんだ。ぼくはうつ病だし、そこまで考えられない」たいていはこう言うと、アニーは膝の上で手のひらを上向けて組んだ手を見つめながら「わかってる」と望みを失ったように言い、そのあと何カ月もそのことは話さない。

じつは、アニーとぼくと子どもを、ごく一時的にだが初めて心に描いたのは、リーザと食事をしたとき、ぼくの嘘の小説構想を売り込んだときだった。だが、そのことは胸に秘めておいた。本当はそんなことはなかったふりをして、自分から遠ざけようとした。事態はよくなっているように見えたが、家族というものを想像することじたいが、とにかく踏み越えてはならない一線に思われた。限度を越える一歩。意識のどのレベルでも納得していなかったものの、将来に目を向けて、ぼくたちに目を向けて、責任を持って金銭を扱うことは、野獣にちょっかいを出すに等しかった。そしてその野獣はばかでかかった。

自分の浪費がカルマ的放出バルブだとは気づいていなかったが、それが一時的にドーパミンを放出することと、自分をコントロールできていると思わせてくれることには完全に気づいていた。金の使い道を失敗してはならない。だからアニーから結婚式に金を使いたくないと言われたあとは、新婚旅行に精力を傾けた。高級ホテル、三つ星レストラン、コース料理、ビジネスクラス。名を成した者のように。アニーが夢に描くような豪華イタリア旅行をプレゼントする——ジュールズがビエンナーレへ行くついでに旅行してまわったときのインスタグラムをうらやましそうにスクロールする彼女を見た。ぼくもスクロールした。

無駄遣いにはもう一つの恩恵があった。調子はどうなのと訊かれるたびに、原稿の一枚も見せず、ますます言い訳するようになっていたが、いろいろな経費や支払いに投げやりな態度を取ることで、仕事はうまくいっているとアニーに思わせることができた。溜めこんで高くなる一方の紙の要塞を指差して「作品はこれ——きみは一枚の原稿も見ていないというけど、ほら、そこにあるじゃないか。まとまるまではごちゃごちゃした断片なんだよ。だから、そのときが来るまで、どうか邪魔しないでほしい」みたいなことを言う。

忘れてならないのは、アニーは何も要求しなかったことだ。こうした浪費は彼女にまったくなじみがなかったし——どこをとっても中産階級の中西部人——自分に正直な人なら誰でも胸をはずませるように、彼女もこうした贅沢に胸をはずませたものの、どうか落ち着いてほしい、ぼくの出費と彼女の心配の両方が大きくなるからと何度も言った。でも浪費は、この先計画が崩壊していきそうな予感に対抗する唯一のツールだった。金をけちって将来の喜びをつぶすな、けちらずにつぶせ。ぼくは自分を見失っていた。

図書館の資料を調べつくしてすぐあとのある朝、パニック状態で目を覚ましたぼくは、散歩に行ってくるとアニーに告げた。朝のオークランドを速足で歩き、坂をのぼり、太平洋から吹いてくる風のせいでまだ冷たい空気を深々と吸い込みながら、近隣の公園の一部となっているセコイアの林をぶらついていると、頭の中で渦巻くもやが感じられたので涙がこみあげた。少し空嘔吐(からおうと)した。頭の中のぼくの声ではないぼくの声が、これをしろと指図してきた。ぼくは自分の顔とこめかみを激しく殴りつけた、何度も何度も……気づいたときには、ふんわりと地面に積もって露で湿ったセコイアの針状葉のマットレスの上にいて、頭蓋骨の内側で鼓動が鳴り響いていた。赤い巨木がぼくに覆いかぶさって非難してくる。契約書にサインしてからちょうど一年たった。まったく何も書いていない。起き上がって両目をぬぐった。目の前が少しぼやけていて、ズボンの尻が湿っていた。フックからはずれた受話器のジーという音しか聞こえない。そのとき、肩をとんとんと叩かれた。知らんふりをしたが、かえって事態は悪化した——もっと、さらに強く叩かれた。現実の痛み。息を飲むほど強い痛み。そのあと聞こえた——耳で？　頭の中で？——おれだよ。すると神経が鎮まった。ほっとした。待っていたものがやっと戻ってきた。ミストが堂々と威嚇するように背後に立ち、地面に黒く長い影を落としている。ぼくは土の上で最後に一度長々と空嘔吐してから立ち上がり、背中を丸め、爆弾のようにカチカチ音を立てて坂をくだった。

カレッジアベニューのカフェに入り、コルタードを注文してすぐに後悔した。飲めば、アニーと初めて出会ったときのことを思い出してしまう。出会わなければよかったのにとそのとき思ったのは、ぼくの前にたちはだかるもののせいで、アニーがどれほどのことに耐えなければならないかわかっていたからだ。そう考えると、はらわたに鎖が巻きついているかのように不快だった。すぐにそのカフェを出て通りを北へ向かうと、二、三軒先に気に入っている書店があった。そこにあることは知っていたが、そのときの自分の状態で出くわすことを予想していなかった書店だ。すぐれた知性と才能と自制心とで作品を完成させた人々の本を見せて自分を罰することにした。そこで朗読会をやったことがあるので店員はぼくを知っているから、落ち着いた態度を保ちながら、あてもなく店内を歩きまわった。イタリアのガイドブックと、滞在先のローマとシチリア島のガイドブックを選んだ。会計カウンターへ行く途中、店員お勧めノンフィクションの棚を通り過ぎるとき、棚で光を放つマイケル・ハーのヴェトナム戦争回想録『ディスパッチズ――ヴェトナム特電』が目に留まった。反射的にそれをつかんで支払い、ウーバーで自宅へ帰った。乗っているあいだじゅうその本を離さず、祖母が親指でロザリオに触れていたように、指で背表紙をなでていた。

←

理由もわからないまま『ディスパッチズ』を読みはじめ、翌日の午後に読み終わってようやくわかった。混沌(カオス)だ。これはカオスを書いた本だ。ぼくはなんて馬鹿なんだと思った

（ように思う。そう思ったのはぼくではなくやっぱりミストだった）。何かが起きてめちゃくちゃになった状態を書き残した文献を研究し、ぼくなりの書き方を学ぶ必要があったのだ。自分がしていることの本質をわかっている者にとっては明白な、あまりにも明白なことだが、ぼくはあんまりわかっていなかった。ふたたび書店へ出向いて、スヴェトラーナ・アレクシエーヴィチの『チェルノブイリの祈り』、ジョン・ハーシーの『ヒロシマ』、ハリケーン・カトリーナや一九三〇年代に中南部を襲った土砂嵐やサンフランシスコ大地震のことを書いた書物を購入し、印刷されて装丁されたこれら大災害の記録をすべて、コーヒーテーブルに積みあげた。これからが調査の第二段階だ、と自分に嘘をついた。本をいろいろ集めながら、自分に必要な種類の文献に接することなく大作を書こうとしていたことが間違いだったと思った。根本的にぼくにはあんまり知識がなかったから、ひととおり目を通しておくべきだった。なのに、そうした本をずらりと並べておきながら、ハーの『ディスパッチズ』にしか興味が持てなかった。それを二度、三度と読んで文章に注釈を付けていたら、一文が一段落となり、そしてセクション全体となり、やがてほぼすべての文の下に書き込みするにいたった。コンピューターでセクションごとのあらすじをまとめ、名文を集め、テーマや問題や細部別に文章を整理するうちに本がぼろぼろになってしまったので二冊めを買ったが、新しい本も古いのとまったく同じ運命をたどることになった。この執着は日に日に強くなっていき、朝起きて最初に見るのはそれ、寝る前に最後に見るのもそれ——枕の下に本を置いて寝たのは、頭皮を通してその才能を少しでもアップロードしたかったからだろう。

ちょっとした問題が起きた。まる一日働いてくたくたに疲れているアニーは、テレビを一緒に見ながらのんびりと頭を休めたかったのに、カウチの隣に座るぼくは、ペンを片手にペーパーバックを読みふけっている。「わかってほしいわ。わたしは一日じゅう街で働いて帰ってきたのに、あなたはそれを見てるだけ」とアニーに言われて、ぼくはごめんと言い、本をコーヒーテーブルにおいて、テレビではなくそれを見つめる。

一度、アニーからサンフランシスコのハッピアワーに同僚と行くからおいでよと誘われたので合流すると、二人は、例のがたついて高く丸い、運ばれてきた酒一・五杯分の広さしかない小さなカクテルテーブルについていた。挨拶してから、ぼくはもちろんそこに行く道中で読んでいた『ディスパッチズ』をテーブルに置き、デニムのジャケットを椅子の背にかけてから自分の飲み物を買いに行った。戻ってくると、ジャケットの大きいほうのポケットに本が突っ込んであったので、テーブルの狭いスペースをあけるためだろうと思ったのだが、こういうことが二、三度続いて――アニーは線や書き込みだらけで端が折れてしわくちゃで反り返った本を隠そうとした――彼女がきまり悪い思いをしていたことに気がついた。

またあるとき、シャワーを浴びてから、まだ濡れている身体をタオルでふきながらバスルームから出ると、アニーがリビングルームで立ったまま、ぼくの手あかでページの端が紅茶色に染まった本をぱらぱら見ていた。「やめてくれよ。読んでいた箇所がわからなくなるじゃないか」

「読んでいた箇所？　はっきり言ってこの本全部に下線が引いてある」

「いや、全部じゃないよ。セクションごとだ。精読（クロース・リーディング）さ」

「これがクロース・リーディングですって？」彼女があおぐように本を振ったら、部屋の端にいたぼくにさえ、黒と赤と青の線が見えた。「こんなのおかしい。最初はノートとバインダー、次はこれ。毎日あなたは何をしてるの？」

「途中経過はごちゃごちゃしてるものだよ。ヘルヴェティカ体で書かれた簡潔な決定木じゃなくて悪かったね。ぼくのアトリエを見ただろ——美大ではすっきり片づけろとは教えない。自分の工程を信じろと教える。ぼくは自分がやってることをを信じてるけど、明らかにきみは信じてない」

　彼女は本を下に置いた。「あなたの行動はどこか変だし、あなたはそれをわかってる」

　次の土曜日の午後、インネンナウト・バーガーの駐車場へ入り、ぼくは車から降りたのに、アニーは乗ったままだった。しばらく待ってから車に戻った。「どうしたの？」ぼくは尋ねた。

　アニーはぼくの手の『ディスパッチズ』に目をやった。「インネンナウトへ行って、黙りこくってそのむかつく本をぱらぱらめくるあなたの向かいで食べたくない。もううんざりなの。その本を持ってくなら、わたしはここにいる」

「きみの言うとおりだ。すまなかった」ぼくは本をグローブボックスに入れた。

「これからは、二人一緒のときは使用禁止よ」

ぼくは承知した。

最初、その本は、ぼくの意識を満たす高オクタン価のガソリンのようなもので、書きたいと思っている本の書き方を教えてくれる贈り物だと信じていた。どのページにも、ぼくが自分で交信するのを夢見ていた周波数で振動する文章があった。深く読めば読むほど、ぼくに必要なものとそのやり方がはっきりしてきた。だが、当然ながらそれと反対のことが起きた。書こうとしてデスクについて数分とたたないうちに、ぼくが書きたいどの場面も、ハーが残した非凡な作品を凌駕することは、百万年たっても――決して――ないと思ってしまう。それは数日たっても数週間たっても変わらなかった。贈り物だと思った本は、じつは呪いだった――ミストのいつものやり口だ。ぎっしり書き込みしたページをめくりながら、自分には絶対に越えられない作品のデータと構造を整理していたのだ。〝ヘリコプターのローターの回転音、甲高いと同時に鈍さもあると知っている音〟という簡単な一文でさえむりだろう。その描写を読んで、この耳で聞いたヘリコプターの音を自分には描写できないと思ったのは、スイギュウ事件のときに、それが父とベンとぼくのいるほうへ降下してきたときの音の唯一正しい描写だからだ。〝スイギュウ〟は、州兵軍が運んできた給水用大型タンクの呼び名だった。化学薬品の流出が始まり、停電があった翌朝の一月二十日、そのタンクが町の二カ所――フットボールスタジアムの駐車場と閉鎖されたショッピングセンターの駐車場――に設置された。一人につき二ガロン入り容器二個分の水をもらえるとラジオで放送されたので、父にすれば人であるぼくとベンも連れていかれた。前晩の気温は零下四十度までさがって州の最低記録を更新した。日が昇っても気温は零下三十四度にしかあがらなかった。その寒さでもぼくたちは行った——父はぼくたちに手持ちの防寒着を全部着せて三人で出かけた。フットボールスタジアムの駐車場へ行くと、誰も寒さにめげていないことがわかった。ひどく混み合っていて、試合のある日に入場券売り場で使用される金属製のフェンスで仕切られた列ができていた。周辺に武装兵が配置されていた。スイギュウは駐車場の奥の端でスポットライトで照らされていた。空気はとても冷たく、凍りついた水分がもやとなって地上三メートル付近で漂っていた。浮遊する結晶に含まれるリコリスの成分でかすかに紫がかった氷の雲は、列を作る人々の呼気でむくむく成長して太陽と空を隠し、ドラム缶の炎以外のすべての色から生気を奪ってくすんだパステルに変えた。そこでぶるぶる震え、リコリスを嗅ぎ、唾を吐きながらどのくらいの時間待ったかははっきりわからない。耐えがたい寒さだった。全身が冷気にさらされて痛むか激しく震えた。最初、行列は普通に進んでいたが、ぼくたちが並んでからはゆっくりになり、やがて止まってしまった。人々のいらいらは募った。氷の雲は濃さを増し、前の四、五人しか見えなくなった。列の前のほうから話が伝わってきた——気温がひどくさがってきた、野外で行列させるのは危険だと州兵軍は言っている、と。ほぼ一瞬にして凍傷になる域に達していた。人々はぶつぶついい、足をもぞもぞ動かし、悪態をつき始めた。くそ寒いいくそ臭いくそ遅い。水がなくなった、次にそう伝わってきた。水が切れたから、寒さを口実に人々を解散させようとしている。ついに州兵が拡声器で、寒すぎて屋外にいられないので、気温が安全なレベルに戻るか暖房テントが設置できるまで給水を中断しますと発表した。みなさん解散してください、とぼくたちからは見えない声が言った。人々は突然逆上した。何が起きたのか最初はわからないくらい突然だった。寒さのせいでぼくの頭は働いていなかったのだと思う。たくさんの身体が前へ倒れるように集まってきて押し戻され、ダウンジャケットと白い息の流れと錯乱した列車案内のような人々の怒号があがり、何かの冗談か芝居か見世物に見えたほどだった。父やほかの男たちがフェンスの一部を持ち上げて放り投げると、押し込められていた場所から群衆があふれ出て給水車のほうに突進し、父はクマの子のようにぼくと兄の襟首をつかんでそっちに引きずっていった。給水タンクの近くに駐めてあった一台の箱型トラックに男たちがよじ登ってハッチを開けると、パック詰めされたペットボトルの水が入っていたので、男たちはそれを人々に向かって投げ始めた。ぼくの前に落ちてきた十六オンス入りボトル一本をつかんで、バゲットのようにジャケットの中に突っ込んだのを覚えている。でも、このことを書いたことは一度もなかったし、そのあとすぐ人波に押されて兄と父を見失ったことをだれかに話したこともなかった。視界のきかない紫がかったもやの中で押しあう人々の身体が一つになって木炭スケッチのようなぼかされた大きな動きとなり、それに引きずられて自分もぼやけ、人間のエネルギーの振動に放り込まれて両脚がわなわな震えた。そのときぼくが笑い出したのは、自分が存在していないことを、このどれも存在していないことを、人々も寒さも給水タンクも、とくにぼくの胸で響きだした獰猛なドスドスいう音など存在しないと知っていたからだった。光線となって空からおりてきたのは、ヘリコプターのスポットライトだった。頭上を泳いでいるクジラのような機体下部のシルエットがかすかに見えた。回転するブレードの奏でる〝甲高いと同時に鈍さもあると知っている音〟、そのあと催涙ガスだかなんだかを放つぞと警告する声。ぼくは知らなかったし気にならなかったのは、それ自身でもやもやを噴出しながらもやの中へ落ちてきたキャニスターを含めて、このどれも存在していなかったからだった。父の腕がぼくの胴体を包み込んで引っぱり上げ、足が少し宙に浮いてようやく、父の身体の感触によって自分の身体がまた現実になり、ぼくは戻った。父はぼくを引きずって群衆のあいだを抜け、大混乱の中心部を離れた。頭で感じられる父の激しい息遣いから、別の腕で兄をつかんでいるのがわかった。こうして父は騒乱の外に出た。人々を包み込もうとする催涙ガスの雲が、父のトラックの中から見えた。車内で三人は息をついてヒーターの温風を顔にあて、凍傷にならないように吹き出し口のすぐそばで鼻と指をかざせと父に指示された。父が兄の指をくわえてまでそれを温めているうちにヒーターが効いてきた。このときベンは喘息の発作も起こしていたから、父は空いている手で吸入器を持ち、胸でベンの背中を支えて、ふくらむ胸のリズムに合わせて息をしろと言った。そうこうしているうちに催涙ガスが近づいてきた。ようやくベンがまた息ができるようになって、ぎりぎりのタイミングで父はトラックを発進させた。そのとき、とても大きな紙を半分に引き裂くような音がして、振り向いた兄とぼくは見た。白い冷え冷えした非人間的な光が金切り音をあげて空を昇っていって爆発し、滴り落ちる奇妙な天使のようにそこでぶらさがり、光はしばらくのあいだ宙をおおうもやを晴らしてすべてを──人々の身体、ヘリ、ひっくり返ったドラム缶、銃をかまえた男たちを──汚されたあの世の静けさで照らしだした。それがマグネシウム光と呼ばれる照明弾だと知ったのは、あれから何年もたってハーを読んだときだ。光が空高くあったとき、何も聞こえなかった。まわりで純粋な狂気の喧騒が目に見えない音源から発せられていたのにまったく何も聞こえなかった。異様すぎてぼくの耳も精神も理解できなかったにちがいない。すべての接続が切れていたのだ。無音だった。空に花火のような光があった。ぼくのスノーパンツの股が濡れていた。ぼくたちは無人の通りを自宅へと急いだ。

母が出ていってから一年くらいは、父はワイルドターキーを度を越すほどではないものの がぶ飲みして、目を開けていられなくなるまで本を読み、そのままソファで眠りこけた。ほとんど毎晩、ぼくは辛子色の格子縞のソファの父のところへ行って、その胸から本を、ときには新聞か雑誌をどけてから、ずっしりした手編みのアフガンをかけてやった。そのころの父はまだたくましかったから、いびきをかいたり寝返りを打ったりしたときに振動が床を伝わってきたし、父に触れるということは、大きな厚板から彫り出された継ぎ目のないものに触れるのと同じだった。ぼくがまごついたのは、そんな父が痛手を受けていると知ったからだが、その痛手の行き場はどこにもないようだった。

あれから二十年以上たち、『ディスパッチズ』を買ってすぐの夜遅くにそれを読んでいたとき、ある幻影に襲われた。父の胸の上で伏せられたその本が寝息に合わせて小さく上下している。表紙の作業服っぽい緑色と白いステンシルの字体が、揺らめく闇の中で鮮明に浮かび上がる。父の胸の上の表紙がオレンジ色の光を発してちらついたのは暖炉で火が燃えていたからだ、と何度も思い返すうちにだんだんわかってきた。

父はいつでも火をおこした。九月になって夜が冷えてくるとすぐに焚き、六月までほぼずっと焚き続ける。窓を開けないとならなくても、夕方には火をおこす——暖を取るためではなかった。つい見ほれ、世話してしまうもの、温めてくれるもの、部屋を照らしもすれば、放っておけば家全体を破壊しうるもの。そうした命ある存在に惹きつけられたのだ。父がソファで寝ていたあのころは順調な時期ではなかった。こうした細部をすぐに思い出さなかったのは意外でもなんでもない。ここで母のことを書くべきなのだろうが、言いたいことは大してない。母はよく酒を飲んでいて、結局出ていった。それから一年ほどあとに祖母が引っ越してきて、何年か一緒に住んだ。ぼくたちが乗り切れたのは祖母のおかげだろう。でも、ソファで眠る父との一年——はつらかった。父は放心状態というより、死んでいるに近かった。あの年齢のぼくたちにさえそれがわかった。ひどく遅い時間に揺らめく炎を映す父の胸の上の『ディスパッチズ』——父に電話をして、どうしてあの本だったのか、どうしてあのときだったのか尋ねたいと何度思ったことか。でも、いったい何の話だと言われるのが怖くてできなかった。そのあと、全然予想もしていなかったのだが、治療中に、おそらく実際に経験した人間にしかわかりえない方法でこの時点に引き戻された。ぼくに言えるのは、完全にあそこに送り返されたことだ。記憶ではなかった。その場へ行ったのだ。ぼくは正しかった。『ディスパッチズ』は確かに父の胸の上で伏せられていた——ぼくの作り話ではなかった。だが、父がそれを読んでいなかったことは記憶になかった。本は開かれていたが、最初のページから進んでいなかった。ぼくははっきりと再体験した。父の胸の本を何度どかしても、開かれていたのは最初のページだった。

〝サイゴンの私のアパートメントの壁にヴェトナムの地図が一枚貼ってあった。遅い時間に、ブーツを脱ぐのもやっとなくらい疲れて街に戻ってきて、ベッドにごろりと横たわり、それを眺めた夜が幾度かある〟。父が持っていたのがまさにその本だと気づいたのはこの文章を見ていたからにちがいない。あのころの父の状態——疲労、苦悩、混乱——を表わしているような文章だった。父がその本をどこで手に入れたかは謎だが——治療では明らかにならなかった——たぶん、一般的にその年代の男なら戦争物に興味があるだろうと思った誰かが貸してくれたか、午後の誰もいないバーの貸出文庫の棚にあったのをたまたま手に取ったか。というより、そのときになぜそれを読む気になった？　自分の人生が崩壊しつつあるときに戦争物を読むか？　それに対する答えは治療でわかった。ぼくの伯父、つまり父の兄ユージーンはヴェトナムで戦死した。その戦争はユージーンを英雄にし、その後彼の存在を消した。その名は、ぼくの高校の旗竿の基部の青銅板に、ヴェトナムの他の戦死者と共に刻まれている。

『ディスパッチズ』を読みながら、ぼくが伯父のことを思い浮かべたのはほんのわずかだった。ぼくにとって伯父は単なる影だった。いまになって、もっと知っておけばよかったと思う(ミストのせいで自分のことにしか目が向かない典型的な例)。父は兄を崇拝していたのでその死に打ちのめされたことは知っている。父がそう口にしたことはない——祖母からちらりと聞いただけ。治療がぼくに知らせようとしていたのは、目を覚ました父が自分の人生が一種の地獄へ舞い落ちたのを知ったこと、兄と話すことはできないにしても、兄に助けを求めることはできなかった一方で、この本とばったり出会い、兄を殺した地獄を記録した書の中で少しでも兄を見つけられるかもしれない、または、命あるあいだはそこを生き抜いた兄を支えた強い精神をいくばくか見つけられるかもしれないと思ったことだ。父は兄に一人で痛みに耐えさせたくなかった。一緒に痛みを感じたかったのだと思う。そう、父はそれを読んでいない。理解できなかったからではなく——その格調高い文章は父の好みではないが——あまりに疲れていたからだ。その本を抱いているだけで十分だった。伯父の遺灰の箱のように。

それがいま、そこにある。過去のぼくの前に、目の奥にある。表紙は暖炉の火を反射しているのではなく、内側から光っているかのようだ。ぼくはその光、押し寄せる熱の波、レモン色の光を感じるが、もちろんそれは、アペニン山脈へ、そしてその反対側で待ち受けるボローニャへと疾走するフレッチャロッサの線路沿いに植えられたプラタナスの木々のあいだできらめくイタリアの太陽にすぎない。だが、この感覚によってそこへ、居間の暖炉の前の床へ連れ戻される。流出事故が起きて停電したときにベンとぼくが寝た場所。あのとき父はソファの上で寝ていた。流出事故のとき、薪を絶やさずに焚いて部屋を暖め、日中のほとんどをそうやって過ごしたのだった。

電力需要の高まりが送電網に負担をかけ続け、厳しい天候により旧式の設備は機能を停止し、凍結した道路で車両が横滑りして電柱にぶつかるなどして停電は数日間続いたから、うちの薪はなによりも必需品となった。それが役に立ったのは、土曜の正午には喘息発作どめのアルブテロールが残り数錠まで減ってしまったことをベンは不安に思い、だからいっそうそれが必要になったときだった。薬局はどこも品切れで、病院に駆け込むことなど基本的に無理だったから、父は郡立病院の看護師をしている近所の一人暮らしの女性に、よく乾燥してマッチで点火できるサクラの薪(たきぎ)を手押し車とワゴンいっぱい渡すから、吸入器をいくつかこっそり流してくれないかと話を持ちかけた。それがあれば彼女もやっと家を暖められる。ぼくは父と一緒に、うちからほんの一ブロック先のそこへ薪を運んだ。父は手押し車を押し、ぼくは赤いラジオフライヤーのワゴンを引いた。ベンは家で胸にカンフルを載せて火のそばにいた。日曜の朝早くのことだった。レストラン、バー、商店、ガソリンスタンド、薬局――すべてが無期限で閉店した。停電。めどは立たない。暴動は夜じゅう続いていた。ぼくは全然眠れなかった。爆発音、がなるサイレン、人々の叫び声、低空を飛ぶ警察ヘリの音。朝の気温はまだマイナス四十度だったから、空気は凍りついて不透明になり、どこがうちの庭でどこが道路なのかもわからなかった。ゆっくりと動いていく分厚いキルトのような紫色を帯びた冷たい霧。悪い空気。ぼくは外に出るのが怖かったが、理由はわからなかった。わかったとしてもそれを認めるつもりはなかった。そして、ついにそのときが来てぼくらは外へ出た。すぐに、頭のまわりの濃い霧がジェルへ変化するのを感じた。目の粘液が凍らないようにしきりにまばたきした。看護師の家まで走っていって、薪をおろし、また走って戻るぞと父は言った。つるつるした道路を歩みだした。一歩進むごとに黒い川が一メートルほど姿を現わす。ひどく静かだった。最初の数歩は順調だった。すると始まった――〝周囲の霧の中で見え隠れする人影、浮遊する奇妙な存在〟とはハーの表現だが、それを読んだとき、ぼくの顔に不安の熱が広がった。青白い空気を背景に墨でさっと描いたような人影を覚えている。最初のいくつかの人影は距離を保っていたが、やがて一つが近づいてきた――霜を固めてこしらえたかのような夢見がちの顔ともじゃもじゃの金髪、長身にざっくりした灰色のトレンチコートをまとっていた。男は楽しそうだった。「あんたたちは何を持ってんの？」と尋ねてきた。父は無言で歩き続けたからぼくも足を止めずに歩いていると、男も歩いてきた。男のほうに顔を向けないほうがいいとわかっていたのに、どうしても我慢できず、ぼくを見つめる男の目を見てしまった。すると男の首が、壊れたアクションフィギュアのように肩に向かってちょうど九十度、きっかり九十度傾いた。「かわいいワゴンだな」男は言った。その笑顔は空中にできた奇妙な裂け目だった。父は足を止め、細めの薪を一本手に取って男に面と向かい、ここで別れたほうがいいだろうと言った。「とてもいい木だ」男はそう言いながら霧へと後じさりし、その後くるりと背を向けて、さっき来たほうへ走っていった。男が何かわめく声が聞こえたが、何を言っているかはわからなかった。何と言ったにせよ、ぼくたちに対してではなかった。そのころには父はぼくを持ち上げて手押し車に乗せ、それを全速力で押して看護師の家に向かっていた。ぼくはワゴンワゴンと叫び続けたが、父はあとで取りにくると言った。看護師の家に着くと、父は手押し車の向きを変えて蓋付きの容器のそばの庭のコンクリートに薪をあけた。父は裏口のドアを強く叩いて待ち、もう一度叩いてまた待った。ようやく看護師が出てくると、父は彼女の横をすり抜けて家の中へ入り、ぼくをリビングルームへ連れていってカウチに座らせると、ここを動くなと言いつけてから、キッチンで話そうと看護師に呼びかけた。彼女が首を振って窓から外を見、そしてぼくを見てから食器棚から茶色い紙袋を取り出して父に渡した。父はぼくのところに歩いてきて、ワゴンを取りにいってくる、すぐに戻るからなと言った。ぼくは反対した。離れたくなかった。でも父は一分もかからないからおまえは中で温まっていろ、看護師がそばにいてくれると言って裏口から出ていった。ぼくは正面の窓へ走っていって、庭を歩いて行く父を、そのあと凍った空気に飲み込まれる父を見ていた。看護師はカーテンを閉めた。覚えているのは、そこに座って、コーヒーテーブルに置かれた看護師の煙草のパックを、祖母が吸っていたのと同じ金印だと思いながら見ていたことだが、リコリス臭のせいで煙のにおいを感じなかった。彼女はしきりに首を振り、独り言を言い、定期的にマグカップに唾を吐いた。父は肩からシカ狩り用ライフルをかけて戻ってきた。看護師に礼を言ってから、ぼくを外に連れ出した。父はぼくに家まで走るぞと言った。その目はとても穏やかだった。父がワゴンを持っていないことに気づいたが、指摘しないほうがいいとわかっていた。ぼくはいいよと答えた。父は銃を肩からおろして、スイギュウの給水場所にいた男みたいにそれを構え、用意はいいかとぼくに訊いた。凍った鼻水が父の口ひげに玉になってくっついていた。ぼくはうなずき、二人で走った。

家に帰ると、父はブラインドを閉め、玄関の錠をかけ、本箱を押してきてドアをふさいでから、大急ぎで台所の裏口ドアを開けてそこに積んであった薪を中へ運び、台所のリノリウムの床に積み重ねていった。ぼくも手伝うつもりで走っていくと、兄のそばにいろと父が叫んだ。終わると、とくに大きな薪を何本か裏口ドアの前に積み重ね、錠をかけてから、ライフルを持ってぼくたちのいる居間に戻ってきた。

その日のもっとあとになって、ぼくは火のそばでシャツを脱いで立ち、湿疹の出た背中の左脇腹にステロイドクリームを塗ってもらった。ぼくの肩甲骨のまわりをゆっくりと撫でまわしていた父の大きな両手がぴたりと止まった。外の庭から、凍った芝生をガラスのようにばりばり踏み潰す、ゆっくりとした足音が響いてきた。影が一つ、窓を通り過ぎ、そのあと足音は階段でキーという音をたてた。父はライフルを手に取ってカーペットを滑るように動き、立ち上がってドアに耳を近づけ、しばらく耳を澄ませてから、木のドア越しに音が聞こえるようにドアのすぐそばでライフルのボルトを引いて弾薬をこめた。動きはなく、音もしなかった。やがて、足音は階段をおりて歩道へ出て、去った。

とんでもなく長い時間——永遠に思えるほどの時間——をかけて、この記憶を小説のワンシーンに移し替えようとしたが、どうしてもできなかった。何かがしっくりこなかった。心の中で何かがつかえていた。ぼくは必死だった。時間切れが迫っていた。途方に暮れた。自分を動かすものが何かしら必要だった。夏のあいだの何週間か、似たような気持ちに浸れるんじゃないか——せめて、霧が動くようすとか、遠くに見える歩行者の影や信号の色がぼやける感じをメモに取れれば——と期待して、バートでサンフランシスコへ行き、霧の中を歩いてみたが、行くたびにますますわからなくなり、さらには道に迷うようになり、ついにある晩、気づくとドロレスパークのベンチで泣いていた。どうやってそこへ行ったかも思い出せなかった。思い出したのは過去の記憶の修正版だ——

ずっと覚えていたのは、看護師の家を出たときのことだった。父はライフルを構えて道路へ出た。そのあと父とぼくは問題なく帰宅したと思っていたが、それは間違いだった。途中で何かが起きた。犬が一匹いた。あるいは、犬を見たように思った。自分が飼っているものでなくても犬や猫を中へ入れましょう、でないと凍死してしまいますとラジオで言っていた。犬を見かけたような気がしてそのことを思い出し、足を止めて犬がどこにいるのか見定めようとした。ほんの数秒だったのに父を見失い、方向がわからなくなった——このころには空気はどんよりしてすべての存在を消していたも同然だった。腕を突き出せば、その先の手も見えなかった。ところが、それに気づいていなかったぼくは走り出し、一分たっても父に追いつけず、見覚えのない庭に出たからきっと方向が間違っていたのだと思うが、また向きを変えて二、三歩進んだだけで何もわからなくなってしまった。大声で父を呼んだが、何も起きなかった。それが肝心な点だ。何も起きなかった。霧が出ていただけ。ぼくの記憶はここで止まっていた。そして、その次に思い出すのは、父が目の前でしゃがみ、ひどくうろたえた顔でぼくを見ながら、そばにいろと言ったのにと怒ってわめきながらも大丈夫かと尋ねてきたことだ。ぼく相手に怒鳴ることができてなにより安堵していたのは明らかだった。

こうして記憶が修正されてから数カ月後、物理学者のゴーストライターになってすぐのころに、ぼくみたいな素人向けの量子力学をテーマにした彼の著作を読んでいて次の文章を見つけた。〝[ヴェルナー] ハイゼンベルクは、電子はつねに存在しているわけではないと仮定した。人間か機器がそれらを観察しているときにのみ、というか、ほかのものと相互に作用しているときにのみ存在する……電子はある作用から異なる作用へと跳躍し続ける。それを邪魔するものがないとき、電子に決まった居場所はない。『場所』にはいないのだ〟。ここを読んでから、また元に戻ってもう一度読み、また読んでから本を置いた。屁理屈をこねたかったが、何に対する屁理屈かわからなかった。治療までは。だが、あと少しでボローニャに到着するいま、そのことを説明している時間はない。

ドロレスパークの霧の中のできごとは、書こうと努力していた最後のころに起きた。そのころ、ぼくは急速にやつれていた。体重が減り、眠れず、髪が抜けた――デスクに向かうぼくの顔の前を一本、また一本と落ちていき、一時間たつとまとめて束にできた――朝起きて、現実に戻るのがあまりに憂鬱なので、ときには泣いた。

アニーはそんなぼくを見てどう思っただろう？　アニーがぼくに言ったこと、治療中にぼくが経験したことをもってしても、ぼくが完全に知ることはないだろう。自分にしかわからない病（やまい）は自分にしかない苦しみを蔓延させる。自分に対してしたいことがあり、その願望がどれほど強いかは彼女に話したくなかったし、彼女は彼女で、ぼくの深刻な病状のせいで彼女がどんな思いをしているかぼくに話したくなかった。精神的苦痛。それを餌にする病気。だが、耐えられる量は限られている――病気と病人どちらも。「脅すようなことはしたくない。そういう言葉を使いたくない。知ってると思うけど、わたしはそういうふうには考えないわ。でも、コーナーに追いつめられてるような感じだから無理して言ってるの。あなたも、なんでもいいからやってみて」ひどく調子の悪い朝、カウチにいたぼくに彼女は言った。集中して考えることができなかった。ぼんやりした頭、部屋すっぽりとおおう霧。アニーは泣いていて、ぼくにそれが聞こえたが、水中の音みたいにくぐもって、遠くの音のような感じ。出ていきたかったらそう言ってもいいんだよと言いたかった。

それが彼女にとっては賢明な選択だからだが、ぼくの口からその言葉が出なかったのは、自分の一部が〝お願いだから出ていかないで〟と言っていたからだ。週に五日は、人々の要求に応えることをおもな仕事とするバーチャル・ビーイングの制作に勤(いそ)しみ、自宅では、ぼくにつきまとわれている。そのぼくは、自分の一部がどうしてそう思うのか簡単に説明できなかった。答え、つながり、始まりの瞬間までさかのぼる考えの道筋、真の根源、ただ一つの解釈——そうなっても、ウィキペディアの穴にはまって、分岐をずっとたどっていって最後に見つかるのは、硬い壁ではなく、ものがぼろぼろになる空間だ。その空間が存在するのを理解することと、その空間であることとは違う。何かの限界。人の愛情が到達できる限界。「どうして何も言わないの？　これはわたしに起きていることだし、あなたがそう思っているのは知ってる。自分が大声を出していて、怒っているように聞こえるのはわかっているけどどうにもできないの。わたしは言うしかない。わたしはどうなるの？　あなたが自分を傷つければ、わたしを傷つけることになる。あなたがそれを気にしているのはわかってる。わかってるの。罪悪感を感じさせようとして言ってるんじゃないわよ。事実だから言ってるの。自分勝手と言われたってかまわない。二人とも自分勝手でいればいいじゃない、かまわないわ」すっぽりとおおう霧。ぼくに見えない滴(しずく)で濾過される陽の光。とても静かだ。彼女はぼくの背中に手をあてた。時間を超越した動作の言葉にならない力——それはすさまじかった。ぼくに背中はなかった。ぼくは手榴弾だった。長い時間をかけてゆっくりと爆発する手榴弾。肉体はもはや肉体ではなく、無数の金属片となって、完全な混乱状態で膨張するまばゆく熱い狂気の波にのってでたらめに飛びはじめる。これが永遠に続くんだぞ。彼女は何カ月も、何年もこれを味わってきた。おまえが彼女をすり減らす。おまえが彼女の最良の時を徹底的に潰す。希望で、そのあと疲労で、そしていつかは起きる破滅によって彼女をすり減らす。これを終わらせる方法は一つしかない。だから彼女を自由にしてやったらどうだ？　ぼくの声ではない声。すっぽりとおおう霧。ぼくは彼女に言った、〝きみを愛してる、こうして口にしたり、ぼくが思っている以上に愛してるんだ、でもぼくはいますっかり自分を見失っていて手も足も出ない、せいいっぱい努力してきたけど、ほんとうに申し訳ない〟、でも彼女には聞こえないようだった。「いますぐ治療すると言ってくれないならジュールズに電話する。それかベンに。両方でもいいわ。彼らが来たらわたしは出ていく」

大学院時代に精神科医のおかげで苦境を乗り越えたことがあったので、保険会社を通じて一人見つけた。シャンプレイン医師だ。バークレーにある彼女の診察室へ相談しに行った。この先生を選んだのは、オンラインのプロフィール欄に、おもに対話療法とホリスティック治療を行なっていて、投薬治療には重きを置いていないと書いてあったからだ。以前大量の薬を飲んでいたときは自殺せずにすんだものの、読んだ本や人と話した内容をほとんど覚えていられないうえ、絵に関しては去勢されたも同然だった。シャンプレイン医師との初顔合わせは幸先がよかった。状況を知りたいのでぼくのこれまでを要約して話してほしいと言われて、ぼくはすべてを話した。子ども時代、画家として挫折したこと、ミスト、まぐれ当たりが一年続いたこと、そして契約と執筆活動でがんじがらめになった自分。オンラインで見た彼女の治療方針と自分との親和性を感じたと話した。先生とぼくのうまが合いそうだったのでもちろんアニーは喜んだ。ところが二度めに行ったとき、張り詰めたエネルギーを感じた。カウチに腰かけたぼくに調子はどうかと訊くので、ほとんど一日じゅう自殺することを考えていると話した。先生は心配そうなふりをして首を振り、そのつらさについて何か言い、ぼくにはたくさんの治療が必要だ、非常に大きな努力が必要だ、だからこそぼくの治療を続けられないと言った。意味がわからないんですがと言うと、先生は震えるような声で、ぼくはとても深刻な状態、危険な状態にあり、その治療にあてる時間を捻出できないと説明した。とはいえ、いますぐ薬物療法を開始したほうがいいと考えていると言った。

　ぼくは何も言わなかった。自分がとてつもない愚か者に思えてきて、そのあと監視されていたように、そのあとはめられたように思った。先生のほうを見られなかったので、壁にかかったロバート・スミッソンのランドアート『スパイラル・ジェティ』の白黒写真を見つめた。先生はぼくに、いま何を考えているのかと訊いてきた。

「あなたは忙しいから重病のぼくを治療できないと言われたように思う。というか、ぼくは自殺したいと言ったら、あなたは〝わたしにその時間は取れない〟と言ったような」

「そうね、ええ、わかった」また、まやかしの心配をこめて首を振りながら彼女は言った。

「その気持ちをもっと追いましょう。話して」

「いやだね。あなたは時間がないと言ったばかりだ。ぼくはとても不愉快です」誰かに笑われているのをはっきりと感じていた。その連中が存在するかしないかは関係なかった。

「もう帰る」

彼女は腕時計を見た。「でもまだ四十分あるわ」

ぼくは唖然とした。彼女の口先から細いリボン状の煙が滑り出た。「もう帰ります」とぼくは言った。

「では——診察料をどうするかを決めなくてはならないわ」

「それはどういうことだ？　治療できないと面と向かって言うだけの時間の代金をぼくに請求すると？」

「えっと、あなたは支払うべきだと思います？」彼女が一語一語話すたびにその口からミストがぷかぷか出てきた。ぼくは答えずに立ち上がり、ドアに向かった。「待って」彼女は言った。「これは、あなたに適しているとわたしが思う医師のリストよ」彼女は一枚の付箋紙を差し出してきた。ぼくは診察室を出た。「このリストを作るのは本当に大変だった」その声を背中で聞きながら、急ぎ足で通路を歩いた。車に乗り込んで呼吸を落ち着け、緊張を和らげようとしたができなかった。あの診察室で起きたことは明白だった。ぼくが感じていたことはただの予感ではなく現実であることをそろそろ受け入れろと世界がぼくにわめいていた。ぼくはここにいてはいけない人間だと。他人に助けを求めたくせに、ぼくに手を差し伸べるつもりだった人を拒絶した。ぼくはハンドルに何度も思いきり頭を打ちつけた。口からよだれが落ちた。仕事中のアニーから、カウンセリングはうまくいったか知らせてほしいというメッセージが届いた。〝実りあるセッションだった。いまトイレ休憩中〟と返信した。車を走らせて帰宅し、『ディスパッチズ』を読んだ。

これが節目だった。カウチにぼんやり座って、心血注いで読み込んだ本を見ていたら、意識の中の重圧がゆるみだした。彼(か)の地で行なわれた途方もなく恐ろしく、破壊的で、苛酷で、なにより無意味な戦闘について記された、その本の中心をなす章「ケ・サン」をぼくは読んでいた。一九六八年、リンドン・ベインズ・ジョンソン大統領(LBJ)が米軍はケサン基地を明け渡しはしないとテレビで言い放ち、それゆえ撤退できなかったせいで、絶えず砲撃にさらされて七十七日間を生きるしかなかった閉所恐怖症的で猜疑心のかたまりのような男たちを独特の筆致で描いたその章にのめりこんでいった。

初め『ディスパッチズ』は混沌を表現した本だと思った。ところが時がたち、自分の状態が悪化するにつれて、ヴェトナムについて書かれた『ディスパッチズ』だが、ある意味で、流出事故で起きたさまざまなことを予言した本であり、そのさまざまなことが――ぼくが解読すべき――暗号として縫い合わされた本かもしれないと思うようになった。それとも、流出事故は、地球のあちこちで時を選ばずに何度も繰り返される、異なる登場人物と衣装と原因を用いた形態の異なる暴力行為の一例だったことを示す本なのか。なんであれ、『ディスパッチズ』は災いのもとだった。この本は、書き方を教えてくれただけでなく、ぼくには決して書けないものを見せつけたのだ。でもそのとき、シャンプレイン先生に見捨てられた日の午後、カウチに座ってもう千回は読んだケサンの章をぱらぱら見ていたぼくは、その章の最後の部分、最後の文章についに降り立った。砦（アラモ）だったケサンが何もない土地に変わってしまう場面だ。〝六月の初め、工兵隊は滑走路のアスファルトをはがし、ドンハへ持ち帰った。掩蔽壕は高性能爆薬を詰め込まれて爆破された。残った土嚢と鉄条網が放置されたジャングルは、放置されたものを冬までにすっかり隠したくてたまらないというかのように、高地の夏のすさまじいエネルギーによって増殖していた〟。これが最後だ。ウエストモーランド司令官はそれを勝利と呼んだが、そのころにはケサンは、成り行きを見るためだけに地球上のその場所で生き返らせられた地獄そのものだったことを知らないものはいなかった。

傲慢。傲慢と失敗。やっとわかった。ぼくが『ディスパッチズ』に執着したわけが。傲慢と傲慢が生んだ失敗を描いた二百六十ページ。傲慢を認め、その事実を受け入れ、降伏し、悔い改めるまで、その失敗は終わることがない。苦痛を描いた二百六十ページ。自分に嘘をつくことを描いた二百六十ページ。ある種の未来が存在することを世界に納得させようとした二百六十ページ。そんなものは存在しないのに。無関係な場所で、する権利のないことをする人間たちを描いた二百六十ページ。

大ウエストバージニア小説を書くことに同意した理由はいくつかあった。おもな一つが金だったのは言うまでもない。アニーとぼくとで築いた生活を続け、それを安らぎと快適と安心と自由というさらに大きな現実へつなげたかった。だが、もっと大きな理由があった。自分が必要とされていること、信用されていることをとてもうれしく思っていたから、それを終わらせたくなかったのだ。ぼくは偉大なものを作りたかった。絵を描くことを学び、ぼくが描いたものをみんなが気に入ってくれたときからずっとそう願っていた。『ボーイスカウト』を書きあげたことと、それが名作と言われたことは関係なかった——それを書けた理由を説明できなかったから、自分は評価に値しないと思っていた。現実ですらないと思っていた。それはそれとして、ぼくは新しい本を書く。その結果を招いたのはぼく自身だ。そして契約書にサインするなり、もう始まっているんだぞと自分に言い聞かせた。ぼくは作家だ。そう信じた。それが最大の間違いだった。

いま——まさにいまこのとき——『ボーイスカウト』を書けたのは作家でなかったからだと悟った。ぼくは何者でもなかった。いや、しいて名前をつけるとすれば、無謀なやつだった。ごく無邪気な気持ちで、何の意図もなく書き上げた。誰かの二番煎じかもしれないという心配や、作家といえるほど文学に通じているのか、知性は足りているのかという不安もなかった。自意識がなかった。うぬぼれがなかった。ぼくはクレヨンを握った子どもだった。読んだ人たちが『ボーイスカウト』に見出したもの、あちこちの書評でよく見かけた意見、すなわち〝気取りのなさ〟と〝精神的な未完成感〟の出どころは、付随する意識がそれを認識することなく話す声だった。純粋な衝動。それが自由に解き放たれていたのは、ぼくの画家活動においてはずっと前に失った無鉄砲さによるものだったことがいまはわかる。勉強に励んできた年月、美術業界周辺をうろついていた年月、映画や演劇を観て友人や同年代の人間と酒を飲みながら議論した年月、《アート・イン・アメリカ》誌を読んだ年月、そのすべてはメトロポリタン美術館と同じ大きさのエゴのため、脳内で芸術家としての自我を構築するデフォルトモード・ネットワークのためだった。そいつが、目標——純粋で大胆な独創性、〝～の世界〟というにふさわしい作品制作——に到達するには、ぼくなりの道を考えるきっかけとなる精神と個性を受け入れるしかないと信じ込ませた。

ミストにとってそれ以上に好都合な餌はない。それはつねにぼくの一挙手一投足にひそみ、一筆ごとにガスのようなものを放出した。一本の線を引くときでも、独創性がない、ぼくが描くものは全部タイムライフ絵画全集の焼き直しにすぎないと耳元でささやいた。そのとおりかもしれない。スキルが身についたのは全集を模写したおかげだ。だがミストは、模写することでスキルと感受性と直観はさらに研ぎ澄まされ、創作力をいっそう高められることをぼくに隠し続けた。重要なのは、その能力をどう使うかだ。「自分でも何をやってるのかわからない。だからいいんだ！」とアントニーはよく言っていた。言いたいことはわかっているつもりだったが、実はわかっていなかった。頭で理解しているかどうかではなかった。少なくともぼくが思っていたようなことではなかった。彼の中にはいくつもの彼が存在し、彼自身が認識する前にものごとを察知しているもっと深い部分やもっと知的な部分があることを知っているという意味だった。ミストは、いつかそうなれるという希望をぼくから奪うために、ぼくはまだまだ、何の価値もない、愚か者だ、欠陥人間だと絶えずささやきかけた。ぼくなんか生きるに値しないと。

しかし『ボーイスカウト』が証明した。それを書いたことにより、アントニーと同じ場所に立った。ただ、ひどく病んでいたぼくにはそれがわからなかった。時間を浪費しているとしか思わなかった。自分は無鉄砲だと思ったが、それは正しかった！　でも、その解釈を誤った。そして本の契約がまとまったとき、無鉄砲さはひとつの人格へ移行した。ぼくではなく、ぼくのましな精神でもない人格。小説を書こうとして、小説家であろうとして毎日デスクについたあの人格へ。そしてそれこそが失敗した理由だった。ＬＤは幾度となく、ぼくに思いとどまらせようとした。「我執を捨てるのよ」青島（チンタオ）ビールを飲みながら彼女は言った。「不可解な場所に戻るの。何も知らない時代に戻るの」でも、耳を貸さなかった。むしろ、受けて立つべき挑戦と考えた。ぼくは賭けに出た。自分が意味をわかってやっていることを証明するために、本を書く方法を見つける必要があった。そして当然ながら失敗した。ぼくが選び出した言葉すべてがつまらなく見えた。そこで待ちかまえていたミストのなせる業（わざ）だった。だから、ほかの本に目を通して出口をさがした。〝意味をわかってやっている〟人を見習うが、感化、模倣、平凡への恐れに再度目覚めただけだった。だが、こうした恐れの何がばかばかしいって、ある画家の『世界』にある程度傾倒すれば、その画家なりのタイムライフ全集の痕跡が見えてくるのを、子どものころから知っていたことだ。誰かの作品の影響を受けて誰かが才能を開花させ、またその誰かが誰かに影響を与え、と続いていく物語の順に背表紙を並べることだってできた。何もないところからは何も生まれない。『ボーイスカウト』を含めて。それは新しく考え出されたものではなく、森で生き抜く方法を学んで過ごした午後のべつの形にすぎない。こうしたことは全部、みなさんにとっては単純で明らかだろう。すぐ目の前のことをずいぶん見逃してきたぼくがこれまで生きてこられたことが信じがたい？　みなさんがたはたぶん正しい。それほど病んでいたぼくが、よくぞここまで長らえたものだ。

なかでも最悪だったのは、ウエストバージニアの小説を書こうとしたことだった。骨格となるアイデア、構造、登場人物など、そこを大舞台にするために必要なすべてを押し込もうとした。だが、それをしたせいで、この偉大な連邦国の誰かがぼくたちの存在を忘れるたびに、ウエストバージニア人全員が何度も何度も言い聞かされる教訓をないがしろにした。ウエストバージニアなどないという教訓だ。昨年そこにあった山は今年はもうない。一世紀にわたって家族を養ってきた森は？　なくなった。オペラハウス、老舗ホテル――はひとけがない。丘陵地の土は？　なくなった。隣人は？　彼は毎朝薬を飲み、褐色光の雲に浮かんで流れていく。これがウエストバージニアどころか、流出事故のことを書けない理由だ。絶え間なく変化する波のようにうねる広がりのほかに何もないからだ。〝世界を考えるときには、不変ではなく変化する語法を使うことが望ましい。いまある状態ではなく、これからどうなるかを考える〟と物理学者は書いている。それは山岳州ことウエストバージニア州のウィキペディアの説明に対しても言えるだろう。流出事故は一つの物語ではない。相互作用だ。一部を見落とせば全体を理解しそこなう。給水を待つ列で身体を震わせる人たちの過去と未来がなければ、給水の列を見逃し、喉の渇きを見逃し、つまりはすべてを見逃す。リコリスのせいで誰もが唾を吐かずにいられなかったことを言いそこなうと、どこかに消えた大量の唾全部を見逃すことになる。とうてい無理な作業だった。ぼくが何か書けば、まったくの舌足らずか、プロットと構成を駆使して大きく誇張するかのどちらかだっただろう。ひどく恐ろしいことだと誰かがどこかで語ったことを誇張しても意味はない。その点ははっきりしている。いま、ほとんど止まりかけているフレッチャロッサ93１８号８号車の19Ｄの席で笑いがこみあげる。立ち上がって身体を伸ばし、荷物をまとめる乗客たちに混じってぼくが笑っているのは、これまで生きてきたあいだじゅう、これを知っていたからだ。何度も歌ってきた非公式の州歌で歌われている。地下鉄の中やダンバートン橋を渡っているときにふと懐かしくなって、大声でがなり、そっと口ずさみ、つぶやくように歌う歌。マウンテニアフィールドでマウンテニアズのフットボールの試合が終わると三万人の観客が声を合わせて歌い、めったになく大まじめにクレッシェンドしながらリフレインへ向かう。〝カントリーロード、テイク・ミー・ホーム／トゥー・ザ・プレイス・アイ・ビロング／ウエストバージニア〟、三万人のファン、州の賛歌、永遠の歌声に封じこまれた山岳州（マウンテンステイト）の精神。なぜなら彼らはそこ以外のどこかにいるからだ。

ボローニャに到着。

ボローニャ中央駅の地下にある高速鉄道ホームの照明はすべてハロゲンLEDだ。現代的で異質な冷たい青色光はつねに夜を思わせるが、まだ夜にはなっていない。朝出発したローマ・テルミニ駅へ戻るフレッチャロッサ9601号7号車の12Dに座っている。内装は、今朝の車両とまったく同じだ。グレイの革製シート、硬いプラスチックの肘掛け、汚れのない楕円形の窓、ゴミの落ちていない床、通路上に設置された小型テレビ、車両間のアコーディオンドア。だが、一つ違いがある。朝は消毒薬と清潔に洗って香水をつけたての人間のにおいがしたとすれば、いまは、それが崩壊していくにおいがする。エスプレッソと煙草を吸った息の苦味の混じった土くさいにおい。オックスフォードシャツの湿った腋に直接振りかけられたオーデコロン。空気中の汗、疲労――心ならずも寝入ってしまった人の前後に揺れる頭をすでに一つ見つけた。誰かが燻製肉を食べている、このにおいはきっとそうだ。とはいえ、やはりこぎれいで、優美で、愉快ですらある。本当の違いは、この日の予定が何であったにしろ、それはすでに遂行され終了していることだ。ほぐれた緊張。そして、今朝の列車が新たな旅路に出ていった場所で、ぼくは途中から乗り込む。車内は、ぼくを迎え入れてくれた小さな村のよう——席をさがしているぼくに、小さな笑みが次々と向けられた——そして、ぼくたち全員で、打ち出し銅のような光を溜めた宵の口の地上に姿を現わした。だれかがスイッチを入れたように、街全体が赤く輝いている。

　ディナーに間に合う時間にローマ・テルミニ駅に着いたら、新たに軽くなった身体でサントパラート——サンジョバンニ・イン・ラテラノ大聖堂近くに比較的最近できたトラットリアで、若者になじみのない素材を使った伝統的ローマ料理の復活に力を入れていると評判の店——まで三十分ほど歩こう。アニーとそこで待ち合わせている。残り少ない新婚旅行を楽しむのだ。もうアニーが見えるようだ。黒いジーンズと白いリネンのシャツ、はやりのヒールと爪先の尖ったオレンジ色のローファー、優美で大きな目を光らせ、食べる気満々で、あの不完全な笑顔をぼくに向ける。美的に完全でないというのでなく——完全だ——左中央の門歯、つまり左の前歯が、三日月形に並ぶほかの歯に対して少し傾いていて、歯科的に言うと均一でないという意味で。彼女が嫌っている〝欠点〟だが、歯列矯正業の爆発的発展のせいでこの世代の全員が獲得した均一で個性のない笑顔から大きく逸脱したそれがぼくは大好きだ。じつに多くの自信——保守的ヨーロッパ人モデルや映画スター並みの自信——を表わす〝欠点〟だ。彼女と話しながら無意識に歯の裏側で舌を滑らせ、彼女のと似たような左の前歯をそっと押す男女をぼくは見てきた。アニーと抱き合う。シャネルの五番の香りがする。彼女はなにもかも話してと心から望む。で、ぼくは彼女になにを話すのか？　ぼくはその意味をまだ考えている。

さきほど、正午前にボローニャに着いて、フレッチャロッサのホームからエスカレーターで通勤客用の旧駅舎へ上がり、広場へ出て、言ったとおり、父に敬意を表するために煙草を吸ってから、普通列車のホームへ戻り、ローカル列車11536号に乗って三駅先のモデナへ行った。乗っている時間は短いから座りもしなかった。そして……あのあと、ことは複雑になっていった。奇妙なことが続いた――それをきちんと話したい。本を書くことはできなかったとついにアニーに告白したときみたいにうっかり口にしたくない。九月上旬、シャンプレイン医師とのことがあってから二、三週間後の土曜日、原稿の締め切りの二、三週間ほど前だった。ぼくたちはアパートメントから歩いてすぐのメリット湖畔の草地でのんびりと日光浴していた。アニーが言いだしたことだった（ビタミンDが効くんじゃないかと期待してぼくを外へ連れ出したのだと思う）。膝枕してもらっていた。澄みきった明るいブルーの空を見つめていたら、空はまず空色の水平面に形を変えてから、たくさんの深みがあり、そのすべてを知覚できる空間へと再び姿を変えた。飛んでくるガンの群れがぼくの右から、数機の旅客機が左から現われた。くつろいで空を見上げていたら、一瞬自分が存在していることを忘れ、本を書かないことによって自分が生み出した不足の存在を忘れた。そして何かを感じた。幸せではないが憂鬱でもない。ほんの一瞬だったが、それで十分だった。受け入れた最初の瞬間。「ぼくにはできなかった」アニーにそう言った。「もうわかってると思うけど本なんかないんだ。契約は守れない。ぼくはあきらめてる。できないんだ。うまくやれなかった」

「わかってる」アニーは言った。両手でぼくの髪の毛をすいた。

「お金をどうしよう？　返さないといけないだろうけど全部使ってしまった。ぼくは全部だめにしてしまった。きみにわかってもらえるとは思ってない——一語も書いてないんだ」

「そうね、わかってる。しばらくは執筆が進んでると思っていたし、そうだったかもしれないけど、この数カ月はまだ一ページも、下書きも全然見てないから、だめなんだと思ってた。進み具合はどうって訊く気になれなかった。ＬＤに連絡したら、彼女も同感だって言ったわ。このあとどうなるか話してくれた。もう終わった。がっかりよ、もちろん。本当にお粗末だわ。わたしたちはそれを片付ける。それをどうにかする。それが唯一の選択よ。わたしには仕事があるから路頭に迷うことはない。それに、支払いをすませたものは全部、まあ心配ない。どうなるにしろ、こんなあなたでは無理よ」

「リーザは怒るだろうな」

「たぶんね。ＬＤには話したの？」

「まだ。でも水曜にＺ＆Ｙで食事することになってるから、そのときに話すよ。ようやく望みが尽きたと聞いたら喜ぶんじゃないかな」

「うーん、彼女がどう思うにしろ、わたしたちでやるのよ。月曜日に全部まとめて片付ける。それまでは何もしないでね。やっと終わったわ。ああ疲れた」彼女はまた肘をついて両目を閉じ、黄金色の太陽にまかせた。

そのとき、ぼくの中の悪意ある何かを感じた。アニーに対してでなく世界に対して。告白したあと感じた安堵感は、ぼくが望んでいたものではなかった。感じたのは確かだが、一時的なものだった。本を書くことを放棄すれば自分は救われると思ったが、アニーの膝に頭をのせ、太平洋沿岸のきらめく光に髪の毛をさらしていたぼくには、それは単なる中休み、もっと下へ落ちる前に一息入れるタイミングにすぎないとわかっていた。翌朝にはまたひどい気分になった。そして月曜日になってリーザに電話した。

「一ページも書いてないんだ」ぼくは言った。「終わりだ」

「終わり？　延長すればいい——よくあることよ。できている分を送ってくれれば、わたしがはかどり具合を向こうに知らせるわ。でも、正直に言うわね——印象はよくない。タイミングが悪い。出版社の事情が変わったの。首脳陣が一新されたのよ」

「一ページもないんだ」ぼくはもう一度言った。「一枚も」

「どうして一ページもないの？　何をしていたの？」

「読書。メモを取ってた」

沈黙。「さっき言ったように延長するわ。向こうは喜びはしないだろうけど、締め切りに一度間に合わなかったからって出版予定が撤回されるなんて聞いたことがないもの。経営体制が変わってもそんなことはしないでしょう。わたしはそう思う。でも、向こうはかなりの額の前金を払っているから、忍耐にも限度があるでしょうね。このことを誰かに話した？　ＬＡの友人たちの耳に入れないほうがいいわ。流動的なことが多いのよ。すぐにがたがたになる。ふんばりどころね。何本か電話をかけるわ」

「ちがうんだ」ぼくは話を遮った。「きみはわかっていない。ぼくは時間がほしいんじゃない。終わらせたいんだ。ぼくにはできない。耐えられない。やめたんだ」

「ばかなこと言わないで。こういう話はこれが初めてだと思う？　作家は風変わりなの。それは心得てるわ。さっき言ったように、メモを送って。何か送って。いいこと？　書く気はないと向こうに言うことはできないのよ。前金に手をつけていなくて、全額分の小切手を切れるなら別だけど。彼らは追ってくる。あなたが見ることのないハリウッドマネーのことを考えてみて。あなたに勝ち目はないの、わかってる？　あるものをかき集めてこっちに持ってきて。全部に目を通してから、計画を練り直しましょう。誰にとっても二作めはむずかしいのよ」

「手元には何もないんだよ、リーザ。終わったんだ」また沈黙。そのあと彼女は、電話をしばらく保留にする用事ができたと言い訳したものの、スピーカーを消し忘れていたので、彼女の口から次々飛び出す悪態が聞こえた。光栄だと思った、本当だ――ぼくなら恋愛関係にない人物に対してそれほどの情熱を持てるかどうかわからない。

彼女が電話口に戻ってきた。「お金はまだ残ってる？」

「なくなった」

「じゃ、何に使ったの？」

今度はぼくが黙る番だった。「結婚するって話したっけ？」と切り出すと、彼女はそこで電話を切った。

ぼくには根本的に無理だから、何も書いていないし、何かを書くつもりもないと断言したのに、リーザにもう終わらせてくれと頼んだのに、一週間後、彼女はまだぼくの時間を稼ごうとしていた。でも、どうでもよかった。出版社の新経営陣は、こともあろうにウエストバージニア州の化学薬品流出事故を描く文芸小説に対して、著者がそれを表現する言葉を持たないために生まれることのなかった小説に対して前経営陣が支払った前金の返金額がかなり不足していることに気づくとすぐに、ここまでだと告げた。彼らは合図を送りたかった——文学の後援者を気取る日々は終わったのだと。彼らの事業は営利活動であって財団運営ではない。彼らは自分の金を取り戻しにかかった。

通知書、よそよそしいメール、弁護士。全体がじわじわと目を覚ました。そのことに興味はなかった。これはビジネスだ。一冊の本は、人間の精神の表出として最上の象徴となりうるものの、できあがって物として存在する瞬間までは、仮説と契約と未来の集まりでしかない。さまざまな手続きは、ぼくの精神状態を悪化させただけだった。が同時に、得るものもあった。ようやくぼくは、看板だおれの害虫という目で人から見られるようになったのだ。自分では前からわかっていたが、ようやく現実と自己認識が完全に一致した。

中間はなく、重複もない。結局ぼくは、これまでずっとわかっていたとおりのものだった。少しも気分が浮き浮きしなかったと言えば嘘になる。出版社は総額を決めようとしているとリーザから聞いたとき、にやりとしそうになった。ここ数年で初めて、ほんのつかのま、ぼくの頭の中に何もなかった。ぼくを忌み嫌っている世界がそこに映し出されていなかった。そんなものは必要なかった。怒りに満ちた電話の声、けんか腰の話し合い、弁護士との打ち合わせ、メモ——そのすべてが現実だった。神々しいほど現実的。ある日、ネクタイをウィンザーノットで締めて生まれてきたかのようなベテラン弁護士に、デスクの向かいから「この件できみは時間を無駄にしたな」と言われて、ぼくは笑い声を漏らした。はずれた関節を元に戻したときに人があげるような笑い声だと思った。自分がもうすぐ死ぬのはわかっていた。

その一月後、テリー・ストリックランドから初めて連絡が来た。真っ暗なバスルームで自殺することを考えていたときだった。流し台の下で本体を震わせながらぼくの名を呼び、自由にしてやるぞとささやきかけるアニーの使い捨てカミソリのパックの存在が感じられて、便座に座っていたぼくは静かに涙を流した。流し台の下からカミソリのパックを取り出して両手に持てよ、ぼくを遠くへ運んでくれる刃物になじんでおけよとミストが促し、ぼくの心に自殺の精緻なイメージを作り上げようとした。泣きながら、そんなイメージなど見えないふりをしていたとき、動きを感知して作動する天井の換気扇は、ぼくの動き、ぼくの痛々しい身体の震えでは作動しないことを知って、ぼくはもう死んでいる、もう亡霊になったのだと一瞬思った。すると、ここ数週間で初めて笑みが浮かんだ。笑顔になったら両目が開いて、流し台の上で光っているぼくの電話が見えた。電話がかかっている。知らない電話番号だったからそのままにしておいたら、ピーと鳴って音声メールに切り替わった。いまの苦境に陥ったのは、そもそも自殺しようとしていたときに電話に出たせいだったのに、そんなことなど心に浮かばなかったし、浮かんだとしても、それはミストの典型的なやり口なのだから気にしなかった。にもかかわらず、ぼくは音声メールを聞いた。テリーからだった。ストリックランド・エージェンシーを営んでいるのだが、非常に実際的で非常に実り多そうな件で話したいことがある、折り返し電話をもらえるなら、そのときサンタクルーズの事務所で打ち合わせる日を決めてはどうかとサーファーらしい大声で言った。サンタクルーズ？　やり手の代理人はみなニューヨークにいるんじゃないのか？　ググってみると、彼の言ったことは本当らしい――しごくまとも――ので電話をかけ直した。最初のベルで電話を取った彼は、きちんと名乗る間もぼくに与えず、自分は科学・技術・工学・数学(STEM)分野で高く評価されている個人に特化した著作権代理業を運営していると説明しだした。そういう個人を〝ビッグなアイデアの持ち主〟と彼は呼んだ。「ビッグなアイデアを持つ人たちは往々にして世界を変えるのに忙しすぎて、自著や回想録や一般向け科学書をゆっくり書いている暇がない。そこで登場するのがストリックランド・エージェンシーだ――そうした人々の代理を務めるだけじゃない。本を書きやすくするために書き方の指南やゴーストライターのチームも用意する。こういう本はどうですかと提案したら、そのときにやっと、書きたかったのはそういう本だと本人が気づいたこともあった」彼は説明を続け、彼が抱える高名な人物がじきじきにぼくをゴーストライターに指名したと言った。電話でそれ以上のことは話せないので直接会って話したいという。

なにかを書く作業をすると考えるだけで最悪だと思えたが、彼が何度か口にした〝非常に実り多そうな〟という文句に少し刺激されたのは否めない。たくさんある問題の少なくとも一つから這い出すきっかけになるんじゃないかという希望のようなものを感じた。まあ、うまくいかなかったら、いつでもダンスをやめればいい。いつにするかと尋ねられて、翌日の時刻を決めた。

ストリックランド・エージェンシーの事務所は、太平洋に面した住宅街の、広々としてみごとに整備されたクラフツマン様式の邸宅内にあった。入口で、大きな木製のデスク（というかすべてが木製だった。アカスギ材のパネル壁、アカスギ材のフロアとドアと窓枠、アカスギ材の家具）についた女性秘書に迎えられた。二十代初めに見える彼女は天然繊維に夢中になっていて、秘書であることにそれほど熱心ではなかった。コンブチャはいかがですかと訊いてくれたが辞退した。彼女の横の椅子に座って無言で待ち、ほかの部屋も事務所なのか、それとも営業時間外はテリー・ストリックランドが住居にしているのかと考えながら廊下沿いの部屋を眺めたが、一枚のドアも開かず、誰も廊下に出てこなかった。どこかで香が焚かれていた。ようやくデスクの電話が鳴り、二階へおあがりくださいと彼女が言った。

階段をあがっていった上の床に、たぶんメキシコの柄の手織りの敷物が敷かれ、せりあがる波の大きなアート写真の額が壁に飾られていた。木のドアをノックして待ち、少し待つうちにみじめな気持ちになりかけたときにドアが開いて、ウェブサイトで見たテリー・ストリックランドのプロフィール写真に似ていなくもない男が立っていた。ただし、実物はずっと大きかった。どでかいと言っていい。でも太ってはいない。若馬のような体つき。それに、とても上等なスーツを着ていた。あのころはスーツのことなどろくに知らなかったし、いまも大して知らないが、そんなぼくにさえ、それが最高級の服なのはわかった。じつを言うと、ローマへ向かって突き進むフレッチャロッサ9601号のぼくの横に座っている男二人がそれとよく似たスーツを着ている。双子だという。ちょっと変な感じだ。二人とも長身で、栗色の髪も、きちんと整えられた顎髭も、オリーブグリーンのスーツも——こんなスーツがほしい——まったく同じで、どこをとってもそっくりだ。最初は二人を見分けようとしたのだが、列車がボローニャを出て静かに進みはじめるとすぐに一人がトイレへ行くと、もう一人があとを追い、そのあと一人が立ちあがって上のバッグに手を伸ばすと、もう一人が何かを捨てに行く、という調子で、一人が動くたびにもう一人も動く——動かずにはいられない——ようだ。向かい合わせで座ってはいるが。

テリーは握手してから事務室に迎え入れてくれた。二階全体がワンフロアの空間に改装されていて、キッチンとリビングルームと仕事用スペースを完備し、張り出し窓らしい場所は、フロアベッドと織物のクッションが置いてあるところからして瞑想や仮眠用だろう。デスクへ案内された。まぎれもなくアカスギの無垢板を彫り出した見事なものだ。彼の背後の幅のあるピクチャーウインドウが、スレート色の海と波を枠で囲んでいた。どこをとってもテリーは真っ正直な人らしかった——両サイドを短く刈りそろえたグレイの髪の毛、高級腕時計、シルクのタイ、よい姿勢——が、室内を眺めているうちに、瞑想場所に加えて、とても目を引く、ときには心乱されるような、一般的にちょっと変わった絵画が、じつにたくさんあることに気づいた。そのせいで、話し始めたテリーに集中しにくくなった。彼がまず『ボーイスカウト』のことを何か言ったので、ぼくは不安になった。偶然生まれたあの本のことを忘れたかったのだ。そのあと自分もイーグルスカウトだったという話になり、そして最後に、こうして顔を合わせたのは『ボーイスカウト』の縁だろうと締めくくった。

「どういう意味です？」

「クライアントは理由を詳しく話さなかったが、きみを名指ししたので、彼がきみの作品をいくつか、または全部読んでいるんだろうと思ったんだ」

「誰なんですか？」

彼は物理学者の名を挙げた。「その方をご存じかな？」

名前は知っていた。非常に複雑な物理理論を単純化し簡潔な言葉で説明した小型単行本二冊の著者だ。一冊は物理学の主要な理論について、もう一冊は時間をテーマにして書かれている。学術系出版社が出した地味な二冊は予想外の反響があった。よく行く書店の平棚にいつも積まれていた。船一隻分は売れたにちがいない。その二冊は十以上の言語に翻訳された。ぼくの知るところでは、彼は二冊を自分で書いて、自分で英語に翻訳した（イギリスの大学で勤務していた）。ぼくはテリーにそれを話し、その人が本を書けるならどうしてぼくを呼んだのかと尋ねた。

「［物理学者］が言うように『物理学と人生は別物』だからだよ。正直に言うと、回想録は私の思いつきなんだ。これが私の仕事でね。社会の動きを見逃さないようにつねに気を配っている。ふつうと違う人々から目を離さない。さっき言ったように、ビッグなアイデアの持ち主のことだよ。理論に関する二冊のあと、［物理学者］のファンはそうした本を世に送り出した男のことをもっと知りたくなった、と私にははっきり思えた。ニューヨークの大手出版社なら回想録に七桁出すだろうし、自分で書く必要すらない――うちのクライアントはほぼ誰ひとりそんなことはしない――と彼に話した。二の足を踏んでいたから、七桁を確保したらやる気はあるかと尋ねた。やってもいいと言うんで、あっちへ行って、ニューヨークの全出版社から七桁出させた。最高入札者は――」といって、ぼくの本の出版社の名を口にした。「ただ、ちょっとした不都合が生じてね。［物理学者］がゴーストライターをきみにしろと要望しているんだ」

「なるほど、これは何かの手違いですね。あそこの人たちはいま、とても不愉快な――」

「きみのほうで契約不履行があったことは理解している。おおまかなことは聞いた。じつは、彼の要請はあまり歓迎されていないんだ。ただ、多少は彼らのタマ(コホーネス)をつかんでいてね、意味はおわかりだと思うが。彼はまもなくノーベル賞を受賞するという噂が飛び交っている。だから出版社としては受賞に合わせてこの本を発表できるようにしたい。率直に言うと、きみに似た人を——誰でもいいから——さがしてくれと泣きつかれたよ。この企画の編集責任者、リチャーズという男なんか、きみをこれに近づけたくないし、地下鉄のネズミにやらせたほうがましだと言い放った。彼がいやがる理由は理解できる。たくさんのものをこれに賭けているんだろう。正直に言うと、いまみたいな窮地に彼を追い込んだのはいくぶん私のせいもある。だから彼はなんとしても成功させたい。つまり、あっちの全員がそれを望んでいる。よし、わかった。全員にまあ落ち着けと言ってから、私がきみと話してみようと提案した、イーグルスカウト同士で」——彼がまじめに言っているのかどうかぼくにはわからなかった——「それなら、全員が満足できる計画を思いつくかもしれないと」

「計画?」

「そうだよ」テリーは言った。右手の抽斗(ひきだし)を開けて取り出したのは、〝計画〟のあらましを書いた書類かと思いきや、肉用包装紙でくるんだ長い筒だった。それをデスクに置いて紙を開いた。長さ三十センチのイタリアン・サブマリンサンドイッチ。燻製ポークのにおいが部屋に満ちた。「こういうのはどうだろう」とてつもない大きなかたまりを一口で噛みちぎり、レタスの切れはしを紙吹雪のように唇からぶらさげて、テリーは続けた。「きみがよければ、ゴーストライティングの講習みたいなものを個人指導で受けてもらう。それだときみの調子があがるだろうし、出版社も多少は信頼するだろう。並行して、条件付きのスケジュールで進めると言ってある。［物理学者］はきみと私に、書くか録音するかしたセクションごとのデータを送り、きみはそれを特定の期限内で文章にまとめる。下書きから原稿にしあげ、まとめたセクションごとに報酬が支払われる。最終原稿が出版社に渡るまでに、きみは報酬の半分を受け取ることになる。出版されれば、残りの半分が支払われる。そこで」――彼は言葉を切り、両目を閉じて深々と息を吸い、軽く唾を飲み込んでから、パイソンのようにサンドイッチを半分ほど口に入れた。ろくに嚙まれもしないうちにその塊はのどぼとけを通過した――「きみは出版社に借金があるが、この本の完成に手を貸してくれたら出版社は全額免除することに同意した」

「で、ぼくはいくらかもらえるんですか？」

彼は遠くを見ながら、サンドイッチの大きな塊をまた嚙みちぎった。「もらえる。大金ではないが、借金はちゃらになるし、彼らは機嫌をなおす。それに、本が評判になれば印税があるだろうし、彼らの期待どおりに本が売れれば、たぶん売れるだろうが、長い目で見るときみに金銭以上のものが手に入る」彼は身体のどこかから出してきた白い布ナプキンで両手と顔をぬぐってから、何も言わずにデスクから立ち上がり、部屋の反対側の、別角度から海を見晴らす張り出し窓のそばに置かれたソファへ移動した。ぼくはあとをついていって、モロッコ椅子かオットマンらしきものに腰かけた。窓から、波とは別のリズムでいっせいに揺れる横長に広がる紫色の海草が見えた。なぜ場所を変えたのかはわからなかった。テリーが座っているカウチの上に大きな絵がかかっている。男女が抱き合っているが、その二人に皮膚はない。というか透き通った皮膚から見えている血管や神経や筋肉などからオレンジ色のこの世のものならぬ光が放たれ、外側でマンダラ風の模様を作っている。その絵をとくに気に入ったわけではないのに、目を離すことができなかった——見ていたら、本当にしばらくぶりに、以前は画家だったことを思い出した。気づくと、テリーも笑みを浮かべてその絵を見つめていた。そしてぼくを見て微笑んだ。その絵のことを話してくれるのかと思ったらビールを飲むかと言いだし、ほんとは飲みたくなかったのに、ええもちろんと答えると、カウチのそばに置かれたスメッグの小型冷蔵庫からクラフトビールの瓶二本が取りだされた。

「この仕事で金よりも多くのものが手に入るだろう」と言って、サワーエールを手渡してきた。「何かに取り組むこと、彼が役立つのはいうまでもないが、「物理学者」を知ること、彼の知識を知ること、彼が理解するに至った結論を知るのは——わくわくする。こういうことがあるからこの仕事はやめられないね。彼は大いなる悟りまでのいきさつを明かしてくれるだろう——物理学の難問を突破したときに何があったかを。彼はそれについて完全に沈黙してきた。きみはそれを初めて耳にする人間になるんだよ。考えるとぞくぞくするね。イタリア語はわかるかい？」

「イタリア人の血が半分混じってるんです。祖母から聞いていくつかの言い回しは知っています。でも、そうですね――イタリア語はわかりません。それが何かの役に立つとか？」

「出版社には、きみはわかると伝えよう。安心するだろうから」波しぶきのようなものが窓の向こうを飛んでいった。「サーフィンはするかい？」

「ゴーストライターになるのにサーフィンができないといけないんですか？」

「そうじゃない。だが、きみはかなりの緊張状態にあるようだ。こっちまで肩に力が入ってきた。状況が状況だからだろうが、蓄積する負のエネルギーの除去にまったく努めていないな。これから二週間ごとに顔を合わせてきみの仕事ぶりをざっと見て、順調に進んでいることを確認する。そのあときみにサーフィンを教えてしんぜよう」

ぼくはただただ彼を見つめた。彼は見つめ返してから、スーツの胸元の内ポケットに手を入れて金色のジッポーを取り出した。コーヒーテーブルに置かれた木の箱を開けて取り出したのは――煙草と灰皿かと思いきや――黒い線香一本と中央アメリカ風の手彫りの鳥だった。見てすぐに線香立てだとわかった。彼はジッポーで線香に火をつけ、炎を吹き消して、先端から立ち昇る煙を見つめてから、また深々と吸い込んだ。ぼくは何も言わなかった。

「オーハイ」彼は言った。

わけがわからなかった。「行ったことはないけど、いいところだと聞いてます」

「ちがうんだ。香り。オーハイという香りなんだよ。持っていくといい。どうぞ」箱から数本取って差し出してきた。ぼくは礼を言った。彼は腕時計を見た。「よし、マンハッタンは五時前だ。どうかな、いまから電話してきみがやる気だと知らせては？」どう言えばいいのか、自分に言いたいことがあるのかどうか、ぼくにはわからなかった。彼の背後の絵が少し波打っているように見えた。彼は電話を取り出して、ぼくの出版社に電話をかけ、ぼくはやると言っていると話している。ぼくはそんな彼を眺めていた。書類はすぐに送る。

電話を切ったあと、彼は自分のこと、ここまでの道のりを少し語った。中西部で育ったこと、軍の仕事、東海岸の大学、いくつか〝できごと〟があって西部に流れつき、たまたまゴーストライトしたぼくが聞いたこともない生化学者の自叙伝がベストセラーになり、それを元手にしてビジネスを始め、いまに至る。テリーと話すのは楽しかった。伝統にのっとった装いと明らかにウエストコーストの雰囲気に包まれた広大なオフィスとのアンバランスに不安を感じてもおかしくなかったのに、そこから伝わってくる洞察力と自信がぼくを落ち着かせてくれた。彼が室内を移動するときの身のこなしさえも――神経質になってそうしているのではなく、何かの流れに乗っているような感じだった。

辞する時間になって二人で立ち上がって握手したとき、上下動する手の真下のコーヒーテーブルに置かれた黒い本に気づいた。黒い天井を切り取って開けた穴から空が見えているような表紙。マイケル・ポーランの本だった。何年か前、ブルックリンでアントニーが読み上げてくれた記事を書いたジャーナリストだ。思ったより長くそれを見つめていたにちがいない。テリーがそれを手に取って渡してきた。「持っていくといい」彼は言った。

「どっちみちもう読んだから」

「代理人なんですか？」ぼくは逸(はや)って尋ねた。「彼の本が大好きなんです」

「残念ながら違う。そうだったらよかったのにね。ぜひとも乗りたい波なんだ。どうぞ」彼は言った。「この本を差し上げよう。新たな始まりを記念して」ぼくは受け取った。


低い尾根で列を作るイトスギと、耕地から一ダースのゴールドとオークルを取り出す遅い午後の太陽をうっとり眺めながら、あの日の午後サンタクルーズから帰宅途中に感じた不安を、光線の具合はいまとは異なるものの、12Dの座席にいても感じられるような気がした。あのとき、車を運転しながら、ある分野で一流の学者を迎えて学問上の問題について週に一度話し合うというイギリスのポッドキャストを聴いていた。その週のテーマは未来派だった。ゲストの一人である美術史家が未来派運動の極致と言われる『空間における連続性の唯一の形態』というウンベルト・ボッチョーニ作のブロンズ彫刻について詳しく語っていたときだった。作品の説明を聴いていたら突然、がつんと——いま思い出しているのと同じように——思い出したことがある。アニーとぼくが西部へ引っ越す少し前の午後のこと、マンハッタンで友人とのランチまで時間をつぶすためニューヨーク近代美術館(MoMA)へ入った。混雑がひどいのでふだんは避けていたのに、この金曜の午後はそれを忘れていたらしい。エスカレーターで最上階まで行ってから鑑賞しながらおりてきて、ある展示室の中央の台に置かれたボッチョーニの彫刻に出くわした。美術史の授業のときはいつもその彫刻に見惚れていたから、街を離れる前に直接見られたことをうれしく思った——贈り物だと思った。ほんのしばらく一人きりだったので、好きなようにそのまわりを回ったり、近づいたり、後ろへさがったり、作品と自分だけの親密な小さな空間を作ったりした。するとサングラスをかけた少年二人の手を引いたガイドが現われて、一人の時間は邪魔された。二人のサングラスの何かのせいで、少年たちはひどく世慣れて見えたから、アッパーイーストサイドの大金持ちの子どもで、好きなときに有名美術品を見せてもらえるのだと決めつけ、だから二人に反感を抱いた。ガイドはボッチョーニの彫刻のそばで足を止め、少年たちの手を放した。少年二人はその場を動かず、顔を見合わせもせず、二人のあいだでしゃがんだガイドを見もしなかった。サングラスのレンズが真っ黒なので、彼らが何を見ているのかわからなかった。ぼくを見ているのかもしれないと思った。するとガイドがダークスーツの上着の脇ポケットに手を入れて、白い綿の手袋二組を取り出した。その光景をほかに誰か見ているだろうかと見回したが、いたのは警備員だけで、その男は目を開けて眠っているのは確実だった。ガイドは一人ずつ順に手袋を丁寧にはめさせてやったが、その間二人が何を見ていたにしろ——彫刻かぼくか——それから目を離さなかった。二人に手袋をはめさせるとガイドは立ち上がり、子どもの手を引いてボッチョーニの彫刻へ近づいた。ぼくの心臓はどきどきし始めた。ガイドが少年たちに何かささやいて二人がうなずくと、彼女はそれぞれの手を彫刻に置かせてから後ろにさがった。波打つ火炎のようなブロンズ像を最初はそっと、しだいに目的を持って白い手袋で撫でまわすうちに、二人の顔はにこやかな笑みで花開いた。ぼくの息遣いは早くなった。彼らの笑みはさらに大きくなった。ガイドが小声で二人に話し始めた。その作品のことを話してるんだろうとぼくは思った。二人は熱心に少年ぽく首を振る――いまは笑っている――その光景がぼやけた。自分が目を濡らしていたことに気づいていなかった。二人が盲目だということがどうしてわからなかったのか。一瞬、二人に反感を抱いた自分を嫌悪したがこれはすぐに消えた。いま目にしているものは奇跡のようなものだと思ったからだ。その二人が生まれて初めて未来派に、ボッチョーニに、『空間における連続性の唯一の形態』に出会った瞬間。二人の意識の中で作り上げられる彫刻は表現であると同時に、美術や歴史、政治、文化など多岐に及ぶ運動を網羅したテキストでもある。その間ずっと、そこで二人を見ているぼく、その光景に釘付けになって涙を流す大の男のことなど、二人とも気にしていなかった（気にしているように見えなかった）し、ぼくも誰に見られていようが気にならなかった。サンノゼの北でインターステート八八〇号線の路肩に車を寄せて停めたのは、また涙を流していたからだが、美術館で胸を打たれたこれは奇跡だという感覚は、ほんの数週間前、アニーとついに結婚したときに感じたものとまったく同じだとそのとき気づいたのだった。じつを言うと、小説はもう書かないと宣言してまもなく、マリン郡の緑あふれる素晴らしい庭園で結婚式を挙げた。完璧な日だった。樹齢二百年のオークの木陰の、刈り込まれた大きな灌木のあいだで誓いの言葉を述べた。小さな天幕を半月形に取り巻くススキが風にそよいでいた。木の長テーブルで家族と少数の友人たちと一緒に食事をした。二人で誓った。ぼくはぜひとも、なんとしてもそれを守りたいと思い、その誓いがあれば十分だ、互いの指にリングをはめたが最後、空が割れ、風が変わり、これまでの地獄から解放されるのだとしばらくの間は信じていた。結婚式の日、婚礼、誓いの言葉、ぼくたちの涙と思い出などすべての意味で完璧だったのは事実だが、その後ほとんどすぐにいろんなことが元に戻ったばかりか、ぼくの例の衝動はいっそう悪化したように思えた。だが、路肩に停めた車の中で涙を流していても、たとえゴーストライト計画がもう少しぼくを生き永らえさせるミストの策略だったとしても、それも失敗に終わることになっても、ゲームオーバーになる前にできるだけ借金地獄を抜けだしておかないと、ぼくが死んだらアニーが借金を背負うことになる。すぐあとで弁護士からそう通告された。前に本の契約解消を差配したのと同じ弁護士が、今回はゴーストライトの契約を取り決めた。こちらの状況に変化はあったかと訊かれたので結婚したと答えると、無分別なことをしたと打ち明けられたかのように顔をしかめた。どうやらアニーとの結婚は無分別なことだったらしい。弁護士はこう説明した。「カリフォルニア州は夫婦共有財産制をとっている。何か起きてまた裁判が始まれば、結婚したのちにきみの奥さんが手に入れた金銭や資産は損害賠償として持っていかれる可能性がある。奥さんは働いているのか？　給料の差し押さえとかそういう話だぞ」

「ぼくが破産を宣言しても？」

「同じことだ。もっと悪い事態も起こりうる。きみの全財産が監視下に入るのだから」

ぼくは膝を見おろした。訊きたいことをどう訊けばいいかわからなかったのでこう言った。「ぼくが死んだらどうなる？」

これを聞いて弁護士は顔をこわばらせた。ぼくの声、ぼくの言い方──そこまで明かすつもりはなかったのに。

「そのときは、きみの窮状は奥さんの窮状になる、奥さん一人の」いかめしい声だった。

そしてそのとき、結婚式の日の記憶のすべてにミストが入り込んできた。ぼくのせいで生まれた痛みがまた一つ。

帰宅して、テリーとの面談のこと、テリーの提案のことを全部アニーに話した。アニーはノートパソコンで夢中になって仕事をしていた。キーボードを打ちながら彼女は言った。「借金免除の道がはっきり見えているし、いかにも有望だけど、仕事の性質について不安を感じているんじゃない？　要するに、わたしたちの遂行能力を危ぶんでいるの」仕事のことで頭がいっぱいのときの彼女はときどきこうなる──同僚のようにぼくに話しかけるのだ。すごく嫌だった。

「ぼくたちの遂行能力？」

アニーは画面から顔をあげた。

「また絵を掛ける仕事をしてほしいのかい？　早まったことをしないように、ぼくに薬を飲ませて壁にクッションを貼った場所でデスクワークとか」

「これはチャンスだし、その仕事はあなたにふさわしい。否定的なことを考えたのは間違いだった。ごめんなさい。のめりこんでて頭がついていけなかったの。すごくいいと思う。本当よ」その言葉を信じる自分と信じない自分がいた。アニーがどう言ったとしてもぼくはそう感じたと思う。

ゴーストライトの仕事が始まると、週に一度サンタクルーズへ通ってテリーからやり方を教わった。評判の高かった本から一部を抜粋して本人から提供された元データと比較し、ゴーストライターが元データを、テリーが言うところの〝金になる文章〟へ変換する方法を話し合う。約束どおり、勉強会のあとはテリーとサーフィンしに行った。ボードとウェットスーツは貸してくれた。両方とも、ボード数枚とウェットスーツ数枚とシャワー設備のある事務所兼自宅裏のテラスにあったものだ。そして〝サーフィン〟するのだが、実際は水をかいて沖に出て、黒々した海でボードに座り、陸地側のサンタクルーズの山並みを見つめ、潮のにおいを嗅ぎ、ほとんど話さず、しばらくしてから水をかいて戻ってきて、サーフィンのあとで使うためだけに所有していると思われる、完璧に手入れされた白とオレンジ色のボディの一九六二年式フォードＦ１００のテイルゲートでビールを飲むだけだった。ぼくはテリーのことが心から好きになり、友人のように思うほどになった。彼はなんとも不可解な人物だったが、親切は見せかけではなく、性格は穏やかで、どんなことにも苛つかないようだったし、惜しげもなく時間をさいてくれた。ぼくにはこの数週間が楽しかったが、それがいつか崩れ落ちるのもわかっていたから、その下をサメの群れのように恐怖が旋回していた。

わざわざ指名したのだから、仕事が始まったら物理学者から挨拶のメッセージが届いて、よりによってこのぼくをゴーストライターに選んだ理由を明かしてくれるだろうと思っていたのに、そんなものは一つも来なかった。それどころか、感謝祭の週に、elaine@thestricklandagency.com から、ぼくと物理学者の仲介を務めますというメールを受け取った。物理学者は音声を録音したものをエレインに送り、彼女は録音の文字を起こしてその両方をぼくに送る。物理学者は非常に忙しいのだと彼女は強調した。長短にかかわらず通信はすべて彼女を通すことになる。物理学者はぼくとの関係を築くつもりはないと知ったことがちょっとしたボディブローだったのは認める。とはいえ、ミストが即座に思い出させてきたように、そうでないわけがないだろ?

最初のメールに続いて、elaine@thestricklandagency.com から複数の音声ファイルとそれぞれの文字起こし原稿が保存されたクラウドドライブのリンクが貼られた二通めが届いた。最初のファイルの再生ボタンを押すと、とどろくような声が、ひと癖ありそうなイタリア語なまりのあるほぼ完璧な英語で「こんにちは。これが私です。これが私の人生です」とまず言い、モデナ郊外の代々暮らしてきた屋敷での誕生から、一族の出自、幼いころの思い出をくだけた調子で語る物理学者の声が何時間も続いた。エレインに会ったことはなく、見かけたことさえなかった。あの事務所の一階の閉じたドアのどこかの奥で働いているのだろうかとずっと考えている。

手順としては、先入観を持たずに録音を通してまず聴く——ただ聞いて声に慣れる。オークランド市内を延々と歩きながら録音を聴くことにした。物理学者の声が友人の声のようになじんできた。それに加えて、歩くことで、録音された内容と物理的かつ空間的につながりやすくなった。風疹にかかる場面はテメスカル地区の坂の上に達したときだったし、本を読み始めたころの場面はセコイア公園にさしかかったときだった。こうして時間をかけて、物理学者の記憶を街の散歩マップに書き換えていった。彼の人生を経験することはできなかったから、自分自身で創りだすという実経験に重ね合わせた。

各セクションの全体的なタイムラインができあがると、紙にあらましを下書きする。文字を使うとはいえ、概略をスケッチするのはやはり楽しかった。そのあとタイムラインを小さな区分に分けてから、その区分を適した背景にあてはめる。そこまでしてからまた録音を聞いて特定の記憶を選び出し、それを何度も聴きながら、メモを取り、使われている表現を文字にし、本人の声と同じように記憶にも慣れていく。そのあと本格的に書き写してメモと見比べる。そこから物語を組み立てる。手間はかかったが、作業そのものは困難ではない——その日自分が書くべき内容はわかっていたし、わくわくする場面があればそうでない場面もあったが、ぼくが二年間はまりこんだ——というより、抜け出ることができなかった——暗黒に落ちることはなかった。この仕事は創造ではなく変換だった。

最初の原稿を提出したときは気が気でなかった。それをテリーにメールで送り、次の日にサンタクルーズへ行って二人で検討した。そこへ行く途中、吐き気がして車の窓を開けたほどだ。事務所に着くと、ウェットスーツ姿のテリーがポーチで待っていた。「先にサーフィンしよう」彼が言った。ぼくはそれをよくない印と受け取った。ウェットスーツに着替えて、トラックのそばで彼に合流した。妙なことにボードは積んでなかった。とにかくぼくは乗り込んだ。ビーチへ行くとテリーは無言でトラックを降りた。ぼくは彼のあとについて海に入り、胸の深さまで歩いていった。そこにしばらく立って、身体を持ち上げては下ろす波に身をゆだねた。ようやく彼が、出来ばえをどう思うかと訊いてきた。「正直、まったくわからない」ぼくは答えた。「たぶん、ひどいんだろう。わからないけど」ウェットスーツを着ているのに身体が震えていた。

「水の中にいるのがふさわしいと思うか?」彼が訊いた。

またもや、何がどうなっているのかわからくなった。ぼくたちは六フィート以上ありそうな特大の波にふわりと持ち上げられた。「泳ぐのは好きだな。うん、水はかなり好きだ。魚座だしね」

「きみは水が好き、と。でも、水の中にいるのがふさわしいと思うかい?」

「わ──わからない」

彼は水に浸かり、さっと姿を消した。訳がわからず、ぼくはあたりを見回した。すると、滴る水をきらめかせて彼が現われた。「人体の五十パーセント以上は水だ」手で水をすくいあげて彼は言った。「これが人間。でも、そんなことは知っていただろ」

「まあね。ああ、知ってる」ちょっとした雑学として知っていただけだ。

「それでも」彼はにっこり笑って、空を見上げた。ぼくは波に浮いたまま話の続きを待ったが、彼はもう一度「それでも」と言っただけで向きを変え、波に乗って岸に向かった。そのあとを泳いでいって砂浜にあがったら、彼はウェットスーツを腰まで脱いで蓮華座で座っていた。両肩から湯気が立ちのぼっている。ほかにどうしようもない気がして、まったく同じように——スーツを腰までさげて蓮華座で——彼の横の位置についた。しばらくのあいだ、無言で座っていた。彼はあえて静かに呼吸していた。話し始めたとき、ぼくを見ずに、まっすぐ波に向かって言葉を放った。「原稿はよくできている。どうかと思う点はちょこちょこあるが、説得力がある。「物理学者」は喜ぶだろうね、きっと。うまくいくよ」そこまで言ってから顔を向け、ぼくの肩に片手を置いた。「コンブチャがどうしても飲みたい」彼は立ち上がり、トラックへと歩いていった。

　その日、サンタクルーズで誇らしさと満足を感じて家へ帰った。すると、ミストがコンピューターの下から、録音を聴くのに使っていたヘッドホンから這い出してきた。じきに、その後の日々でゴーストライトに費やした一時間一時間は、ぼくの失敗をますます鋭くしつこく思い出させるものとなり、本人に代わってぼくが書いた一語一語は、過去数年間にぼくが書くべきだった言葉の幻影となった。物理学者はぼくの仕事ぶりを絶賛しているというメールをテリーから受け取っても恐怖しか感じないのは、このゴーストライト計画はいずれ駄目になるとわかっているからだ。そうならなくてはおかしい。週に五日、九時から五時まで物理学者の本と取り組んだ。こつこつやった。デスクの前に座り、マグカップでドリップコーヒーを飲み、正午にランチらしきものを食べ、仕事をした。不得意でないどころか長けていたようで、反応は好意的で、借金はゆっくりと減っていた。そのうえ、物理学者の思い出話を何度も再生し、それについてじっくり考え、記憶と記憶のつながりをさがして時間を過ごすうちに、ぼくの内に宿った彼の声というか、少なくともぼくが思う彼の学者らしい声が、安心感のようなものを与えてくれた。〝私たち自身が自分の歴史であり、連続した物語である〟と物理学者は書いている。だから、それを生きている本人のような顔をして、でも実際は生きていない人生について書く毎日八時間は、ぼく自身から、ぼくの苦悩だらけの物語から、たとえごく短時間にしろ一時的に解放してくれた。そして、自分から離れているときは、憂鬱にしがみつかれたり操作されたりすることはなかった。ところがいつも、その日の仕事を終えるやいなやミストがするりと戻ってきて、もやに包まれたぼくは途方に暮れた。前の日よりも悪くなったと感じることがよくあった。もとい——それをもっと強く感じ、もっと悪くなった自分を感じた。眠るための体力が落ちた。友人たちを遠ざけた。アニーを遠ざけた。法的に有効かどうか調べもせずにコンピューターで遺書を下書きした。まっすぐ座っていられなくなった。身を消す方法を熱心に調べた。ぼくの脳をほぼ食い尽くしたミストの存在は、ぼくの意識を締めつける重みと圧力として感じられた。全身が痛んだ。とんでもないことをしでかす段階に近づいているのがわかっていた。ときどきベッドで眠ったまま耳をこすり、暗い中でごめんねとつぶやくアニーの顔がゆるんで安らかになるのを見て、ぼくの心の問題が人生に入ってくる前はこれがふつうだったのにと思いながら、そんなアニーのそばに横たわる夜もあった。だがもちろん、それは夢の中の平穏にすぎなかった。９６０１号に乗るぼくの横で、緑色のスーツを着た双子が、鏡で映したようにそっくり同じ姿で首を傾けて気持ちよさそうに居眠りしているのと同じように。

その後、ぼくの誕生日の数日前の午後、マンレサ州立ビーチでロングボードで浮かんでいると、テリーがあの本をもう読んだかいと訊いてきた。ぼくはどの本かと尋ね、彼が、初めて会った日にあげた本、マイケル・ポーランの本と答えた。ぼくはまだ読んでいないと言い、こんなに長いこと放ったらかしにしていたことを謝った。「こんど持ってくるよ」

「返してもらいたいわけじゃないんだ。きみが読んだほうがいいと思っただけ」とテリーは言った。「すぐにでも読むといいと思う。すぐにでもというのはますます取るに足りないことになっているようだが」ぼくは彼の顔を見た。彼はこちらを見ることなく、パッチワーク状に生えたアイスプラントのせいで緑と深紅に色づくビーチの断崖に向かって微笑んだ。そのあと手で水をかいて浜に戻った。

その夜、また眠れなかったのでリビングへ行って、テリーにもらってから置きっぱなしになっていた本を、積んだ本の山の下で見つけた。夜更けだった。冬の終わりを告げる雨のグレープフルーツの木を叩く音がスネアドラムのタップのように聞こえた。ぼくは窓を開けてオーハイの線香に火をつけ、アントニーのこと、ぼくのアトリエで本を読みあげる彼の声を聞いたあの日のこと、彼の死、ぼくの死、彼の死とぼくの死を対比することの罪悪感などを少し考えてから『幻覚剤は役に立つのか』を開いた。

読みふけるうちに日が昇ってきたので、そこでようやく小休止して歯を磨き、アニーが起きてくる前にコーヒーを淹れた。また夜が来たときには、ほぼ読み終わっていた。テーブルに本を置いて、ぼくみたいな人間、ミストにつきまとわれる人間にとって、ミストはぼくの存在に永遠に付着するものではない、三十五歳になるまでにぼくを死なせる精神的弱点ではないという希望のようなものを、ここ二十年以上で初めて感じていた。

これぞまさしく、ブッシュウィックにいた何年か前のあの日の午後、アントニーがぼくに見せようとしたものだ。間違いない。この本は、あのときアントニーが読み上げてくれた雑誌の記事がもとになっている。その部分にさしかかったとき、ふと彼の声が出てきて、文章を読むぼくの内なる声と重なる。目の前の牛乳箱に座っているかのように彼の声がとてもクリアに聞こえるので、コラール合唱を聴きながらときどきこっそりやるように、鼻から深々と空気を吸いこんでから息を止めて十数えて涙をこらえる。読んでいるうちにまたアントニーの声が聞こえてきて、こんどは彼の声の変化や抑揚に気づいた。それは明らかにぼくに向けたものだったのに、ぼくに起こりうる未来の物語だったのに、最初に聞いたときは全然気づかなかった。何が変わったのか。なぜ、いまになってそれを聞き取れたのか。たぶん、疑ってかかる時間も健康もなかったからだと思う。とにかく死に物狂いだった。それに、以前は幻覚剤（サイケデリック）療法の一貫性が胡散臭いと思っていたのだが、投薬と無関心の体系である西洋の精神衛生学は完全な無秩序状態に陥っていたから、それと比べれば一貫性があるように見えただけだ。試さないのは筋が通らなかった。たとえ単なる気休めの一大イベントにすぎなかったとしても、それを気にする人間か？　人生を破滅させるほどの力を持つガセネタなら、人生を救える力があるのでは？

ありがたいことに『幻覚剤は役に立つのか』は四百数ページ分のガセネタでは断じてなかった。それどころか、ぼくが読んだのは幻覚剤の歴史だった。植民地化以前の来歴と研究室における扱われ方から、心理学と医学で成果をあげた初期に西側世界へ浸透したこと、その後六〇年代の倫理的パニックによる断罪、そして、うつ病や不安障害、依存症、強迫性障害（OCD）、心的外傷後ストレス障害（PTSD）などその他反芻思考で引き起こされる疾患に大きな効果を期待される治療法として復活した現在まで。この本のうつ病の解説は、これまで読んだどんな専門書よりも正確で、医師から受けたどんな説明よりも的を射ていた。神経科学に関する章では、デフォルトモード・ネットワーク（DMN）と呼ばれるものが説明されていた。これは脳が意識的な活動をしていないときや、私たちの心がふらふらとさまよっているとき、または他者の心理を推しはかる機能である〝心の理論〟に携わるときに活動する脳内のネットワークのことだ。他者の気持ちを推しはかること、他者の願望を理解することは、人物やできごとを想像する作業、例えばフィクションを書く作業にとってはきわめて重大である。DMNは自我と反芻思考も支配しており、その二つが結びついて手に負えなくなったとき、うつ病を発症するらしい。そして、この文章に出会った。幻覚剤研究の最前線を行くイギリス人神経科学者、ロビン・カーハート＝ハリスの研究について書かれた一節だ。

カーハート＝ハリスは、スペクトラムの低エントロピーの最末端に位置する精神障害（ディスオーダー）は、脳の秩序（オーダー）が失われたからではなく、むしろ秩序が**きつく**なりすぎて生じたのではないかと示唆する。内省があまりにも習慣化してしまうと、自我の力が支配的になる。それが最も顕著なのはうつ病で、自我が自分の力に酔い、コントロールできないほど内省しすぎるようになると、しだいに現実に影を落としはじめる。研究によれば、こういうふうに心が弱くなった状態（重度自意識あるいは抑うつリアリズムと呼ばれることもある）はデフォルトモード・ネットワークが活性化しすぎた結果かもしれないという。そのせいで人は反芻という破壊的な内省のループから逃れられなくなり、どんどん周囲の世界から自分の中に閉じこもっていく……うつ病のほか依存症、強迫性障害、摂食障害など、思考パターンが過剰に固定化する特徴を持つすべての精神障害に、「型どおりの［神経］活動パターンを壊すことによってステレオタイプな思考パターンを破壊する、幻覚剤の力」が恩恵をもたらすとカーハート＝ハリスは信じている。

（『幻覚剤は役に立つのか』宮﨑真紀訳）

この中の数文は、ぼくの心理的な存在状態を完璧に言い表わしていた。

最も希望を感じたのは、幻覚剤療法（サイケデリック）のガイド役について書かれた部分だった。幻覚剤を使用して右記のような精神的な悩みを持つ患者を治療するセラピストや医療専門家らが担（にな）っている役割だ。幻覚剤そのものが違法なので〝地下〟でだが、彼らは同業者組合（ギルド）のようなものを作って、教育や研究、推薦、倫理規定を共有している。数年前にアントニーからやってみろと勧められた治療、つまりニューヨーク大学（NYU）で行なわれていた治療は、こうしたガイド役の研究を基にしたものだ。うつ病の治癒率は非常に高かった。驚異的だ。ガイド役の多くが、ぼくがいるカリフォルニア州のベイエリアに居住し、仕事をしているとわかったことがなにより都合がよかった。ここはぼくの想像が及ばないほど、さまざまな方面で幻覚剤の影響を受けて形成された場所だった。

アニーに本や歴史、治療法、ガイドをぜひとも見つけたいと思っていることなどを全部話したら、不安が走った——アニーは幻覚剤を使ったことがない。かたくなにマティーニとマルガリータとワインにしがみついていた。マリファナ一服以上に手を出すと精神がよくない方向へ引きずられると言うのだ。だが、説明を続けるうちに、彼女の目に浮かんでいた警戒心が関心へ、そして希望へと変わっていった。話し終えるころには、独特の目つきでぼくを見ていた。そのときは気づかなかったし、わからなかった。治療を終えるまではわからなかった目つき——ぼくの目の光を認めたのだ。

それ——目つきのこと、目のこと——で思い出すのは、治療予定日の二、三週間前、調子が悪くてベッドから出られなかった朝のことだ。雨が降っていて、部屋のくすんだライトは濃密で生命力が感じられた。アニーは在宅で仕事をしていて、スマートスピーカー用に作成している対話型自動音声応答ボットをテストする声が聞こえていた。その朝、彼女は「履歴(ヒストリー)を消去」と繰り返し言うが、ボットは「ヒストリー——たいして知りません」とか「ヒストリー——何のヒストリーですか？」ととんちんかんなことを言う。しかも、「履歴を消去……履歴を消去……履歴を消去」といらいらを募らせながら重ねて言うアニーに対して、二回に一回くらいしか応答せず、あとは沈黙していた。ぼくはキルトの下に潜っていた。

そのうちアニーがやってきて、そばに横たわった。ぼくのお古のウエストバージニアのロゴ入りスウェットシャツを着ていた。「今日の調子はどう？」彼女が訊いてきた。「あなたがすごく遠くに感じるの、ずっと遠くへ漂っていったような。怖いわ」弱りすぎていて隠していられなかった。「いますぐにでも死ねそう」情けなくてしかたなかったが、もう無理だった。

アニーは袖で鼻をぬぐった。

「ごめん」ぼくは言った。

「あなたを引き留めているのはわたしだという気がするときがある。わたしのせいじゃないのはわかってるけど、そういうふうに思ってしまうの。こうして口に出して言うと最低だけど、でも言っておかないといけない。わたしがいなければ、あなたは解放されるんじゃないかって」前は多くの言葉でこれを伝えてくれたが、今回は声に混じる痛みでだった

――それに刺し貫かれて、ぼくは吠えたくなった。そうじゃない、それは違うと何度も言って否定したものの、なにを言ってもだめなのはわかっていた。二人とも行けるかぎりのどん底にいた。

そのとき、何かが起きた。変に聞こえるが、何も言わずにアニーがそっとぼくの上にのってきて、二人のおでことおでこ、鼻と鼻、胸と胸が合わさり、目を閉じて、互いの息を感じあった。どうするつもりなのかわからず、見たとおりのことをしているんだろうかと思った。自分の身体の重みでぼくの気持ちを静めて、ぼくを消えさせまいとしているのかと思ったが、この動きの奥にある絶望感を考えただけで戦慄した。アニーはやさしくぼくを黙らせ、ふたたびぼくは二人の息の中に今度はすっぽりと入り込んだ。どのくらいそうしていたかわからないが、やっと目を開けたとき、ぼくに見えたのは、どっしりした安定感と静謐をたたえてぼくを見返している、ぼやけて一つに見えるグレイの二つの虹彩だった。何かがさらけだされているような気がしたものの、それが何かわからなかった。「愛してる」そう言ってから彼女は起き上がった。ぼくの気分はよくなった。

治療後、そのときの何かは、二人の肉体の相互作用だったのかもしれないと思っている。あのときでさえ、はるか心の泉の底で感じられた音楽のような、それぞれの精神の波動や粒子や周波数があの一つの目を通して二人のあいだを移動したのではないか。じきにぼくの人生を変えることになる出来事の前触れとして。

このときのことをアニーに――彼女があれをしようと思ったきっかけや、どんな考えが頭をよぎったか覚えているかと――尋ねたが、思い出せないと言う。ひとつも。「あの時間全体を隔離したような感じ」彼女は言った。「あそこに戻りたくないのよね」治療はたくさんのことを教えてくれた。とくにアニーにどれほど救われたかだけでなく、彼女自身もひどく傷ついていたこと。話せるなら全部話してほしいと頼み、少しは話してくれたものの、まだまだ時間がかかる。聞いていてつらい話が大半だったが、そのつらさは感謝の気持ちでしのげている。生きてそれを聞けることへの感謝、さらに重要なのは、どれだけ返しても返しきれない彼女への借りを返す機会をもらえたことへの感謝だ。すべての奥にある真の恩義。

評判の五香粉入り旨辛ポークのローストを食べながら、ぼくが受けるつもりの治療についてLDに話すことにした。イタリア製革製品のような深みと光沢の照りのついたカンタロープメロンほどの大きさの骨付き肩肉だった。ポーランの本のこと、その内容、初めてサイケデリック療法を知ったのはいまは亡き友人のアントニーのおかげであること、過去に幻覚剤を使ったときの肯定的な体験、神経科学から見たうつ病と不安とDMN。ポーランがアンドリュー・ソロモン著『真昼の悪魔――うつの解剖学』から引用した専門家ジョージ・ブラウンの〝うつ病は過去の失敗に対する反応であり、不安は未来の失敗に対する反応である〟という言葉を引き合いに出し、ずばりこのとおりなんだよと言った――ぼくの遠い過去のどこかで成長したうつ病は、本の失敗によって強大になった。物理学者の回想録に取り組んでいるあいだも、そのことを考え、破綻を、次の失敗を予想しながら一日を過ごした。こうしてぼくは過去と未来のあいだで行き来するだけでどこへも行けない――いや、違う――同時にその両方へ引っ張られ、引き裂かれそうだった。そういうことだ。幻覚剤を使用すれば、ある意味で精神にこびりついた垢を落とせるのだと説明し、その流れにのって話し続けた。理論を学びたての初心者さながらに、ある理論の出始めから発展、賞賛、承認、反証、放棄、再発見を一度ならず見てきた年長者に向かって滔々（とうとう）としゃべりまくった。ばか話を終えるころには、ポークの肩肉はキャベツの葉の上で薄茶色の骨だけになっていて、テーブルの両側で青島ビールの瓶が二本ずつ空になっていた。ウェイターが勘定書と一緒におみくじクッキー二個を持ってきた。一つずつ手に取って、セロハンの包装紙を開き、クッキーを取り出した。「あのね、彼を知ってるの」LDが言った。「ポーラン。友人よ」

脈拍が急上昇した。室内のあらゆるものが傾いた。ぼくは冷静に振る舞おうとした。話す前に訊かなかったことを謝ってから、どういう知り合いかと尋ねた。

「三十年近く同じ町に住んでいたの。それにエージェントが同じなのよ」

「そうだったのか。すまなかった、先に尋ねればよかったね」

「その本を読んだわ。癌になって余命いくばくもなかった姉もそれを読んでね。ガイドを紹介してほしいと頼まれたから彼に連絡したら、ジャーナリストとしての職業倫理に反するからできないと言われた」

ぼくは激情にかられたような、ほとんど狂気じみた笑い声をあげた。心の中で。ミストの邪悪なねらいがはっきりと見えるではないか！　ぼくの命を救うかもしれない本を書いた男のすぐそばまで来させておいて、そこで行き止まりだと手のひらを返す。泣きたくなった。が、プライドにしがみついて泣かなかった。意外な感覚だった——プライドにしがみつきたいということは、これに執着していることを意味する。つまりは自分が思っている以上にこの治療法に期待しているんだろう。

「やるべきだと思う」ＬＤは言った。「やらなくちゃいけないように思える。わたしならやるわ、健康上の理由でできないけど。これは絶好のチャンスだと思う。たいしたことでないならマイケルが調査するはずがないと思うのよ」

「食事中ずっと知っていることばかり話して悪かった」

「あなたは目が覚めたように話していた。そんなあなたを見たのは久しぶり。だから邪魔したくなかったの」さりげなくこう言ったときにノースショアなまりが濃厚になったから、言葉の含みが強調された。彼女の手首に金色の小さなドクロが連なったブレスレット。そのときまで気づかなかったから、話題にしていなかった。「姉が作ったの」と言って、よく見えるように腕を伸ばした。と思ったそのとき、その手の中のクッキーが見えた。「わたしのおみくじを読んで。そのあとあなたのを読んであげる」

食事を終えて帰宅して眠ったと思ったのに、はっきり口にできない感情にかられてすぐに目を覚ました。カウチへ移って短篇集を読もうとしたが、あんまりおもしろくなかった。

最近の人気作だが、物語はお粗末、というより陳腐でありふれていた。読み方が悪いのかもしれない。いや、本のことで何か意見を言えるたまか？　集中できなかった。ポーランのこんな近くにいるのに何もできないという残酷な不公平にまだ心がざわついていた。心を落ち着けて座り、呼吸しようとしたが、聞こえたのは、バスルームの流し台の下にあるプラスチックのカミソリのパックのかさかさいう音だけだった。ノートパソコンのスイッチを入れて、ガイド役に連絡する方法がわからないものかとレディット掲示板の幻覚剤専用ページを調べはじめた。投稿をスクロールしていたらある画像が出てきて、思わずクッションに倒れ込んだ――テリーの事務所で見た、光を放射する皮膚のない抱擁するカップルの絵だ。なるほど、ぼくは思った、そういうことか。できるだけ早く会えないかというメールをテリーに送り、目覚めると、来いよという返信が届いていた。

「もちろん知ってる」ガイド役を知らないかと尋ねると、テリーは言った。ぼくたちは彼の事務所のキッチンのアイランドのそばに立っていた。甲高い音を立てている業務用らしきステンレス製のごついジューサーに、彼はまた一つかみケールを入れた。下のコックから ピッチャーへ、濃厚な緑色の液体が流れでた。「訊かれるのを待ってたんだ」次に皮がついたままのショウガ、そのあとレモンを丸ごと数個入れた。「きみの調子はよくなさそうだしね。詳しいことは言いたくないが、そうだな、おれに言えるのは、これがきみにとって非常に前向きな選択だと思うということだ」甲高い音をたてて回転するブレードの音に負けじと、彼は叫ぶように言った。機械の音はぼくの期待感と同調して、何かをずたずたに引き裂いているような感じがした。ようやく音が静まった。テリーはぼくのために緑色のジュースをグラスについでくれた。覚悟して飲むと、とても美味しくてびっくりした。健康的な味だった！「いまからガイドにメールを飛ばす」テリーは言った。「すぐに彼女から連絡がいくだろう。きっと気に入るよ。大した人物なんだ。ずっと前から、それが合法だったころからメンローパークでこの薬と関わってきた。偉大な精神の持ち主だ。スタイルもね。ファッション的にだよ」礼を言いたかったのに、ぼくにできたのは、下唇をゆがめて、つかのま天井を見上げることだけだった――胸が一杯だった。そのときのぼくにできるのは、胸が一杯になることだけだったようだ。でも、そのときの気持ちに痛みはなかった。感謝だった。テリーはぼくを抱擁したり、どぎまぎするような動作をしたり、何か言ったりしなかった。ただ向かいに立って笑みを浮かべ、ジュースを飲み終えたら、少しサーフィンしようと言った。

　ガイドから何の連絡もなく一週間が過ぎた。まあいっか、と思った。そして一週間、また一週間と過ぎ、ついには連絡のない一日一日によって希望が少しずつ欠けていって、ミストが入り込む隙間ができるまでになった。いろんなことがうまくいくと考えていた自分がばかだった。テリーにメールしたかったが、こんな過度の猜疑心に取り憑かれた状態でよけいなメールをすれば、友情にもビジネスにも亀裂が入り、すべてを失うんじゃないかと不安だった。おまけに車両管理局（DMV）から通知が来て、発行されたばかりのぼくのリアルIDは、書類手続きの（こっちではなく向こうの）ミスにより無効になると知らされた。I

Dを有効にしておくために居住証明書持参で最寄りの支局へ再度出向く必要がある。

するとと案の定、予約時刻に間に合うようにクレアモント通り沿いのオークランドDMVの駐車場に車をちょうど入れたときに電話が鳴った。リアルIDなんぞほっておけ、ぼくは思った。電話を耳にあててもしもしと呼びかけたら、神のような無欠の声が響き渡った。あやうくスマホを落としそうになった——車のブルートゥース・スピーカーと同期してあるのを忘れていたのだ。

「デニースです」とどろく声がやさしく言った。「あなたのことはテリーから聞いたわ。お手伝いができればいいと思っています。連絡するのが遅くなってごめんなさいね。ボルチモアのジョンズ・ホプキンス大医学部に一カ月行っていたの」

「それは大変でしたね」ぼくは言った。「お元気だといいのですが」

「あら、ええ、わたしは元気よ！　とっても。あっちでは楽しみなことがいろいろありそうだし、一緒にやってくれと言われたし」

「引っ越すんですか？　ボルチモアへ？」

「まさか。それはないわ。でも、一年に一度は講義しに行くでしょうね。もっとうれしいのは、彼らが進めている一大研究に加わること。だけど、［彼女が勤務しているベイエリアの附属病院の名を挙げた］のオフィスでも分担の仕事はできるわ。すごく刺激的な研究よ。彼らは大学をあげてこの種の薬剤の研究をしようとしている。こんなこと話しちゃいけないんだろうけど、でもいいわ。だれにも話さないでね。テリーから聞いたのだけど、ポーランの本を読んだんですって？　すごい本でしょう？　世論に一石を投じたのよ。思ってもいなかったことが起きたわ。でも、ここまで来た。とにかく、あなたのお手伝いができると思う。まずはわたしのオフィスで相談しましょう。でも治療は、「サンタクルーズとメンダシーノのあいだのどこかと言っておこう」にある週末用の別荘でやるわよ」

それでかまわない、問題ない、自分もずっと忙しかったとぼくは言った。よければ、いまの状況――ぼくが抱えている問題、治療法を知ったいきさつ、幻覚剤の使用経験などを話してほしいと言われた。ぼくはできるだけよどみなく一部始終を話した。落ち着いた態度をできるだけ保とうとした。そのときほど人から好かれたいと思ったことはなかった。話し終えるとデニースは言った。「ずいぶんつらそうね。いいニュースがあるとすれば、これはとても有望な処置だということ」続いて、彼女が行なってきた治療の経緯、その計り知れない可能性、長年首尾一貫して見てきた治療の効果を話してくれた。「患者さんたちを見ていると、四年間の話し合い療法（トークセラピー）よりも四時間のこれのほうが効果が大きい」だが一つ問題点があった。ボルチモアへ行っていたせいで仕事が溜まっているため、治療は早くても五月末になる――二カ月近く先だ。ぼくの内側は粉々に崩れた。

「それまでなんとか乗り切ります」そう言った自分にぼくは驚いた。

だが、ぎりぎりだった。というより、物理学者の仕事がなかったら乗り切れなかっただろう（疲労困憊したけれど）。偶然にも――ひょっとすると偶然でないかもしれない（もうどっちかわからない）――この電話があったのと同じ週に、物理学者の仕事の性質が変わったのだった。

ある朝、エレインからいつもとは違うメールが届いた。思春期の終わりと高等教育の開始の時期にさしかかったので、今後の部分を適切に描写するのに必要な基礎用語と概念を使いこなせるように、物理学一般と時間をテーマにした彼の著作を読んでほしいと物理学者が言っているという。エレインの説明によると、本を読むだけでなく、各章のあらましと中心となる概念をかみ砕いてレポートを書き、それを彼女経由で物理学者に提出する。その出来に納得したなら、彼は心置きなく話を進める。

これまでの作業は、次から次へと広がる記憶のあいだをさまよう、心地よいが実体のない声に耳を澄ますことだった。しかしここへ来て突然、一通のEメールによって、学校へ逆戻りした——ぼくが通う筋合いのない学校に。エレインのメールを途中まで読んだだけで、物理学者の声音が講義初日用の教授らしいテノールに切り替わったのが感じられた。「私は善人だし、きみたちがこの講義を受けてくれればうれしいが、この講義の複雑さと抽象概念と鉛筆と紙だけの退屈さは有名で、一年生の成績優秀者や自称数学好きの大勢が宿題の山を前にして廊下で泣くことになるから、おそらく受講を取り消すだろうな」の演説用の声だ。もちろんこの台詞はぼくの想像だが、みなさんが覚えておられるように、ぼくは数学の授業をほとんど受けずに高校の壁にペンキを塗っていたし、微積分学の準備学習さえまったくせずに美術大学へ進んだ。視覚でイメージすることに長けていたから幾何学は得意だったが、それ以外は適性がなかった。レストランのチップの計算のために電卓が必要だからスマホを持っていたほどだ。物理学に関するなにかをする資格はまったくなかった。なのにいまになって突然、一般相対性理論、量子力学、ブラックホール、デルタSとかいうものを理解しろと要求された。でも、このぼくにほかの道はあるのか？　本は同日届くことになっているとEメールに書かれていたとおり、午後一時ごろ届いた。

そのときすでに感じていた頭の悪さは、じつはそれ以上にひどかったと思わせられるのがおちだと覚悟していたが、実際は正反対だった――楽しかった。文章は簡潔かつ非常に明快なうえ、概念は親しみやすく、直観的に理解できた。一般相対性理論などわけもなかった。いま、サンベネデットの水のボトルを前後に揺らすと、ガラス製ボトル内部で小さな波が起きる。フレッチャロッサを見下ろす丘陵地に建つ大邸宅の富裕なオーナーから見れば、その波は時速二百五十六キロメートルで移動しているが、ぼくから見ればほとんど動いていない。いまさら大ニュースとは言えないが、ぼくには新鮮だった。温度の高い物体と低い物体があれば熱は高いほうから低いほうへ流れるというのは、宇宙の基礎レベルで唯一、時間の経過を示す法則、つまり秩序から無秩序への展開を示す法則であると知った。だが、この知覚された秩序、ぼくがここに記録したすべての記憶は〝痕跡の集積であり、無秩序化が進む世界の間接的な産物〟にすぎない。無秩序化とは、実在の存在である我々の認識という一現象でしかなく、実在の存在が持つ〝脳は、本質的に……自分が自分である源となる過去の記憶と将来の予測で形成される〟。深遠すぎるし、端折りすぎかもしれないが、こういうことなのだ。こうした学習にはやばやと自由を見つけた。ポーランの本でうつ病は時間の病気だと読んだときに始まってもいた自由だった。この自由は、ぼくには想像できなかった無限の広がりを持つ源泉から流出する冷たい湧き水のようだった。〝記憶と予測、記憶と予測〟とマントラのように繰り返していると、ほんのつぶやき程度だったにしろ、双子の片割れが、そのあと別の片割れが座ったまま少しずつ体勢を変え、揃いのローファーの爪先が触れそうになった。二人のこめかみの白髪の交じり具合もそっくり同じだ。ぼくが気づいた唯一の違いは腕時計――バンドは同じだが、文字盤のケースの一つは四角で一つは円形だ。

自分は頭がいいと思ったことはないので、理論物理学の概念のあらましを、それらを理論化した物理学者本人に提出できて満足だった。翌朝起きたら、物理学者の承認を伝えるEメールがエレインから届いていた。「テストに合格したそうです」そのとき、自分は頭がよかったのだとは思わなかったにしろ、自分はばかだとも思わなかった――どっちみちミストのせいで自分はばかだといつも思っていたし、そのころはとりわけ強くそう思っていた。

それでも何かが起きていた。刻々と近づいてくる治療日を感じたミストが、ギアをオーバードライブに入れたみたいだった。夜はますます落ち着かなくなり、夢は狂っていった。ある夜、ベッドから出て外の闇へ誘われ、下着姿でビルケンシュトックのサンダルを履いて玄関先の階段へ出て、黒いけれど輝いている空を見上げて、無数のぼくの分身が地上へ落ちてくるのを見つめた。一つ一つが首に輪縄を巻いていて、どこかわからない場所で縄の一本一本がほどけるヒューッという不快な音がだんだん大きくなっていき、突然それがたった一つの音にまとまって、縄が張り詰めて輪縄が締まり、ぼくの首はぽきんと折れた。目を覚ますと下着とビルケンシュトックのままベッドにいて、まったく新たな孤独の深みで放心していた。その後、頭の中のぼくの声ではないぼくの声は、新たな切迫感、勢いを帯びた。

状況が悪くなればなるほど、仕事にのめりこんだ。物理学の特訓コースが終わったので、物理学者の大学時代の最初数年間に取りかかった。さまざまな講義や教授たち、複数の概念——ぼくが最近学んだもの——を学んだときのことなどの思い出話があり、そのすべてが積み重なった結果、休暇を取ってアメリカへ逃避し、ヒッチハイク旅行をする。まもなくヒッチハイク旅行のセクションに取りかかることになっていた。〝最も大きな意味を持つ時期〞と、彼は音声データで述べている。明らかに、よく知られているのに正式発表されたことのなかった大いなる悟りへ結実する過程なのだ。今日に至るまで誰も聞いたことがない逸話。大いなる悟りがどういうものであれ、名声が確立し、数々の賞を受賞し、終身在職権を確保し、立て続けにベストセラー本を出し、ノーベル賞受賞が確実になった今ようやく、物理学者はそれを世界に向けて発信する気になった。そのエピソードには、多くの科学者を不安にさせる何かがあるのだろう。もしくは、丸屋根にぽとんと落ちたニュートンのリンゴのような〝あ、そうか〞というわかりやすさがないのだろう。ぼくはこのくだりに取りかかるのが楽しみでしかたなかった。それは認めよう。小さな勝利のように感じた。いずれ、それをつなぎとめていた精神から直接放たれた大いなる悟りにいたる物語をイヤホンを通して最初に聞き、それを文章にする人間となるのだ。彼の声であるぼくの声を通して、この世に出るのだ。ぼくは、世間の人々が待ち望んでいた物語の語り部となる――作家としてこれ以上のものを望めるか？ と思ったぼくは、頭の中で〝作家〟という言葉を思い浮かべたことにたじろぎ、なかったふりをしようとしたが、事実は変えられなかった。

そんなときに物理学者がいなくなった。

→

物理学者は時間に遅れたことがなかった――というか、エレインからのメールによって実体化したデジタルの彼は、いつも時間通りにぼくの受信トレイに届いた。新しい録音データが必要になったときには、文字に起こした原稿とともにすぐに届き、地名や人名のリスト、さらには人々の外見だけでなく、室内装飾や建物の外観や風景を描写する際にヒントとなる本人と家族のアルバム写真など、イタリアに一度も行ったことのないぼくにはとくに必要な資料が添付されていることもしばしばあった。だが、大いなる悟りについて書く段になって、メッセージは途絶えた。Ｅメールなし、録音データなし、資料なし。彼は沈黙してしまった。ぼくは心配になった。きっと間違ったことをしでかしたのだ。でも、あれに決まっていると心の底ではわかっていた——これはミストのしわざだ。なぜそれを認めないのか？　テリーに電話をかけ、取り乱してとりとめなく不安をまくしたてた。ぼくのせいでこうなったと出版社に思われては困る。ぼくが悪いと決めつけられて、プロジェクトから追い出されたり金銭的取り決めを破棄されたりしたらどうなる？　テリーは、物理学者から連絡が来ないのはぼくのせいではないと断言した。出版社と話したが、彼らも連絡が取れないという。誰も取れない。こうして、ひどく心安まらない音信不通の日々が始まった。

音信不通になって最初の週の終わり近く（ほんの数週間前のこと）には、彼は二度と現れないだろうし、もし現われたとしても、ぼくとは仕事をしたがらないことを脳髄のしわの奥深くでわかっていた。また、ミストのたくらみにおける、救命ボートの最後の一隻に等しいこの仕事の意味もわかっていた。大きな希望を見いだすまで、治療して新たな一歩を踏み出す可能性に賭ける気になるまでぼくを高揚させておいて、そのあと大きな風船みたいにパンと割るのだ。この週末は、アニーの所属するAI研究開発部全員でパームスプリングスへ保養旅行の予定だった。会社はリゾートホテルの一棟丸ごと押さえていた。金曜日の早朝、アニーを空港へ送っていく途中、サンフランシスコをおおう綿毛のような濃い霧に包まれたベイブリッジの中ほどで、旅行について話しかけたのにそっけない答えが返ってきただけだった。

「楽しみじゃないの？」ぼくはしつこく言った。「仕事は仕事だけど――」

「あなたを一人残していくのが心配なのよ」

そうじゃないかと思っていたが、だからといってアニーにそう言われたあとの自己憎悪の波は小さくならなかった。

「ぼくなら大丈夫。ばかなことはしないよ。あと少しだから。そんなことを心配して時間をむだにしちゃだめだ。楽しんでこいよ。一緒に行けるものなら行きたかった。うらやましいなあ！　砂漠が好きなんだ。からからに乾燥した空気がね」

ターミナルに着いて、中へ入る前にぼくを見た目つきは――後ろ髪を引かれながら、まるでこれが最後になるんじゃないかと不安に思い、見開いた両目のレンズに焼き付けておこうとするかのように、故意に、だが知らず知らず目を真ん丸にして――最悪だった。

ひとりで帰宅したぼくは、ミストの内部でくるくる回った。それとも、ミストがぼくのまわりでくるくる回りながら、手の届く範囲内のあらゆるものを飲み込んだせいでぼくの感覚がなくなって、伸ばした手の先でぼくの世界が終わったのかもしれない。日曜までに時間が切れた。アニーがパームスプリングスから戻る飛行機に乗っているときに父に電話したのに、これといって何も話さなかった。その間ずっと、口にできないほど苦しんでいる、ぼくはもう終わりだ、父さんが大好きだ、ぼくを許してくれ、父さんのせいじゃない、だれのせいでもないことをわかってほしい、ぼくからみんなを解放するんだ、これはいいことなんだよと言いたくてたまらず、頭の中で絶叫していたのに、そのどれも、一言も口にできなかった。ただ、またすぐ電話するよとだけ言って電話を切ったら、まわりに雲しかなくて自分がどこにいるのかわからなかった。気づいたら、暗いバスルームでアニーのピンクの使い捨てカミソリのパックを手にすすり泣いていて、ようやく覚悟を決めて、まずプラスチックカミソリの一つを選び出し、つぎにピンクのプラスチックカバーから刃を取り出した。二つの動作を慎重にやり遂げたあとはカミソリを持ち上げて喉元で横に滑らすだけ。親指と人差し指で刃をつまみ、それを首に押し当てて息を止めた――が、ふと気づいた。

刃が小さすぎた。ゼムクリップとそう変わらない。ぼくはきちんとやるつもりだった。そう声に出して言ったと思う。キッチンへ行って自分の日本製果物ナイフを手にしてバスルームに戻った。その刃を首へ持ち上げた。ずっといい。息を止めた。世界はしんと静まり返った。

だが、しなかった。なぜか、一瞬気を取られてピンクのプラスチックが目に入り、そこからアニーを連想した。空のどこかで窓に頭をもたせかけている彼女が見えた――物理学特訓コースのおかげでわかっていた――海水面付近にいるぼくより、いま彼女がいる空のほうが時間の進み方が早い。彼女のポケットに入っているスマホのカレンダーの五月、ぼくたちが生きているその月のその日から十日後、アニーがぼくを夫にした日から八カ月後の五月第三週の二十二日水曜日に、午前九時三十分開始の治療の予定が書き入れてあった。ぼくにとっても彼女にとっても大切な日。〝私たちが時間と呼ぶものは、いくつもの要素が、何層もの階層が複雑に集積したものである。より深いところでは監視の目にさらされ、時間は一つまた一つと階層を失っていく〟と物理学者は書いている。だが、ぼくはこうした階層、こうした組成、こうした錯覚を通して苦悩を手放すことができた。命あるのはそれらのおかげなのだ。

ぼくはカミソリと割れたプラスチックをトイレットペーパーで包んで外のゴミ箱へ捨て、残りのカミソリを流し台の下へ置き、ナイフを抽斗(ひきだし)に戻してから、妻を迎えに空港へ車を走らせた。


十日後の五月二十二日午前九時三十分ちょうど、デニース宅の私道でアニーとぼくは抱きあって涙を流した。しばらくそうしていたら、ゆったりした白い麻のつなぎを着て、豊かな白髪をねじって高く結ったデニースが母屋からおりてきて自己紹介し、自分が引き受けたからには何の心配もありませんとアニーに請け合ってくれたことは、アニーにはとても大きな意味があったと思う。ぼくはもう一度アニーを抱きしめて数時間後に会おうと言った。アニーは車に乗ると窓をおろしてぼくにキスしてから、仕事をするため最寄りの町のコーヒーショップへ向かった。

ぼくはデニースについて網戸から治療室へ入った。セコイアの林の中、母屋より二ヤードほど低い場所に小川に張り出すように建つ小さなバンガローだった。風通しがよく、シダーの香のにおいがした。並ぶ窓は、その部屋を包むガラスのリボンのようだった。窓の多くは開け放たれていた。室内に差し込む輝く光。こぢんまりしたキッチン、バスルーム、ソファとフロアシート一脚ずつの応接セット、部屋の中心に大型の療養ベッド。全体は、ぼくのオークランドのアパートメントのリビングより少し大きいくらいだった。ベッドのそばに、薄いものから重さ二十ポンドのものまでさまざまな厚さの毛布が積んであった。ベッドの周囲に、各種の宗教儀式に用いる器具が並べてあった——チベットのシンギングボウル、魔除け（ドリームキャッチャー）、カトリック教会の祈りキャンドル、見たことのないイコン二つ、シダーの香りのする木のボウル、鳥の羽。黒い小型スピーカーと植木鉢があちこちに置かれていた。

デニースと雑談しているうちに緊張がほぐれ、自分がいる場所の感覚がつかめてきた。二日前に、彼女のやり方に慣れるために病院の彼女の部屋で小さなトローチ状のケタミンを使った準備治療を行なった。

「先日の治療の影響はありました？」デニースはそう言いながら、錠をかけた抽斗から、干したシビレタケ（サイロシビン・マッシュルーム）を入れた大きなフリーザーバッグと秤（はかり）を取り出した。

ぼくは、自分自身と自分のうつ病とのあいだにつかのま距離ができたことにめざましい可能性を感じたことと、長年アルコールとカンナビス以外に本格的な薬物経験はなかったので、化学的に言えば、多少〝通常の状態に戻る〟のは気分がよかったと話した。

「今日はもっとずっと幅広いことを経験するわ」彼女は微笑みながら言い、乾いてねじれたキノコを秤で五グラム量った。そして手を止めてぼくを見た。「いつも最後にこう訊くの。この治療の強烈な刺激を受け入れる準備はできているかしら？」

「はい」ぼくは言った。「大丈夫です。正気を失うことはないと思います」

「あら、いいのよ――正気を失っても。あなたは戻ってくる、以前よりよくなってね」彼女はにっこり笑って、ぼくの肩をそっと撫でた。「始めましょう」

彼女は黒いキャンバスのエスパドリーユをするりと脱いでズボンの裾をめくりあげ、最初に瞑想をしますと言った。ぼくはベッドの中央で足を組んで座り、彼女はベッドの足元付近でヨガクッションに座って足を組んだ。二人で呼吸し、自分の内側に意識を向けた。彼女は東西南北の方角を示してから、ぼくの意図、薬によって得たいものを声に出して言ってくださいと言った。ぼくは病気を治したい、二十年以上続く苦しみから解放されることを願っていると言った。うつ病と離れたかった。自殺したいという終わりなき衝動を終わらせたかった。デニースから気分はどうかと訊かれて、思わず泣いてしまって自分でも驚いたが、この日を迎えられるかどうか自信はなかったと説明した。破滅の間際まで行ったからこそここにいられて感謝の気持ちでいっぱいだと言い、そのあと、人生で初めて、心の健康へ、癒やしへ働きかけるなにがしかの手段を手にしたように感じる、何が起きようと覚悟はできていると告げた。これ以外の道は死だった。

つぎにデニースはシダーの香に火をつけて煙を立てた――初めに自分自身に、そのあと羽であおいでぼくに煙を振りかけ、ぼくの頭と手足と胴体に白い煙をまとわりつかせ、癒やし（ヒーリング）の空間としてその場を清めた。カウンターへ歩いていって、キノコを木皿にのせて戻ってきた。木皿には、ハチミツ入りの小さな容器とカカオ豆二、三個ものっていた。メキシコのマサテック族――その人たちから彼女は教えを受け、ぼくたちは恩恵をこうむっている――の宗教的儀式において、彼らが〝小さな子どもたち〟と呼ぶこの聖なるキノコはハチミツとカカオ豆と一緒に供されると彼女は説明した。ハチミツがあると飲み込みやすくなるし、カカオ豆は消化を助けてくれる。「時間をかけて食べなさい」デニースは言った。「自分がしていることや、ここにいる理由をじっくり考え、それらが聖なる薬であることを心に納得させます。薬を味わいます。これから少しのあいだここを離れて、母屋でトイレへ行き、お茶を淹れます。またすぐにおりてきます」終わったら外に出たくなるだろうから、そのときは外に出ろと勧められた。

小さな家で一人きりになったぼくは、深呼吸を一つしてから食べ始めた。予想していたほど、または覚えていたほどのえぐみはなかった。乾いていて、風味はなく、そこはかとなく苦い。噛みながらハチミツを指につけて舐めた。食べ終わるとカカオ豆を皮ごとかじった。しっかりと意識して、さっさと食べた。後戻りできないようにだ。空になった皿を見つめて、足を組んで座っていた。数年前アントニーが読み聞かせてくれたときも、こうしていたんだった。心の中で彼に感謝し、ここに来るまでにずいぶん時間を無駄にしたことを謝った。それでも、ぼくはここに来た。ごろごろ鳴っているおなかがその証拠だった。

外へ歩いていって木のあいだでおしっこをし、少し時間をかけて自分の内面に集中した。梢のあいだから晴れわたる金属的な青い空が見えた。ヒメコンドルが飛んでいった。〝おまえはいったい何をやってるんだ〟という考えが突如湧いたが、どうしようもなかった。「試さないほうが理不尽だ」と自分にささやいてから、呼吸して身体を思いきり伸ばし、手足を揺さぶり、太い木の幹と日差しのあいだをあてもなく歩いていると、デニースが戻ってきて、中へ入りましょうと言った。

毛布をかけたければ一枚選んでくださいと促された。ベッドに横になって重みのある毛布を頼むと、それをかけてくれた。そばにいるから、どんなことでも遠慮せずに言ってほしいと彼女は念を押した。毛布がじゃまになったら彼女が取り去る。マッサージしてほしければ、そう言えばいいだけだ。言いたいことがあれば、安心して口にしてほしい。書き留めておきたいことがあれば、彼女が書き留める。彼女はメモも取る。最後に、アイマスクを選んだ――黒い発泡プラスチック製の大きなアイマスクで、目を開けられるように丸く削ってあった。ぼくが枕に頭をのせてアイマスクをつけると、それが始まった。

感情の巨大な波がいくつも押し寄せた。重みのある波。ずるそうな口ひげを生やしたアニメ顔がさまざまに表情を変えて見え隠れし、それが組み合わさって壁紙のプリントのようなパターンでちらつく波。ぼくに見える顔はそれだけだ。それらは心臓が凍るほど恐ろしかった。

ぼくはかつてなかったほど激しく泣き叫んでいた。あまりに激しいので自分の口が大きく横に広がったように感じ、そのあと、自分の顔がまっぷたつに裂けているからそう感じるのだと気づいた。この感覚が強くなると、アニメ顔は消滅して、あらゆるものが振動し、揺れ、その後恐ろしい勢いで重低音を発し始めた。いまはぼくのすべてが壊れ、一つ一つの粒子にまで分解された。このままにしておくことに純粋な恐怖を感じたが、もっと大きな自由がその向こう側で待っていた。空間と時間が崩壊した。ぼくのまわりで大きくて明るいものが轟音を立て、それがもっと大きな音になり、もっと明るくなり、粒子のすべてが飛び散ってばらばらに、離れ離れになり――そしてぼくは死んだ。

その日、ぼくは何度も死んだ。何度も。何百回も。たくさんのことを経験した。そのほとんどは言葉を超えるものだが、そうでないものもある。それが終わったら――すぐにすべてを分かち合おう。すぐそこだ。距離が縮まるのを感じる――千年の眠りから目覚めたように感じた。うつ病は消えていた。不安障害の記憶すらなかった。反芻思考もなかった。宙を舞うほこりのように身体が軽かった。信じてもらえないかもしれないが、信じることで何を失うというのか。とにかく事実なのだ――自分がこうして生きていることが嬉しくてしかたない。これは贈り物だ。7号車の男性客から漂う煙草と体臭が一対となった独特のにおいを嗅いで、ぼくはもっと深く息を吸った。何度も何度も呼吸していると、一瞬G-ラフ・ホテルのバスルームで渦巻く水蒸気のにおいを嗅いだような気がしはじめる。ホテルではきっと今ごろ、その日、祖母の作品を長年扱ってきた由緒ある宝石専門店へ行ったアニーが、段差のないすてきなウォークイン・シャワーで身体を洗っているだろう。シャワー室の壁は鏡面のサブウェイタイル張りだから、壁じゅうに数百のアニーが映り、映ったそれが端の三角部分や隅のタイルにまた反射しているだろう。グレープフルーツの香りのするマリン・アンド・ゴッツのシャンプーとコンディショナーで髪の毛を洗い、ピンクのカミソリを脛（すね）で滑らせ、湯で流し、タオルで拭いてから、灰色熊（グリズリー）の毛皮のように分厚く重い竹の繊維で作ったローブをはおり、地元の白ワインをグラスに注いで、らせん階段を登って専用テラスに出る。あっというまに夕闇が広がっていく柿色の空を、ムクドリと、すぐそこのナボナ広場で露天商が売るＬＥＤ搭載フライングスピナーが飛びまわり、永遠の都のどこかで鐘が鳴っている。ここまで生き永らえて、サンフランシスコから到着してハネムーンが始まった十日前に、生まれて初めて目にした楽園。

　飛行機は午後の遅い時間に着陸した。食品店（サルメリア）の地下で楽しく食事をしてから、翌朝までぐっすり眠った——ローマで丸二日過ごしてからシチリア島へ移動し、そこで五泊してまたローマに戻ってくる計画だった。一日めはローマ市内を歩きまわり、時差ぼけ解消のために、アメリカ以外でしか買えないようなばかでかいボトルの水をがぶ飲みした。ランチをすませるとアニーは、宿泊している——当然Ｇ－ラフとは別の——豪華ホテルへ戻って昼寝すると言い出した。ぼくは、トラステベレ地区の名所の一つ、バール・サンカリストへぶらぶら歩いていった。インスタグラムでフォローするようになったが、なにがきっかけでそうなったかは覚えていなかった。

　旅行に本を三冊持ってきた。ジュゼッペ・ディ・ランペドゥーサの『山猫』はシチリアで読むつもり。ＬＤの第一作である『マーメイド』は、もう一度読んでくれと呼びかけられたような気がして本棚にあったその本を衝動的につかんだ。ジェフ・ダイヤーの『まったくの激情から』は、イタリアに発つ二、三日前にLDからもらった本。治療の報告がてら、一緒に食事をした――前回した無駄話の罪滅ぼしのつもりだったが、とても心配してくれていて、自分のことのように喜んでくれた彼女を見て頭がさがった。別れ際に、いくぶんいたずらっぽくダイヤーの本を差し出してきて、気を悪くしないでおもしろがってくれるといいんだけどと言った。どういう意味かと尋ねると、本を書かないことを描いた本だからと言う。ぼくは笑った。自分が笑ったことが可笑しかった。なんと才たけた人だ、と思った。温かい不慣れなエネルギーが胸に広がった。必ず読んで報告するとぼくは言った。

バールの外の、ペローニのロゴがプリントされた木の小テーブルにつき、ペローニというビールの茶色のボトルを前にしたぼくのリュックに入っていたのはその本だった。その本のことは何も知らなかったが、数ページ読んで、D・H・ローレンスについて書かれた本ではなく、ジェフ・ダイヤーという作家の書いたノンフィクションだとわかった。ローレンスのことは基本的によく知らなかった。ずっと前から『息子と恋人』は持っていたが、読むたびに心が拒絶した――脳の皮質に紙やすりをかけられるような散文体なのだ。ローレンスとその作品について何も知らなかったからいっそう興味が湧いたものの、ぼくがとくに読みたかったのは、ダイヤーが書くことになっていた物語を書かない物語だった。ダイヤーが、ぼくの身を細らせたあの二年と類似した経験をしたのかどうか知りたかった。

ぼくは読み始めた。本を読むのはいい気分だった。治療後、読書の仕方が変わった――すぐに集中できるようになったし、言葉がぼくの心を包み込み、しかも内部を動きまわるようだった。バールの日除けの下にいても太陽はまぶしくて強烈で、若いローマ人たちの話し声はうるさく、のべつ煙草を吸っていて、ニューヨークの若者たちとよく似ていたから、なんとなく地元にいる気分だった。二ページめに進んだ。

なんとなく知らないうちにローレンスについて感動的な量のノートが集まっていたのだが、いま明らかなのは、これらのノートは、ローレンスに関する本の準備や書く手助けにならなかったばかりか、それを後回しにし延期することに役立ったことである。珍しいことでもなんでもない。世界じゅうの人々が、延期し、遅らせ、身代わりにする口実としてノートを取っているのだ。

思わず吹き出してしまい、ビールをこぼすところだった。このぼくこそ、ここで描写されているとおりの、最後の一文の複数形に含まれる人間だ。LDに会いたくなった。そこからほんの数ページあとで、本を書くためにローマに移り住むことを決心したとダイヤーは書いている。絶好のタイミングだ、と思った。生まれて初めて来たローマで初めて読んだ数ページで、ここに移り住んだ英語使用者の手記に出会えるとは。さらに数ページあと、正確には十六ページと十七ページで、ダイヤーは、パリに置き忘れた本を持ってきてくれた男と会う段取りをつける。そして〝サンカリストで落ち合い、私は彼にコーヒーをおごり、彼は本を差し出した〟と書いている。背筋がぞっとした。監視されているんじゃないか、垣根の奥にカメラマンが隠れているんじゃないかと半分疑いながら、あたりを見回した。ただの偶然だが、それの何かが——治療の名残だろう——宇宙的な広がりを感じさせた。イタリア人がそうするからというだけの理由でボトルからずんぐりしたタンブラーに少量を注いで、ぼくはペローニを飲んだ。そのおかげで、すること全体に風格が感じられた。そして煙草に火をつけた——ふだんは吸わないのにヨーロッパで吸うのはやっぱり、なんとなく風格があるからだ——そして読み進めた。ダイヤーが急いでローマからギリシアへ移動すると、ぼくの心は軽くなった。ページはぼやけて通り過ぎ、言葉は心の中や周囲を苦もなく進んだ。だが、そのあと、次の文章がプラスチックの椅子に座るぼくを驚かせた。

夜はのろのろ歩いて……近くのバール、サンカリストへ行った。バーテンダーのファブリツィオがいつもの不機嫌さを包括的世界観のレベルにまで引きあげていた。びくとも揺るがない仏頂面で、触れるものすべてを台無しにした。ジェラートのカバーを乱暴に開け、ジェラートをえぐり出し、それをグラスにぞんざいにあけ、そのグラスをカウンターに無造作に置く。

ファブリツィオのこの描写を読んでいたとき、ついさっきぼくにペローニを売ったバーテンダーのファブリツィオ本人が、ぼくの背後でダイヤーが描写したとおり、ぴったりのタイミングで――〝ジェ、ラ、ー、ト〟た。ジェラートのアルミ容器のふたがあたる金属音をリアルタイムで聞きながら読んだ。本に描かれた動作の一つ一つが一時的現実と一致した。それとも、一時的現実が本を書いていたのか？　めまいの反対のものと呼びたいようなことを経験した――自分の感覚はもはや感覚ではなく、データの奔流の解釈と推量でもなく、事実だったかのような。その瞬間と物語が一体化し、ぼくの声ではなくダイヤーの声が頭の中のぼくの声となって、起きたとおりそっくりそのまま展開する二度めの未来を明確に読み上げ、ぼくを消し去った。混乱は感じなかった。治療中に何度か死んだときのように、まさにその場にいるのだ、過去と未来がぶつかる点、すなわち自分は消滅し、存在しなくなったその一点に確かにいるのだと感じ、すると果てしなく広がる平穏がぼくの中で脈打った。ぼくに何かが起きていたのか？　聞いていたのは何の声か？　読んでいたのは、ＬＤが読んだのと同じ本か、それとも、ぼくの経験の量子場で書かれた別の本か？　それがなんであれ、サンカリストで考えるには手に余ったので、本をリュックにしまって呼吸に意識を向け、バールの名の由来であるカリスト教会が作る影、敷石の上を滑るように動く影に心ゆくまで見ほれた。ぼくは敷石の道をのんびり歩いてホテルへ戻り、エアコンのきいた部屋の高級ベッドのアニーのそばに潜り込んでうたた寝した。眠るぼくの頭の横で、呼びだし音を消した電話が光った。リシャードからの三通ものの

Eメールと音声メール一通だった。企画がつぶれたらどうなるかという心配と恐怖を並べたてたスレッドがまたもや送られてきた。前回のスレッドと電話で話したことの繰り返しだった。メッセージというよりは埒（らち）もない泣き言で、メールを送ってから思いついた内容を付け足してまた送り、やっぱり電話したほうが早いと考えたのだろう。

ディナーに出る前にアニーが返信メールを何通か書くというので、ぼくだけロビーのラウンジへおりて、通りに面した外のテーブルにつき、カクテルのネグローニを注文してから、リシャードの音声メールを聞いた。なんてことはない内容だったのに、ろくに聞いていられなかった。わずらわしいんだがわずらわしいからではないし、自分の苦しい立場を説明するついでにでしゃばってぼくの将来の窮状まで言い立ててくるが、そのせいでもない。まったく希望が持てないような、すっかり自信をなくしたような口調だった。彼の声にぼく自身の、治療前の声の名残を聞いたような気がした。実際の声ではなく、頭の中の声、ミストの声。誤解のないように言うと、天の声でも空耳でもなかった。ぼくを呼ぶ声、引き戻そうとする声ではなかった。すべては終わったのだ。でも、誰かの内部でいまも繁栄しているそれを、こうも間近で見せつけられると――何も言えなくなる。ぼくまで少しめげた。地獄から逃げようと必死になっているとき、その地獄が外からどう見えているかは考えない。とくに、それがどれほどちっぽけに見えるか考えない。ちっぽけだし、くだらないし、現実離れしている。堂々巡りで無意味なことを考えているだけ。リシャードの話を聞いていて、ときどき人から「吹っ切ったらどうだ」みたいなことを言われた理由がわかった。実際、そう言いたくなるほど簡単なことに見えるし、それがその力の源なのだ。ほんの一瞬だが、ぼくでもそう思ってしまった。そこから脱してまだ数週間しか経っていないのに。リシャードが基本的にぼくに親切だったことはないとか、窮地に立つもの同士助け合おうといったのはでまかせだったとかは気にならなかった。陰では苦悩していたのだ。そうはいってもぼくにできるのは、ひどく神経をすり減らしているようだが大丈夫か、ぼくも不安に思っているというメールをすぐに返して、事態が変わることを期待することくらいだった。そのあとテリーにメールを送った。物理学者とやりとりしてきたのはぼくではなくテリーの事務所だ。もう一度物理学者に働きかけてもらえないか、それと、申し訳ないがリシャードに、ぼくにできることはまったく何もないことを再度説明してもらえれば、一日に何度もぼくに連絡してくるのをやめるんじゃないかと伝えた。〝彼は現在のひどい状況をぼくに忘れさせたくないんです〟とタイプした。

二日後、シチリア島カターニア行きの朝の便に搭乗する列に並んでいると、アニーが気分がよくないと言いだした。

「どうしたの？」ぼくは尋ねた。

「体が燃えるように熱いわ。熱くない？」

アニーは見てわかるくらい汗をかいていた。外は暑かったが、ターミナルは冷房が効いていた。

「それにおなかが痛い。けいれんしてるみたいに」
言われてみれば顔色も悪かった。血の気がなく、汗をかいている。心配だった。カターニアへは飛行機で一時間とかからない。飛行機に乗れそうかいと訊くと、大丈夫だと思うと答えた。

機内ではずっと、アニーは天井の小さな空気バルブに顔を向けて、座席の背のポケットに入っていた安全のしおりであおいでいた。その額ににじみ出る汗が見えた。「少しはよくなった？　変わらない？」ぼくはささやいた。「悪化した」と彼女がささやき返したとき、飛行機は翼を傾けて降下を開始した。彼女はぼくの手をぎゅっと握った。不安だからではなく、機体の姿勢が変わるたびに感じるつらい吐き気をこらえているのだ。

カターニアの空港で、タオルミナの海辺のホテルまでぼくたちを運ぶ運転手が待っていた。さいわい、シチリア島の貸し切り自動車はすべて黒のメルセデス・ベンツで、驚くほど高級感のある後部座席と、半年におよぶ島の灼熱の気候に必要な強力エアコンを備えていた。アニーのことを考えると道中が心配だった——この島の道路は吹きさらしの急カーブや先の見えない箇所が多く、海沿いの断崖にかかる橋が突然出てきたりして危険なことで有名だった。一般的に言ってクラシック調というよりジャズ調のイタリア人の運転がそれに輪をかけた。アニーは後部座席で体を丸め、エアコンが効いててよかったとつぶやき、目を固く閉じて乗り物酔いを我慢している。後部座席から景色を眺めていたぼくは、日光の質が違うことに、それが真上から降り注いで見えることにすぐに気づいた。金色に輝いていた。いや、セピアに近いか。そうだ、セピア調。『ゴッドファーザーPARTⅡ』の冒頭シーンのあの色合いそのまま。ビト・アンドリーニ——ビト・コルレオーネとなる前——の父親の葬列が殺風景な岩だらけの谷を進んでいる。突然の銃声。マフィアによる待ち伏せ攻撃、こときれた兄が発見される。続くシーンで同じセピア色の光の下、石の上に倒れた黒っぽい服の死体。若きビトと母親は、父と兄を殺したマフィアのボスの邸宅（パラッツィーナ）へ行くも、ビトの命乞いをした母はビトの目の前で殺され、ビトは命からがら逃げる。メルセデスの中からブーゲンビリアとクチナシとキクも見えた。ほとんどの家のバルコニーや岸壁を飾っていた花々。そうだ、これと同じ光、とても印象的な光を、父と並んでソファに座って初めてそれを見たことを、クリスマスの夜にその映画を見たことを覚えている。一日じゅう『ゴッドファーザー』PARTⅠとPARTⅡを続けて放映しているチャンネルがあり、夕食のあとの遅い時間にPARTⅡがちょうど始まって、父はみんなで見よう、ぼくに見ろと言って聞かなかった。「これぞ芸術作品だ」と父は言った。何も考えずに言ったのだろうが、ぼくに関係して〝芸術〟という言葉が出てきたことが、父がそれまでとはまったく別の目でぼくがどんな人間になりつつあるか見ているような気がしたのと、ぼくを認めてくれただけでなく、ささやかな贈り物として、確実にこの映画を見させてぼくを応援しようとしていると感じた。だからもちろん、誇らしい気持ちのまま父の横でそれを見ていて光に色がついていることに気づいたので、昔のものは全部ああいうふうに見えるのかいと訊くと、違う、昔の写真みたいな古い感じを出すために監督が特殊効果を使ったんだと父は答えた。だが、シチリア島に来て、それが特殊効果などではなく、島本来の光、〝遠い昔に存在した〟光、すでに終わっているものの光だったと知った。あのときメルセデスの中から父に電話して、この光のことを話したかったが、変なことを口走るのは自分の賢さを見せつけたいからだと誤解されるのがおちだから電話しても意味はないだろうと思った。もちろんぼくにそんなつもりはさらさらない。それか、その二本のDVDがあるからコピーして送ってやろうかと言うだろう――でも、そう考えてもいまは悲しみで胸がいっぱいにならない。治療を受けてわかった。いまはわかっている。電話はしなかったが、日記に事細かに書いておいた。車の中でゆったりとくつろいで楽園を愛でるうちに、タオルミナの静かな入江のビーチ沿いにある贅沢なホテルへたどりついた。もとはイギリス人一族の避暑用の邸宅を、イギリス人のホテル経営者が購入し、崖の上の街中に建つホテルの別館として使っている。明日の夜は上の本館で食事をする予定。部屋へ――白い大理石の明るくひんやりした空間と白いリネン類と白い壁と海を見晴らすバルコニー――案内されるなり、アニーはバスルームへ駆け込んだ。中から苦しげな音が聞こえてきた。できるだけ聞かないようにした。出てきた彼女は、ぼくに本当になんともないのかと尋ねた。ぼくは少しやましい気持ちでなんともないと答えた。「何か悪いものでも食べたのかな？」

「かもしれない。でも少しよくなったみたい。海辺で昼寝したいわ」

ビーチには、イタリアの伝統にのっとってパラソルと長椅子がきちんと並べられていた。

ウェイターが優先席に案内してくれて、タオルを広げながら、季節はずれの強い浜風が吹いていることを詫びた。アニーは横になって目を閉じた。そこの風景があまりに美しいのでぼくはじっとしていられず、本も読んでいられなかったが、浜風のせいで海で泳ぐには寒かったから、アニーの耳元でプールのほうに散歩してくると告げた。岸壁の反対側に、海に突き出したインフィニティプールがあった。

水温管理されたプールを独り占めした——動かないサファイアの一枚板。できるだけ水面を乱さないようにそろそろと水に入り、インフィニティの縁へ行って入江を見晴らす——リゾートの後方の黄色い草の生えた小高い丘、ブーゲンビリアとリュウゼツランが生い茂る切り立った崖、下の真っ青な海を走り回る先祖伝来の小舟——そのときぼくは、こうして生きて、ビーチの長椅子で丸まっているアニーを含めたすべてを見られたことに対する感謝の念でいっぱいだった。もちろん、アニーの不調に感謝していたわけではない——残念に思っていた——が少なくとも、そのとき彼女のためにそこにいようとする特権がぼくにはあったし、いまの不調をやり過ごしたら、すばらしい数日を一緒に過ごしたかった。

いっそう強くなった浜風が海上で波を立てていた。プールで長々と浮いていると、なぜか肉体の外へ出たような感じがした。感覚は自分という枠を超えて大きく広がった。ぞくっとする冷気が走り、ぼくはプールの縁に戻ってアニーを見おろしていた。そんな遠くからでも、さっきよりもっと小さく体を丸めているのが見てとれた。プールから出て、毛布代わりにかけてやるつもりで、置いてあったタオルを何枚か取り、木道を歩いてビーチへ戻った。

アニーは目を閉じて小さくなっていた。風がかなり吹いていた。

「気分はどう？　毛布代わりのタオルを何枚か持ってきたけど、部屋へあがったほうがいいかもね。震えているじゃないか」

「さっきより悪くなった。めまいがして胃がすごく痛いの。目を開けたくない。〝食中毒〟でググろうとしたけど、目がまわってスマホが見られない。あなたはまだ何ともないの？」

そばにしゃがんで、どうしようか考えようとしたとき、ものすごい突風が吹いて、固定されている下のポールからパラソルの上半分が浮き上がり、アニーの長椅子の上に落ちて突き刺さった。ぼくは考える間もなくそれをつかみ、啞然として、アニーとぼくでそれが落ちた場所を見つめた。アニーの頭のすぐ上だ。椅子に座っていたら、眉間にあたってほぼ確実に死んでいただろう。

二人のビーチ係がイタリア語で叫びながら走ってきて、ぼくの手からパラソルを取りあげた。ほかの客たちは体を起こし、こちらを見るかささやきあうかしている。誰かが悲鳴をあげたとアニーがあとで言ったが、悲鳴は聞かなかった。係員に、彼女が死ぬところだったんだぞと怒鳴った。二人はぼくをじっと見た。そこにいたくなかった。怒りたくなかったが、怒らずにいたくもなかった。「それで？」ぼくは二人に言った。彼らは顔を見合わせてから、またじっと見てきた。

「行くわよ」ぼくの腕をぐいと引いてアニーが言った。「いますぐ行かないと。非常事態」腰を大きく曲げたまま長椅子から立ちあがって建物へ急いだ。部屋まで来ると、アニーはまたもやバスルームに突進し、こんどは激しく吐いた。彼女の背中をさすっていたら、涙があふれてきた。もどしながら、そのあいだにごめんねと謝るので、とんでもない、謝ることなんかないよとぼくは言った。

ひどくつらそうな彼女を見ていて、見ているしかないことに無力感を感じながら、何年もそういうふうに思ってきたにちがいないアニーの気持ちを考えたら、自責の念と悲しみがとてつもない重さでのしかかってきた——立っているのがつらいほど——そのとき、これが治療後に初めて経験する真の悲しみだと気づいた。だが、思い出せるどんな悲しみとも全然違っていた。ぼくが空中で受けとめている信号のような、ぼくが一時的に接続された周波数のような感じがした。それに対して治療前は、内部から伝わってくる震えというか、震えでないなら、ぼくの細胞の核の中でかき鳴らされる、ある意味でとても基本的な和音(コード)のようだった。基本的というのは、ぼくが誰であれ、ぼくという人間は気鬱をもとにして作られているように思っていたからだ。つまり、喜びから空腹から退屈まで悲しみ以外のすべてが、ぼくを真実から遠ざけてきた生彩を欠く無意味な信号だった。アニーの気分がすぐれないことに胸を痛めていたが、この新しい悲しみに歓喜して目が涙で曇った。起きていることを、しかし自分の身に起きているのではないことを体験しているだけの取るに足りない悲しみ。

自明のことだとか、ともすれば少し愚かしいとか、自己中心的だとか思われてもしかたないが、新たな現実を分析する方法を学習しているような感じというほかに説明のしようがない。以前はそれぞれの瞬間が、より大きなたった一つの喪失に寄与する喪失の機会のように感じていたとすれば、いまはそれぞれの瞬間は、より大きな連続する始まりにおける一つの始まりのように感じられた。こんなことを言えば、いっそう愚かで見え透いていると思われるかもしれない普通の人は〝この男はいったいどういうつもりだ？〟と言いたくなるだろう。それでいい。ぼくが求めるのは、各自が〝うつ病から回復した人の人生観を聞くと、なぜ反射的に嫌悪へ引き戻されるのか？〟と自問することだ。さらに付け加えよう。そうして引き戻したのは自分か、それとも別のものか？　あごをいっぱいに開けば、そこには、最初からがっちりと馬銜（はみ）がかけられていたことに気づくだろう。馬銜から伸びる手綱は、とても魅力的で操作がうまくて最終的に成功するベビーシッター——少女のシニシズム——へつながっている。時給で働く彼女は、実際よりもあなたは自由で老練で知恵があるとあなたに思わせる。

ドアがノックされた。たぶんメイドだ、と思った。出直してくれ。アニーのそばを離れたくなかった。ところがノックは止まなかった。あとにしてくれと叫んだ。途切れたと思ったらまた始まって、いますぐどうしても話さなくちゃならないと思っている人なのだろうかと思わせるような独特のリズムになった。しかたなく「まったく」と大声を出し、追い払ってくるよとアニーに言ってから一目散に走っていってドアを少し開けたら、客室係と、銀のワインクーラーに入ったシャンパンのボトルとクープ型のグラス二脚と封筒をのせた銀のトレイが見えた。そのトレイをひったくってアニーのところに戻りたかったのに、ぼくが手を伸ばすと、客室係は身を引いた。「お客様、どうか――私にやらせてください」

「いいんだ。自分でやる」そう言ってまた手を伸ばすと、彼は嫌がるかのように後ずさりした。アニーがもどす音がはっきり聞こえた。客室係とぼくは目を見かわした。「たのむよ」ぼくは言った。

「お願いします」客室係は子どもみたいににっこり笑いながら言った。胃酸がにおったように思った。任された仕事をやり遂げなければまずいことになると心配しているのだろう。ぼくがそのトレイを受け取ったら、フロントに電話して、彼は自分でトレイを置かず、客にやらせたと告げ口でもするんじゃないかと。アニーがまたもどす音がしたが、ぼくたちは聞こえないふりをした。最後はぼくが譲歩して、彼を少しだけ部屋に入れてベッド脇のテーブルにトレイを置かせてから、彼の体を肩で廊下へ押し出した。アニーのところへ走って戻る。すると彼女は体を起こして、大理石の浴槽にもたれていた。「おいしかったザバイオーネつきキッシュにちがいない」アニーは言った。「あなたは食べなかったでしょ？　あなたはモルタデッラのサンドイッチか何かを食べて、わたしはキッシュのザバイオーネ添えだった。朝食よ。コックがやってきて、小さめの銅のソースパンからお皿によそってくれたわ、覚えてる？　たぶんあれよ。生卵が入ってたにちがいない。調べてくれない？ 卵が生の状態だったのよ。卵なら話は違ってくる」

アニーの言うとおりだった。ネットで調べると、ザバイオーネには生の卵を使う。あの朝、ローマの高級ホテルで用意された豪華な朝食で出されたそれを、ぼくは一口も食べなかった。モルタデッラのサンドイッチか何かを食べた。「かなりよくなった」と言ってから突然笑い出した。「ソースのせいだったのね。誰だったの？」

「客室係のウェイター」

「なんの用？」

「シャンパンのトレイを持ってきた」

「なんで？」

「知らない」

アニーが立ち上がって、シンクで顔を洗って口をゆすいでから、二人でトレイを念入りに調べた。封筒には、ホテルの筆頭コンシェルジュからの、パラソルの件について非常に丁寧なお詫びと、謝罪のしるしとしてシャンパンをお受け取りくださいという旨が見事な筆記体で書かれた手紙が入っていた。

その夜は、念のためにアニーがいつでも部屋に帰れるように、ホテルの海辺にあるテラスレストランで食事することにした。ぼくはさっとシャワーを浴びてから、テラスのカクテルバーへ行ってアニーを待った。バーで、ものすごく値の張りそうなコットンの服を着た大柄なはげ頭の男の横の席についた。ほかのどんなコットンとも違って見えるコットンだった。ぼくはネグローニを注文し、それを飲みながら、いま一度入江を眺め、すべてをおおうセピア色の光にうっとりと見入った。光そのものが薄いガーゼのようだった。かすみといっていいかもしれない。そう思ったら笑みが浮かんだ。頭の中で〝ミスト〟という言葉を言えたのは驚くべきことだった。それはもはや何の力も持たなかった。とてもばかばかしく、とても遠くに感じるいっぽうで、過去に縛られた感覚が減って前より身軽になり、現在という時間に全身をゆだねた。このことを話したらアニーがどんな顔をするか楽しみだ、と思ったそのとき、ザバイオーネを添えたキッシュのせいでさっきまで吐いていたアニーが思い浮かんだ。そうだ、ザバイオーネだ。ザバイオーネについての考えが形をなしたちょうどそのとき、腕時計をチェックしようと文字盤を目にしたぼくはカクテルにむせそうになった。針は動いていなかった。動いていないというか、その場で小刻みにふるえていた。物理学者が著作で〝固有時〟と呼ぶ、この腕時計が示している時間は、なんらかの宇宙の法則ではなく、私たちの時間体験への射影であると知ってはいたが、自分の目の前でそれが崩壊するのを見ることになるとは思っていなかった。

「バッテリーが切れていますね」背後でドイツ人らしきアクセントの声が言った。はげ頭の男だった。「針がそうなるときはバッテリーが切れそうだと知らせているんですよ。そのうちまた動きだしますが、秒針は一度に数秒刻みます」

「ああ、そうでした」ぼくは知っているふりをした。「壊れたわけじゃないんですね」

「ええ、もちろん壊れてませんよ。そういう作りなんです。本当です。私はスイス人ですから」彼はにっこりした。

恥ずかしかった。顔に驚きが出ていたのはまちがいない。ぼくは知らなかった。腕時計を持ったのはこれ――アニーからのクリスマスプレゼント――が初めてだ。マティーニを持ってテラスガーデンへ行くという男に礼を言った。その後まもなく、ディナー用に装ったアニーが、男が歩いていったのと同じ庭園の道をゆっくりとおりてきた。アニーを眺めながらたくさんのことを考え、そのすべてが明快だったが一つだけ例外があった。ザバイオーネを添えたキッシュのことだ。じつはぼくも少し食べた。アニーの皿から二口ほど。確かだ。だったらなぜぼくは吐かなかったのか。アニーを不安にさせるといけないので、話さないことにした。胃痛の原因だと思っていたものがじつは原因でないとすると、もっと深刻なものである可能性が出てくるし、そうすると彼女は不安を感じて内にこもるだろうが、それだけは避けたかった。それに、明日になればすっかり治るだろうと思っていた。

ところが翌朝、アニーの胃はやはり不調だった。ぼくたちはとりあえずビーチへおりた。風はなく、海は静かだった。アニーは長椅子でくつろぎ、紅茶を注文した。ぼくは海へ直行して、入江の真ん中に突き出した大理石の岩まで泳いだ。岩にはずっと昔に彫られた階段があり、手すりの名残の錆びた塊が点々とこびりつき、階段そのものは、信者の足でへこんだバチカンの階段みたいに波で侵食されていた。ぼくは岩の頂上で身体を横たえて景色を眺め、入江をすっぽりとおおうシーツのような光に、断崖やイトスギやレモンの木や、紫色のあごひげのように岩のすきまから垂れさがるブーゲンビリアや、メドゥーサの頭のように身をよじるリュウゼツランに反射する光に見ほれた。ホテルのテラスから香ってくるベルガモット。どこもかしこも咲き誇る花と芳香と生命にあふれていたが、なのにぼくは、あらゆる場所にひそむ死を感じ始めていた。不快ではなかった。光が暗示していたのはそれだった。だから、銃撃が始まって岩の上に放置されたビトの父親の黒い柩が、テレビ画面から四角く切り取ったかのような真っ暗な空間として輝いている。変化に対して激怒する平和、あきらめ、不本意がある。カターニア市内を、そのあと村々を通り抜け、丘や断崖をめぐり、赤茶けた土地を走り、この島に来て最初の二十四時間を過ごしてぼくにわかったのはそれだ。すでに幾度となく気づいていた。人類が何世紀も見つめ続けたせいで青色があせたかのように、光沢のあるまばゆい光が空を隠したときにだ。そのときですら下の海は、まるで空そのものが海に落ちて、水をすくったら手に色がつきそうなほどの地球の青色に染まったかのように、これまでに見たどんな青よりも深い青を放ち、そのあいだもぼくたちの背後で、人間が初めて海岸の岩の上をおそるおそる歩いたときもそうだったようにエトナ山は頭から湯気を立てていた。そしてそのとき、まるで完成した直後にレンガが崩れて化粧しっくい（スタッコ）がひび割れたかのように、また、まるでこの島が、エントロピーの主動力であり、我々が未来と呼ぶ、風を切って拡張してゆく広大な蓋然性の中心であるかのように、ここのどの構造物もかつては新しかったことが信じがたく思われた。ぼくのまわりの海が爆発してフラクタルな形となり、量子化された火花となり、原石に磨き入れたカットのような表面の屈曲一つ一つがまばゆいサファイアブルーに輝いたのち、それはさらに進展してもっと流動的になり、ぼくが座っている大理石の岩に合わせて、渦巻きと湾曲と上昇へと動きを変えた――ぼくの視覚面はぼくの視覚面であることをやめた――つまり、ぼくは主体であることをやめ、水を見つめながら、時空のゆがみを目撃しているのだと思った。ぼくはそれを明確に理解した。アインシュタインによって初めて紹介された法則、重力場、物体の周囲を動く物質としての時間、そのすべてがとても明快だった。ぼくは声をあげて笑い、立ちあがって水に飛び込んだ。

ビーチの長椅子に戻ってきて、パラソルの下のテーブルに取りつけられたボタンを押してウェイターを呼び、ペローニを注文してから、ローマでカリストの一件のあと開いていなかった『まったくの激情から』を取り出した。ウェイターがビールのボトルとグラスを運んできて言った。「急いで飲んでください。シチリアでは太陽の熱は日陰にも届きます」これぞ熱力学第二法則、ぼくのすぐ前で時間の流れを示す唯一のものだ――たっぷりと一口飲んで、生きていられて幸運だと思った。蓮華座のポーズで座って本を読みながら、言われたとおりにペローニを飲み、腕についた海水が乾いて塩になるのをちらりと見る。右側にいるアニーが自分のスマホでこっそりぼくの写真を撮っていることに気づいた。前は写真を撮られるのが嫌でしかたなかったのに、いまは気にならなくなったので彼女の好きにさせておいて本を読み続けるうちに、盗撮するアニーと文字のあいだで引き裂かれていた意識が、〝作家の写真は実際には人物の写真ではなく出版された作品の象徴――奥付――である〟という言葉でまた戻った。そこを読んで、少し鳥肌が立つというか、気持ちの奥が楽になった。その意見に共感したのだ。『ボーイスカウト』で使う写真を撮影したときに、じかにそれを経験した。エージェントのリーザと、どの写真を使うか相談していたときだった。リーザがたまりかねて、どれも気に入らないと打ち明けた。ぼくが〝魚釣りをする人〟みたいに見えると言うのだ。

「だって魚釣りするからね」ぼくは言った。「毛鉤釣り（フライフィッシング）」

「ええ、それはいいのよ、でも、そういう見かけはもう受けないの。最近はね。男っぽすぎる。男っぽい男は好まれないのよ。前に使っていた写真を使わない？」つきあい始めたころにアニーが撮った少し前の写真だった。「その写真じゃそれほど男っぽくないから」

「じゃあぼくは、えっと――女っぽく見える？」

「いいえ。そういうわけでは――気にしないで」

結局ぼくは、プロが撮った一枚を選んだ。

『ボーイスカウト』のキャンペーンで各地をまわっていたとき、主催者や学生やサインを希望してくれた読者から、思っていたより優しそうですねと一度ならず言われたことがあった。そう言われるたびにわざとらしく笑って、嬉しいですねと言い、優しくなさそうと思った理由は何ですかと尋ねる――文章ですか？　いいえ、文章ではありません。写真を見てそう思ったと必ず言われた。写真だとずっと落ち着いて見えます、なんとなくだけど、いろんなことを知っているように見えますよ。「それを言いたかったのよ」食事をしながらその話をしたらリーザが言った。「読者は本のカバーを見て、著者の写真を見て、そのあとたぶん文章を見るの。たぶんね。そうして頭の中であなたを作っていく。文章なんて気にする人いる？　新しい本をさっさと仕上げて新しい写真を撮りましょうよ」

正直に生きる人間はみなそうであるように、これを聞いてがっくりきた。でも驚かなかった。人が何を見ているのかを、ぼくは見てきた。人生の大半でそれを見てきた。昔の写真、ぼくが幼かったころの写真を見ると、ときどき顔にチックが出ている。眉間のしわ。赤ん坊のときから眉間にしわ。そのときすでに、内で起きていることを封じ込め、抑制し、勢いを鈍らせ、破壊しようとしていたかのように。そういう写真を見るのがつらかったのは、写真が記録しているものだけでなく、自分を見るのがつらかったからだ。どうしてこうなった？　意識をむしばむ奇妙で暴虐な病巣は有機体を破壊する。自分がその有機体であるならば、自分の姿を目にして不快になるだろう。二十年間患ってきた病によって、頭骨内部で暴れまわるミストによって外見が変わらないはずはない。それに、治療がすんで、デニース宅へ迎えにきてくれたアニーと抱き合って泣いたあと、彼女は開口一番、ぼくの見た目ががらっと変わったと言った。「あなたがどうなるか予想してたわけじゃないんだけど、少年みたいに見えるわ。光ってる。それに髪の毛が――きらきらしてる！」LDに会ったときも似たようなことを言われた。ダイヤーの本を貸してくれた夜だ――「雰囲気がずいぶん変わったわね」――一週間後の〝まとめ〟セッションでデニースも同じことを言った。じつは、治療の数時間後には自分でも気づいていた。アニーと歩いてビストロへ行く途中、店先のウインドーに映る自分を見て、この二十年で初めて嫌な気がしなかった。

死にかけの男の面影はなくなっていた。あのときビーチでアニーがこっそり撮った写真を見せてもらったときもそうだった。海水が乾いて髪の毛はごわごわだし、写真にみなぎる古代の光とノスタルジックな空気のせいで、話に聞くローレンスのあごひげのように、ぼくのあごひげはさらに赤さを増してオレンジ色になっていた。それを見てから『激情』に戻った。

そう、ぼくはもはや死にかけていなかった。すべてなくなって、それがあった場所に新しいエネルギーがみなぎり、両肘や緊張がほぐれた顔の筋肉にそれが感じられた。タオルミナのビーチにいる全身でそれを感じ、聖人のようなアニーのそばでぜいたくにもくつろぎ、D・H・ローレンスのことを書いたダイヤーの本を読んでいたら、ほんの二、三ページあとに、タオルミナへ行くつもりと書いてある――ローレンスはここに三年間住んでいたことが判明する――写真を撮るために。これを読んでまた笑い声をあげた。しばらく海を見つめて、真っ青だねとアニーに言ってからまた本に戻り、四十八ページに来たら、ダイヤーがほとんど同じ言葉で海を描写していた。ぼくはビールを一口飲んで、ウェイターが言ったとおりだ、ビールがすぐに生ぬるくなる、外で飲むには背の高い瓶ビールは大きすぎてシチリアの暑さですぐに温まってしまうんだなとアニーに話した。すると五十三ページでダイヤーが言う。〝ただしビールの大瓶（グランディ）だと、そうすぐに飲み終えられないことが問題だった。二、三分すると紅茶のように温まってしまう〟。ぼくが笑ったのは、自分が感じたこととか気づいたこととか、考えたことさえ、ぼく独自のものは一つもないと思わせられたからだった。タオルミナに残るローレンスの幻を追ってタオルミナへ来たダイヤーの物語をタオルミナで読みながら、まるで自分が経験していることをリアルタイムで、自分の時間的現実時間で、しかも本をむさぼり読むこの状態で読んでいたかのようだった。そのまま読んでいると、ローレンスの吝嗇(りんしょく)――金銭欲だけでないとしても――を描いた部分で、ローレンスが列車の料金が法外に高いと感じていることをロバート・マウンツィアーに宛てて書いた手紙の文章が出てきた。ロバート・マウンツィアー。そこで止まり、その名前を読み返した。そしてもう一度――ロバート・マウンツィアー。マウンツィアー。マ、ウ、ン、ツィ、アー。マウンツィアーは実際には名字ではない。〝monsieur(ムシュー)〟の英語読みだ。迫害されたためにロンドンへ逃げ、フランス人としての過去を断ち切ろうとしたユグノー教徒は、肩書きを英語読みにして新しい姓とし、のちに新世界へやってきた。故意に作られたので珍しい姓で、作られたものであるがゆえに、その姓を持つ人々は基本的に同じ一族出身である、とぼくが知っているのは、アニーがそうだから。彼女の姓はマウンツィアーだ。

ぼくは本を置いてアニーに尋ねた。「D・H・ローレンスのエージェントをしていたロバート・マウンツィアーという親類はいる?」

「ええ、いるわよ。曾祖父のきょうだいだったかな。おばあちゃんから聞いたことがある」

「なんで話してくれなかったんだ? いまローレンスのことを書いた本を読んでると言ったのに。見て、きみの大おじさんがここに出てくる」ぼくはページを見せた。

「いかしてるわね」

「すごくいかしてる！　きみが話してくれなかったことが信じられない」

「話すはずがないわ。その人を知ってたわけじゃないもの。あなただって大おじさんのこと話してくれたことないでしょ？」

「いるかどうかも知らないよ。Ｄ・Ｈ・ローレンスのエージェントだった人はいないに決まってるけど」

「Ｄ・Ｈ・ローレンスが親類だったらもっとよかったのに。でもね、考えたら、あなたに話したわよ、ずっと、ずっと前に。ごく最初に。あなたが短篇集を書き始めたころ」

アニーの言うとおりだったと思うが、話を聞いた覚えがない。当時ローレンスをあまり好きでなかったからだろうが、加えて以前話したように、自分を作家と思っていなかったからだ――ぼくの中ではまだ画家だった、挫折したけれど――だから、不思議な巡り合わせにしろ、ぼくが夢中だったジョアン・ミッチェルとかの姪だったならともかく、文学的なつながりが頭に残らなかったにちがいない。大おじのことを話したとアニーが主張する理由は、ずっと前、絵描きのはずのぼくが完全に行き詰まってしまって描こうにも描けないでいたときに、ちょっとした物語を書いていたからだった。もちろんその物語は短篇集となり、そのおかげでぼくとアニー――Ｄ・Ｈ・ローレンスのアメリカにおけるエージェント、ロバート・マウンツィアーのきょうだいの曾孫娘――はタオルミナのビーチに座ることになり、ぼくはそこで、タオルミナに住んだことのあるＤ・Ｈ・ローレンスのことを本に書こうとしたのに書けなかった男の本を読んでいた。ローレンスのエージェントはいまやぼくの親類、妻の曾祖父のきょうだいの大おじロバート——安らかに眠ってください——となった。このすべてをどう考えればいいのか。笑う以外にどうすればいい？　さっき笑ってしまったし。長椅子に寝そべっていたぼくは、偶然と道理との緊張関係、もはや存在しないこととまさに存在することとの緊張関係は、治療中にぼくが経験した基本的逆説の上に成り立っているらしいと思わずにはいられなかったし、いまもそう思っている。しかし本当の意味で、とくに言語的な意味での存在という語をはるかに超えている。ある意味でこうした細部が、あたかもぼくが存在しなかったかのように思わせながら、ぼくの現実という事実を増幅したようだった。ぼくはすでに放出済みのエネルギーの残響、すでに記録済みのあらゆる言説と体験の残響でしかなかったという現実をだ。さらには、ここタオルミナに三年間住んだ作家D・H・ローレンスのアメリカのエージェントを務めた人物のきょうだいの曾孫娘であるアニーがあやうく死ぬところだったパラソル事件——アニーの具合が悪くなったのは偶然か？　長椅子の下半分で身体を丸めるくらい気分が悪くなって、おそらくそのおかげで命拾いしたのは偶然か？　あらゆることは起きるべくして起きたように思えるものの、同時にぼくは本当は存在していない自分を感じていた——ぼくの言葉は誰かの受け売りだった——〝あるのは出来事と関係性だけである〟と物理学者は書いている。

その夜のディナーでも、アニーはまだ本調子でなかった。注文のときはお腹が空いたわと言い、高望みしたのか、穫れたての生魚の料理をシェアしようとまで言っていたのに、結局はラズベリーのように赤いクルマエビを一口食べただけでフォークを置いた。思い通りにいかないことにいらついていたようだった。

「もっと簡単なものを頼もう」ぼくは言った。「いかにも高級料理だからね。分不相応だったかも。パスタとかどう？」

「こんなの本当にいやだ。朝は胃が重かったけど、夕方には、ディナーのころには消えたと思ったのに食べるときになってまたこれ」

それを聞いてぼくは考えた。「医者に診てもらったほうがいいかな？　ここみたいなホテルには提携している医師がいると思う。いると思いたいね、値が値だから」

「あれからまだ二十四時間しか経ってない。自分の身体だからわかるの。そのうち終わるわ。昨日より楽になってるもの」

「ほんとにいいのかい。だって大した手間じゃないし、何かもらって飲めば早く治まるかもしれない」

「せっかくの新婚旅行で医者にかかりたくないの」ぼくを険しい目でにらみつけて彼女は言った。「わたしなら大丈夫。がんばれるわ」

そこまでにした。

食事をしながら、その日見たビジョンを彼女に話した。沖の大理石の岩の上から海面を見ていて突然、重力場、時空の物理的性質、簡潔で精密なありかたのすべてを、直観的に納得したときのことだ。

「そうね、ある程度は正しいわ」料理から顔もあげずにアニーは言った。

「どういう意味？」

「うん、あなたがそれを経験したことは疑ってないけど、それは［物理学者］が大学時代にビーチに行ったときの記憶よ、ちがう？　その一節に間違いがないか読んでって言わなかった？　彼はビーチで本を読んでいて、ふと海を見たら突然、アインシュタインの理論が腑に落ちたって？　でもあなたは、治療中に、宇宙とか重力場とかまるごと作り直されるのを見たとも言った。だからもしかすると、これはその再生かもしれない。治療報告書に書いてないの？」

ぼくはフォークを置いて、エトナ・ビアンコを一口飲んだ。塩気があってキレがある。アニーの言うとおりだった。岩の上から海面を見ていたときに浮かんだイメージは、物理学者の初期の大発見の記憶だった。その記憶を書き記したのはぼく自身だった。その経験を物理学的に表現するための形容詞と動詞と構文をぼくが選んだ。水を表現するために選んだ色はサファイア。地中海の水のつぶをこの目で見る前のことだった。〝きらめき〟〝輝き〟〝フラクタル〟を使った。

「どうかした？」アニーの声が聞こえた。知らないうちに考えにふけっていたようだ。

「べつに。不思議だなと思ってさ。すごくリアルだったたんだ、あの啓示は。それが手に入らなかったのが残念なんだろうね」

「手に入らなかった?」

「というか、ぼくのものじゃなかった。それは[物理学者]の記憶だった。だから、実はぼくのものじゃなかった」

「でも、彼がほかに言ったこともあるし、治療のあとであなたは言ったわよ。『何もない――物事は起きる』の意味がわかったとかなんとか」

「そうだね」

「つまり、あなたではないとしても、あなたが何かを手に入れそこねたわけではないでしょ? 失ったと思う必要はない。それに、いずれにしろ起きたことなんだから、ね?」

いま、猛スピードのせいで車両が線路から浮きそうになるように、意識の中の摩擦と抵抗が根こそぎ奪われ、ぼくのものではないこの記憶から、ぼくがサンカリストへ行った理由もごく自然に浮かび上がってきた――ファイルを取り出して、前の部分をざっと読むとはたして、物理学者の青年時代の初めの部分に、大学の友人たちと初めてボローニャからローマへ旅してあてもなくうろついたときのことが描かれていた。彼らはふらふら歩いてトラステベレへ行き、バール・サンカリストで酒を飲み、煙草を吸い、議論し、ナンパを試みた。彼が愛情をこめて描いた場所へ――というか、ぼくが愛情こめて描いた場所へ――ぼくは無意識のうちに行こうと決めていたのだ。

ディナーのあと、小路を散歩しているとシチリアのお菓子カンノーリの店があったので二個買い、レモンの木陰に置かれた石の椅子に座って食べてからホテルへ戻った。どこかで誰かがメロディを奏でていた。本物の人間が弾く本物のギター。汚れを洗い落としたての空気のにおいがした。死んでいないことが本当に嬉しかった。

とはいえ、死のことはいまだに念頭にあった。正確には、変化としての死だ。セピア色の光のせいで。次の夜、アニーにそういうことを話した。タオルミナ中心部にある姉妹ホテルのレストランで食事することにして、その前に〈文学（リテラリー）テラス〉でネグローニを飲んでいた。ローレンス氏だけでなくトルーマン・カポーティ（ローレンスと同じ家を借りた）、その二人以前にオスカー・ワイルド、ゲーテ、そしてタオルミナで『ツァラトゥストラはかく語りき』を執筆したとされているニーチェにちなむ店名だとそのときには知っていた。ぼくがここまで長生きしたと仮定して、治療を受けていなかったら、挫折した作家としてリテラリーテラスにどんな気持ちで座っただろうかと少し考えた。酒は漂白剤のように、侮辱のように喉を焼いたはずだ。ひどい苦痛だったにちがいない。そして、挫折していなかったら、あの本を完成させていたなら、ここに座ってどんな気持ちになっただろう――やっぱり同じだったような気がする。本を完成させていたとしても、自分はもぐりで、偽物で、嫌なことが起きるのを、ミストに丸飲みされるのを待っている人間でしかないと思ったんじゃないかという気がし始めている。そこに座ってネグローニを飲み、曲がりくねりながら暗い空へのぼってゆく水蒸気に覆われたエトナ山の白い山頂をこんな近くで眺めながら、ほぼ確実にこう思ったはずだ。やっぱりそうか、ぼくのミストがいる、こんな世界の果ての断崖にあるテラスにいるぼくをよくぞ見つけたな。ここにいる筋合いはないのに、文章を書いて、とにかく公にすべき意見があると考えて、数年前にアトリエ――別の幻想（芸術家としての未来像）に捧げた自室――で筆を置き、ようやく描きだした最後のカンバスから、仕上げることのなかった絵から顔をそむけて文章を書き始め、まぐれで報酬がもらえたおかげで来られたテラスで。テラスに座っていて初めて気づいたのは、火山の下で浮かれ騒いでいる、蛍光色と言っていいほどまばゆく光る数々の胴体を描いたあの絵は、奥底の無慈悲な嫌な予感でぼくを満たしていた事実だったことだ。それは置いておいてアニーに、セピア色の光に気づいていたか、『ゴッドファーザーPARTⅡ』の冒頭のシーン、またはシチリア島のシーン、さらに言うなら、最初の映画でマイケルが丘を歩いていってアポロニアと出会うシーンを覚えているかと訊くと、彼女は覚えていて「もちろん結婚式も、そのあとの恐ろしい車の爆発も、パートⅡでデ・ニーロが仕返しで殺したのも」と言ったときに、おかわりを運んできたウェイターが、幾何学模様にカットされた底の重いロックグラス二個に入ったネグローニを置いた。

「デ・ニーロといえば」ウェイターがにこにこして言った。「あの方がここにいらしたときに、私の父親が何度も給仕しました。映画の撮影のときにここに宿泊したんですよ。キャスト全員」

「このホテルに？」

「実際には海辺の姉妹ホテルですが」――ぼくたちが泊まっている別館のこと――「一日じゅう黒い服を着てあのシーンを撮っていたんだから海のそばにいたいに決まってます」

この偶然はぼくの心を動かさなかった。ウェイターがそう言うのは必然だと思えた。アニーもそう感じているのがわかった――彼女も、ぼくたちのまわりでいくつもの偶然が花開いていることに、エネルギーの変換に気づいていた。親切にも興味深い話を聞かせてくれたウェイターに礼を言ってカクテルを楽しんだのち、ディナーのテーブルへ移動した。

その夜はとても手のこんだメニューの予定だった。その他非常に高価なものと同様、支払いはすませてあった。そこへ歩いていくときに、支払いは心配しなくていいから無理に食べなくてもいいんだよとアニーを安心させようとした。気分がよくないのなら、気分がよくないだけ。ぼくは気にしない。

「今朝はあんまりよくなかったけど、昨日よりはましだし食欲はある」彼女は言った。「でも、身体がむくんでるの、ぶくぶくに。あなたにわからないのが驚きよ。破裂するんじゃないかっていうくらい」彼女は言葉を切って、横顔を見せた。

アニーは一品め、そして二品めはきれいに平らげたものの、三品めになるとフォークを口に運ぶ回数はかなり減った。無理させたくなかったので何も言わず、セピア色の光の話題をまた持ち出して、この光はシチリアのどこにでもある死、とくにこの島が発する死に対する意識の表われで、つまりは島の美しさと謎めいた不可解な部分が、何かが常に終わりかけているような感覚をもたらすと話した。

「それは、ものごとは常に始まっていることも意味してる」アニーが話を合わせてきた。「とくに、咲き誇る花、あそこの火山、文字どおり新しい大地を生み出すことのできる活動中の大きな山」そのとおりだとぼくは言った。むろんこれが宇宙のならわしだ、前後に開かれた光円錐だ、しかし、ここ人間世界のシチリアのつかのまの現実において、人はつねに終末を感じているように見える。そういう霊気があるように思える。一つの帝国が死に、それが別の帝国の始まりとなり、そしてその死が始まる。ぼくたち人間のように、すべてのものがそうであるように、それが始まる瞬間。「いまも死にたいと思ってる？」アニーがナプキンを広げたり畳んだりしながら訊いた。「思ってないよ」ぼくは答えた。「でもそれは単に、最近何百回と死んだからだ。死はいつかぼくたち二人を襲うとしても、いまはもうそのことを考える気にもならない。だって、きみとここにいられることを心からありがたく思っているからね。ぼくは本当に運がよかった」それを聞いてアニーは、ぼくが決して忘れることのない笑みを浮かべた。少なくともまだ忘れていないが、つまりはそれが記憶、つまりはそれが、いまフレッチャロッサに乗って妻の元へ向かっているこの瞬間のぼくの一部なのだ。

翌朝目が覚めると、借金のことが心配でたまらなくなった。リシャードから不安げなメールがまた何通も届いていて、何か連絡はあったかと訊かれたせいだ。部屋はまだ暗かったから、メールをスクロールしてやりすごしてから、アニーは起きているかなと顔を向けてようやく、アニーがいないことに気づいた。不安はふくらんだ。

起き上がってバスルームを見に行ってから、デスク上のメモに気がついた――起きたらここ数日で最高の気分だったし、身体を動かしたくてしかたないから、気温が高くなる前に朝の散歩に行ってくる。ホテルの上やまわりの崖沿いを通る細い旧道へ行ったようだ。ビーチからそこを歩いている人たちを見たことがあった。自分も少し運動することにした。仕度してスニーカーを履き、水をボトルに詰め、アニーにメモを残す。ぼくも散歩に行くことにした、追いつけるといいが、会えなかったらビーチで落ち合おう。

夜が明けてまもないのに、旧道は強烈な日光でまぶしかった。日陰はほとんどなく、灌木と灼熱の岩と、二十フィートおきに道沿いの寝場所から飛び出してくる各種の小さなトカゲがいただけだ。それでも、汗をかいて、胸の奥の鼓動と体内をめぐる血液を感じるのは気持ちよかった。坂をどんどんのぼっていくと岬に出た。入江の片側にある岬で、右手に外海、左手にビーチが見晴らせる。長椅子の列へ歩いていくアニーが見えた。今日最初の一人だ。急ぐ理由はないので瞑想することにした。それも気持ちよかった。ところが目を開けてビーチを見おろしたら、アニーは一人ではなかった。彼女の椅子から砂の上に作られた木道を隔てた向かいの椅子に、まるでアニーと話しているみたいに顔を向けて、大柄で白く丸みを帯びた男と思われる人影が腰かけていた。皮をむいたジャガイモみたいだった。ぼくの位置からは、頭頂部の平らなごつごつした真四角の頭しか見えなかった。

気づいたら小道を走って戻っていた。走りながら、ビーチでリシャードに言ってやることを頭の中で繰り返していた。狂ってる。正気じゃない。それにどうやってここを見つけた？　自分を何だと思ってるんだ、ここまで追ってきてアニーを困らせるなんて！　ものすごい勢いで走っていたため、つい水のボトルを落とし、それが崖の端で跳ねたと思うと見えなくなった。かまっていられなかった。足を止めなかった。ビーチまで走り続けた。着いたときには男はいなくなっていた。

近づいてくるぼくに気づいてアニーが身体を起こした。汗びっしょりのぼくの顔を見て彼女は表情を変えた。「どうしたの？」

「あそこにいたら」離れた岬を指さしてぜいぜい息をしながら言った。「誰かがきみに話しかけてるみたいに見えたんだ。男」

「ああ、あれ。年配のロシア人が寄ってきたの。いやらしいやつだった。何を話してるのかちっともわからなかったわ。係員が気づいて追い払ってくれた」

「ロシア人？」

「だと思う。ロシア人のあの雰囲気よ。わからないけど。何があったの？」

そのとき、長椅子の足元に腰掛けて息を切らしているぼくを見た彼女の目つきで、何かがぼくの心に漏れ出していたことに気づいたのがわかった。ぼくをわずらわせていたのはリシャードの理屈に合わない不安でも借金のプレッシャーでもなく、心持ちが後ろ向きになったような、以前の心理状態に逆戻りしたような感覚だった。起きていることはわかっているのに、それを止められなかった。

「勘違いしたんだ。で、そのあとちょっとパニックになった。ぼくは——一瞬、前の自分になったのかもと思った。ぶり返したような。戻りたくない」ぼくは言った。「むりだ」

アニーが手を重ねてきた。「そうはならないわ。その考えが頭に浮かんだから逆戻りするかもと思ったみたいだけど、そんなことないわ。でも、わかる。怖いよね。でも、あなたは戻らない。わたしが請け合うわ。きのうの夜ワインを飲みすぎたんじゃない？　こうして慣れていくのよ。大丈夫」そう言われているうちに、脈拍は通常に戻った。ぼくは一息ついた。両目の下まぶたにうっすら溜まっていた涙をぬぐった。「着替えてくれば？　ここで待ってるから」彼女は言った。「コーヒーを注文しておくね。水は？　ボトルを持っていかなかったの？　言ったでしょ、この暑さだから水分補給が必要だって」

何をするあてもないその日、ぼくたちは泳いで、のんびりして、セックスした。治療後、セックスもまったく別物になった。そうなって当然だろ？　彼女を求める気持ちはこれまで以上に激しくなったが、それだけではなかった。肉体的な感覚がすっかり変わってしまった。前は、彼女に触れられることは信号のようなもので、それをもとにして、ぼくに対する彼女の現実の欲求を解釈しなければならなかった——どんな解釈にも誤解や疑念はつきものだ——が、いまはそのタッチは現実そのものだった。彼女の肉体が現実だった。うわべではなく完全な真実。もちろん、前にそう感じたことはあったが、こういうかたちではなかった。これまで彼女に疑いを抱いて、あらゆるものに疑いを抱いて多くの時間を無駄にしたことに心が沈むときはあっても、その時期は過ぎた。すべては過ぎたことだ。彼女のタッチを通してとても心地よく自分に埋没できるようになったという以外、どう表現していいかわからない。

二人で食べて飲んで、とくに何もしていないときは、ぼくは本を読んだ。計画どおり、島にいるあいだに『山猫』を読み終えたかったのでダイヤーを中断した。読んだら、最高におもしろかった。特に小説の終盤、主人公のドン・ファブリツィオが、訪ねてきたイタリア新政府の役人に、大半のシチリア人同様、自分が政府と関わりを持ちたくない理由を説明したのち続けて言うところ。

「眠りだ、親愛なるシュヴァレイよ、眠りこそシチリア人が望むもの。そして自分たちを目覚めさせようとするものを常に憎む……シチリアで見られるものはすべて、どれほど暴力的であってもすべては願望の実現なのだ。われらの肉欲は忘却の願望であり、鉄砲やナイフをふりまわすのは死の願望。われらの怠惰、スパイスの効いた薬草入り飲みものは、甘美に浸って動かずにいたいという、すなわちこれも死の願望。思索的雰囲気は空虚の……」

つまりは、ぼくの認識など、遠い過去から存在する知識を徐々に体得してきたものにすぎなかったのだろう。最高峰のシチリア小説の社会政治的クライマックスにこめられた明確な認識。昔のぼくであれば、その意見の所有権を失って悲しんだだろうが、いまのぼくは、この旅行に来てずっとそうであるようにただ笑った。少なくともぼくに関しては、自分が生みだした考えなどなく、独自のものなどひとつもなく、あるのは経験と記憶の混合物、その集合だけだ。そこに、すみずみまで死が行き渡った由緒ある島がいま加わり、ぼくもその一部となった。それを思い出せたことにまた感謝した。

シチリア島で過ごす最後の一日となった次の朝、目覚めたアニーはまた気分がすぐれなかった。「どう考えても、きのう張り切りすぎたわ。ランニング、日光浴、白ワイン、ごちそう。ほどほどにしておけばよかった」ぼくは受話器を取って、医師はいるかとフロントに訊きたかったが、ぼくが決めることではなかったので何も言わなかった。しかし、夕食どきになっても彼女の食欲は戻らなかった。ぼくたちは石畳の小道のつきあたりにある小さなトラットリアに入った。二人のあいだに置かれたオリーブの皿。

「一つ訊いていいかな?」

「もちろんよ」

「質問もあるんだけど、先にザバイオーネ添えのキッシュのことを白状すると――ぼくもきみの皿から二口三口食べたんだ。もっと早くに言うべきだったけど、何かのばい菌のせいかもしれないし、きみを心配させたくなかった。でも、きみの気分がよくならないのは、明らかにまだ治ってないからだ。ぼくの気分が悪くないのはなぜかを考えると、この疑問が出てくる。同じものを食べたのにぼくはなんともないってことは、食あたりでないのかもしれない。やっぱりばい菌かもしれないけど、朝がいちばんひどいみたいだし、となるとひょっとして――例の朝の吐き気と考えられなくもない。『朝の』の部分は違うとは思うけど」

「そうじゃないわ」

「たしかかい？　きみの話だと、最悪の吐き気が来るのは……」

「訊いていい？」

「どうぞ」

「吐き気が妊娠のせいか考えたかと女に尋ねることをいま思いついたの？　女は気づいていなかったけどあなたは気づいていたと？」

「そんな言われ方をすると――きみは何も言わなかったからたぶん――」

「あなたを愛してるし、治療の効果があったことを心から喜んでいるけど、だからってあなたの脳に女の知恵がアップロードされたとは思わない。あなたはときどきこれまでなかった直観というものを経験しているけど、それは、あなたの頭が閉じていたせいで前はできなかったような明快さと注意力を持って世界を見られるようになったからでもあるということを覚えておくべきよ。もちろん、すべてがそうではないし、意地悪を言うつもりはないんだけど、ともかくわたしだって前からそれを考えてたってこと。話さなかったのはね、はっきり言うと、どう言えばいいのかわからないからよ」

「どうして話せなかったんだい？」

　アニーは少し顔をそむけて両耳を引っぱり、髪をなでつけた。「言えば傷つけるかもしれない。傷つけるつもりはなくてもね。でも、わたしの妊娠のこととか、ほんの少し前まで話し合うこともできなかった。とてもひどい話し合いになっていたでしょうね。泥沼に。

わたしは子どもがほしいし、ほしいと思ってたけど、あなたは病気だった。で、ある日あなたをデニースの家に送っていって、そのあと迎えに行ったら、なんとそこにはまったくの別人がいて、実質的な最初の言葉は『ぼくは父親になりたい』だった。あなたからそんなセリフを聞いたことはなかった。本当の意味で一度も。それを聞いて、すごく嬉しかった。でも、そう言われて、わたしがいきなりすぐに子どもを作る気になったり、わたしがその話を信じたりするはずないじゃない？　あのとき、デニースの私道にいるあなたを見て、父親になりたいと言ってくれて嬉しいと言わなかったのは、あなたが本気で言ってるのかどうかわからなかったからよ。いろいろあったから。いまのあなたが違った自分を感じてるのはわかる――わたしもその違いを感じてる、本当よ――それに、その変化を少しも疑っていない。でも、慣れるのに時間がかかるの。うちに帰ったら夫が死んでるんじゃないかってパームスプリングスで考え込んでたのはそう昔のことじゃないわ。ひどい言い方に聞こえるけど、それは事実よ」

「アニー、すまない。この話も、これまでのすべても。とくに、きみにはいろいろ心配させてしまって」

「いいの。わたしたちはここまで来たわ」

「検査しようとは考えた？　そんなこと訊いていいかわからないけど」

「今日しようかなと考えてたの。薬局のカウンターへ行って一つくださいって言うわけでしょ。今日はその気にならなかった。明日は移動だから何もできないし、いま慌ててやってもね。明日、体調がよくなったらたぶんもう大丈夫よ。ならなかったら、ローマに着いてから手に入れるか医者に診てもらうかするわ」

いくらかそわそわしてぼくは言った。「いまはそのときじゃないかもしれないし、そうでなかったら悪いんだけど、話しておくべきだと思う――治療中にあったことだから、少しは話したと思うし――全部が完全に真実だといまでも感じてる。ついでに言うと、骨の髄で啓示は真実だという気が――でもとにかくはっきりと正直に言っておかなくちゃいけないと思うんだ。いま、もしきみが妊娠していたら、しているんだとしたら、ぼくはものすごく幸運だと思う。たとえ今回はそうでないとしても、いつかそうなればいいなと願ってる」

「話してくれてよかった」アニーは言ってから、紫色のオリーブの種を口から出した。

翌朝、カターニアの空港へ行く予定だった。ぼくは日の出前に起きだして、泳ぎおさめに一人でビーチへおりた。空気はひんやりして、海に影はなく、空の縁のまばゆい光となってその日が現われつつあった。ぼくは長椅子に腰かけて日の出を待ちながら、『まったくの激情から』を読み終えた。意外でもなんでもないが、最大の読みどころはうつ病に関する熟考だ（本を書かないことが原因で発症した）。それ以外の展開は考えられない。

いったん落ち込むと、それをどうにかするためにできることはほとんどない。気持ちを切り替えようとか元気を出そうとかしても無駄なのは、何かすることの意味が見いだせないからだ。やることも、行く場所も、読む本も一つも思いつかない。ベルナルド・ソアレスことペソアは、〝大停滞〟期の自分の状態を、〝無限大の監房で通常の行動の自由を奪われた囚人〟のそれになぞらえた。

〝無限大の監房〟。それは結局、本を書くことができなかった数年間だけでなく、それ以前の、幼かったころの自分まで遡る年月である。その一節をじっくり考えていたら興味が湧いてきて、『激情』のうしろについている出典を見てみると『不穏の書』からの引用だとわかった。あちこちの書店の平台で見かけたのに内容はまるで知らなかった本だ。スマホで『不穏の書』をググって、ペンギン・クラシックス版の翻訳者であるリチャード・ジーニスのまえがきをビーチで読み始めた。そして、ペソアがリスボンで暮らしながら、多数の名前を使い分けて本を書いていたことを知った。彼が〝異名者（ヘテロニム）〟と呼んだうちで最も重要なベルナルド・ソアレスこそ〝無限大の監房〟という句を口にした人だ。ペソアはその人物を〝セミ‐ヘテロニム〟と呼び、『不穏の書』をソアレスの作品とみなした。ただし、ジーニスが述べているように、ことはそれほど単純ではなかった。〝「厳密に言うとフェルナンド・ペソアは存在しない」。現実の人生を生きる苦労から逃れるためにペソアが創りだした人物、アルバロ・デ・カンポスはそう主張した。また、彼の散文の最も意味深長な部分をきちんと構成して出版する手間を省くために、ペソアは、存在しなかった、厳密に言うと存在できない『不穏の書』を生み出した〟。つまり、存在しなかった本について書かれた本で初めて知って、素晴らしいと思った引用文は『不穏の書』からだったようだ。〝厳密に言うと〟存在しなかった本だが、ペソア自身はソアレス――厳密に言うと存在しなかった男――の作品と考えていた。そしてペソアが創りだしたもう一つの人格であるデ・カンポスによれば、ペソアは存在しない。ダイヤーはうつ病について、〝それをどうにかするためにできることはほとんどない〟と言っている。〝ほとんど〟がキーワードだ。うつ病についてこれほど正鵠を射た描写をしたリスボンの人物は、それが誰であれ、うつ病に対して、すなわち無限大の監房に対してできそうなことが一つあるという結論に肉薄していた（または、おそらくすでに理解していた）と、そのときのぼくには思えたし、いまでもそう思える。それを支えている土台を吹き飛ばせばいいのだ。

　誰もいないビーチで〝無限大の監房〟ともう一度つぶやいてから、書かれなかった本のことを書いた本を閉じ、立ち上がって、時空の冷たいブルーの湾曲部へ歩いていった。

　新婚旅行の最後の移動区間であるカターニアからローマへ飛ぶ便の搭乗を待つあいだ、カプチーノを飲みながら数日ぶりにEメールをチェックした。リシャードのメールには返信しないことにして、その半ダースのメッセージを飛ばしてスクロールすると、テリーからメールが来ていたので少し驚いた。最近何度か電話したが、そのたびに秘書から「テリーから、スティーマーレーンに大きなうねりが来ていて何日か休みを取るので悪しからずとお伝えするよう言われています」みたいなことを言われたのだ。

彼のメールによると、物理学者の勤務先であるイギリスの大学からやっと返信が来たが、大学としては職員の所在を明かさない方針を取っているため、仮に知っていたとしても居場所を教えることはないとあった。ただ、物理学者のメールの返信がいまも届いていることは認めた。つまり死んではいない。とはいえ、どこにいるかは不明のままだった。

カプチーノを飲み終えて、アニーと飛行機に乗り込んだ。座席に落ち着くとすぐに、ぼくはゆっくり呼吸して半瞑想状態に入り、アニーの手を握って親指と人差し指のあいだのツボを撫で、彼女が感じている飛行中の不安と軽い吐き気——また始まった——を和らげようとした。物理学者に連絡を取って、この本を完成させることがどれほど重要か伝えるほかに方法はないかと考えたが何も思いつかなかったのは、そういう精神状態にあったときだ。引っかかるものがあった。頭の中のそれを感じた。なつかしい感覚。かつて自分は、小説や映画で、また、気晴らしが問題の解決にならない古い世界の生活で、人々が話題にしていることをやって対処してきたという感覚——私なら田舎へ、一族が代々住んできた屋敷へ引きこもるだろう。島を離れ、ローマまで短時間の飛行ルートを上昇しているときに、ぼくはそれを思い出した。以前よくやったように生家である屋敷へ行ってじっくり考えよう。そうだ。なぜもっと早くそれを思いつかなかった？　田舎へ行って、広々とした開放感と人の少なさと、万能の土とクロロフィルだけに可能なデトックス指圧を自分の心と身体に施す必要がある。

もちろん、ぼくにはこの国に家族代々の屋敷はない。これはぼくの記憶ではなく物理学者のだったからだ。いや、記憶ですらなかった。ちらりと出た言葉だ。この仕事が始まってすぐのころ、彼が生まれ、幼少期に暮らした田舎の屋敷について語っている録音で無造作に口にしたのが——〝どうしても考えたいとき、いまでもそこへ引きこもることがある〟。

通路側の座席にいたぼくの意識がはっきりしてきた。

ごく最初のころ、エレイン経由で物理学者から届いたファイルのどれかに、田舎の屋敷とその風景、彼のご先祖がアルファルファ栽培で成功して何の不自由もない地主となったいきさつを説明する録音があった。ファイルには、音声のほか、屋敷の古びた白黒写真が何枚か入ったフォルダーがついていた。エレインに、屋敷の色を知りたいので最近の写真がないか訊いてほしいと頼んだ。するとエレインからまわってきた彼の返信に、少なくとも思い出せるかぎりでは屋敷の写真を一枚も撮ったことがないとわかって驚いた、いまごろ気づくなんて妙だが、よく考えるとそれほど妙でもない、自宅の外へ歩いていって写真を撮る人はめったにいないだろう？　と書いてあった。言われてみるとたしかにそうだ。ぼくも思いつきもしなかった。自分のスマホを見てみると、カリフォルニアの我が家の写真は一度も撮っていないし、ブルックリンの褐色砂岩のテラスハウスは、引っ越しの日の一枚しかなかった。アルバムをスクロールして写真をさがしていたときに、いま住んでいるオークランドのアパートメントの写真は賃貸物件サイトとグーグルマップで見ただけだったのを思い出した。なので、物理学者にこう提案してはどうかとエレインに書いて送った。こちらでグーグルマップで見られるように住所を教えてもらえませんか。メールのやりとりは一日途切れたものの、そのあとのエレインの返信に、物理学者が送ってきたグーグルマップとストリートビューのスクリーンショットが添付されていた——鋳鉄とスタッコで装飾された門から入ると、長い並木道がまっすぐ続き、本宅は遠すぎて見えなかった。〝屋敷の雰囲気はこれでどうにかわかるだろう。あたり一帯はアルファルファ畑で、以前は運河が張り巡らされていたと彼は言っています〟と彼に代わってエレインが書いてきた。ティレニア海上空を飛ぶ飛行機の通路側の座席にいたぼくは、あのスクリーンショットが受信箱のどこかに入っていることを思い出した。

ローマに着陸するとスマホを取り出し、携帯電話ネットワークにつなぎ、リシャードからまた来ていた音声メールは無視して受信箱のメールにあった写真を見つけた。農道、白いスタッコの門、その奥の並木道、両側のアルファルファ畑、そして写真の左上の隅に都合よく表示されている住所。こうしてついにモデナへの日帰り旅行を敢行し、フレッチャロッサでローマに引き返すところだ。向かい合わせで座る双子は、同じ信号の二つの電波のように、それぞれが妨害電波基地となってまだ眠っている。反対方向のフレッチャロッサとすれ違いざまに風圧で車体が揺れてもまだ眠っている。猛スピードで疾走する双方の列車がすれ違うとき、反対側の列車の乗客と目があうなどしてその瞬間を共有できる時間は一秒もなく、見えるはずのないものがぼんやりと見えるだけ。映画のコマのように窓が次々と流れていき、つかのまの安堵に浸るぼくを映し出す——ぼんやりして静かで、『山猫』のドン・ファブリツィオの最期を思わせる降臨。パレルモのホテルで彼の生命が抜け出ようとしているとき、ベッドのまわりで死を嘆く者たちの中にいた人間ではない存在、死神その人だ。〝彼女こそ、迎えにきてほしいと待ち望んでやまなかったその人だった。こんなにも若い女性が彼の希望をかなえてくれようとはなんとも奇妙ではないか。列車の出発時間が迫っているにちがいない〟

→

列車がモデナに着くと、べつに急ぐこともなく駅構内を歩いていった。同じ列車から降りた客たちの群れに交じってコーヒーや自動車の広告板を通り過ぎる。言葉はほとんど読み取れないが、その意味は、我が文化が完成させたビジュアル言語の威力により明白だった。ぼくはそれから逃れられないらしい。

外のタクシー案内所でタクシー会社を呼び出して——イタリアで唯一嫌いなこと——英語でタクシーを頼み、相手に通じたかどうかわからないのでしばらく様子を見た。通りはひとけがなく陰鬱で、風でいたずらに巻き上がる砂ぼこりと枯葉がそれをますます際立たせた。まっすぐな太陽光があらゆるものに降り注いでいた。ぼくは待った。メッセージが届いた。リシャードからだった。〝こうなるよりほかないのか!?〟ぼくは自分に言い聞かせた。これはリシャードを助けるチャンスだ。すべてを消すチャンスだ。ぼくは近づいていた。それが感じられた。不安だったがこらえた。不安の向こう側に何かあるはずだ。それが終結であることを願った。ぼくは待った。

やっとタクシーが来た。それに乗り込んで、運転手——ウエストバージニア出身であってもおかしくない海兵隊員風の髪型とがっしりした体型の男——にイタリア語で住所を伝えたが、男はあいまいな顔でぼくを見ただけだった。地図アプリを開いてスマホを渡すと彼はうなずき、そのあと動きを止め、いぶかしげに首を振り、ぼくを見てからまた住所を見直し、指でマップをズームし、もう一度ぼくを見た。両まぶたをかすかに脈打たせてぼくの顔をじっと見て、おそらく心を読んでから、またうなずいて「わかった(シ)、わかった(シ)」と言い、スマホを返してきて、メーターをぴしゃりと倒して走り出した。

大通りを横切って路地を突っ切り、ロマネスク様式のモデナ大聖堂前の広場のへりを走った。車内から景色を見ていたら、いきなり既視感(デジャビュ)に襲われた。その感覚を抑えなかった。抑えるどころかさらに発展させ、ついに以前ここに来たこと——身体的にではなくデジタル的に——を思い出した。美大の四年のとき、最後の課題である〝怒りと無慈悲——第二次世界大戦後のドイツ語世界における美術・映画・文学〟に取り組んだ。ジュールズとぼくは、ここは美術大学なのだから、最後は論文ではなく共同制作させてくれと教授を説得した。そして、授業で読んだことのあるW・G・ゼーバルトの初の散文作品『目眩まし』をテーマに選んだ。つながりや好奇心から、だがなにより記憶とその破壊に駆り立てられてヨーロッパの都市から都市をあてもなくさすらう無名の語り手を追う小説である。前に言ったように、ゼーバルトが好きになったので制作が楽しみだった。が、何を制作するか、ぼくには一つのアイデアもなかった。

ジュールズにはあった。作品を見た人が、ゼーバルトの特徴であるつかみどころのない非現実的な散文体を読んだときの疑似体験ができるように、小説の中の空間の移動を視覚的に再現する。最後は記憶となるだけのただ一つの作品——ジュールズはそう説明した。ハイになってんのかと訊くと、少しだけなと答え、おまえだってなってるだろと逆襲してきた。確かにそうだったが、重要なのは、そのアイデアがうまく行きそうだったことだ。

ジュールズは工程を次のように説明した。まず、小説で描かれている移動とまったく同じタイムラインを逆向きに作成する。だから、順序としては、小説の最後のイメージである〝西方、はるかウィンザー公園で音もなく降る灰の雨〟が最初になり、梅毒で奇人の作家マリー＝アンリ・ベールを描いた冒頭部分が最後になる。授業でそれはスタンダールのことだと習った（本名マリー＝アンリ・ベール）。逆タイムラインができあがったら、二十四インチ×三十六インチのフレームを作って、カンバスではなく青いペインターテープを一面に貼る。次に、テープに白色顔料（ゲッソ）を塗って絵を描けるようにしてから、小説の〝音もなく降る灰の雨〟の場面の絵を描く。アクリル絵の具を使えば早く乾くし、安あがりだ。最初の絵——つまり最後の絵——が描けたら、その上をまたペインターテープでおおってゲッソし、タイムラインの次の絵、つまり小説の最後から二番めの絵を描く。これを繰り返して、小説のうしろから前へ逆戻りしながら描いてゆく。

絵が描けたら、校内に多数ある陳列室のどれかにそれを掛けて、クラスの全員を〝鑑賞会〟に招待する。全員が絵のまわりに集まる。小説の冒頭で使われているナポレオン時代の白黒の絵をゲルハルト・リヒター（ジュールズとぼくが崇拝していた画家）の灰色の単色（モノクローム）画風に書き換えた絵で始める。ジュールズとぼくは代わる代わる、絵が描かれたテープをはがしていく。次の絵がだんだんと現われてきて、そのあとそれをはがしてまた次の絵と続き、小説の中の移動がゆっくり展開していく。くわえて、小説から特に選びだした意味深長な文章を録音し、それに呼応する絵が出てきたときにスピーカーで再生する（ぼくのアイデア）。

　まったくそのとおりにぼくたちはやった。四日間、一定のペースで作業を――テープ、ゲッソ、描く、テープ、ゲッソ、描く――続け、デリバリーのピザを食べ、ジュールズのアトリエの一角の床に置いたマットレスで交代で眠った。ぼくが描くことになった絵の一枚は、ベール／スタンダールの冒頭部分、ベールがゲラルディ夫人と愛情について議論する一節がテーマだった。無名の語り手が〝超自然的とは言わないまでも謎めいた人物〟と表する夫人は〝さまざまな恋人の符丁〟であり〝文献として記録に残されているにもかかわらず実在しない幻影にすぎないが、ベールが長年にわたって忠実であり続けた人物〟だったようだ。愛情についてのその一節は、小説の語り手が〝彼が作りだした虚構にすぎない旅の道連れ同様、完全に想像の産物だったかもしれない〟と話す旅行記で語られている。その一節は、ベールとゲラルディの旅の最初の三日間を象徴するものだ。ボローニャからガルダ湖へ旅した二人は、夕べは水辺で涼み、小型帆船《バーク》（調べないとわからなかった単語）に乗る。ゲラルディはこう主張する。

恋愛は、文明の恵みのほとんどがそうであるように、自然から遠ざかれば遠ざかるほどいっそう求めてしまう根拠のない幻想だ。他者の肉体の中で自然を得ようとすれば、自然から切り離されてしまう。なぜなら、恋愛とはそれ自体が鋳造する貨幣でそれ自体が作った借金を返す情熱であるからだ。つまりは、純粋に観念と観念のやりとりであって、人の充足感のためには、ベールがモデナで買った鵞《が》ペン調整器と同様に不必要なものであると彼女は述べた。

降下する飛行機の中で、いままで以上にアニーとの距離が縮まったのが感じられるからかもしれないし、あれからずいぶん年月がたってスマホでこの一節を読み直しているからかもしれないが、あのときほどは理解できなかったものの、受け取り方は変わっていない。この意見には不賛成だ。なぜだかはっきりわからないが、とにかくそうは思わない。神経の細い端の端までがその意見を拒絶している。それはともかく、この一節はどう見ても再現するにふさわしかった。つまり絵にする必要があった。ぼくが〝カンバス〟に描いたのは、湖面に映ったかのような上下逆さまのモデナの大聖堂だった。ガルダ湖畔の場面のあとでようやくモデナだとわかるように見せかけた。ベールがモデナに立ち寄るきっかけとなった羽ペンの調整器を暗示するため、アクリル絵の具ではなく薄めた墨汁を使った。もちろん絵を描く前にモデナを検索し、さらに、当時は比較的新しいテクノロジーだったグーグルマップのストリートビューでざっと探索した。そのときのことがタクシーの中でデジャビュとなって蘇ったのだ。

作品は絶賛された。一時間にわたってジュールズとぼくは、クラスメートと教授を前にして表面の絵を引き裂き、空間と記憶の両方を行き来する小説の旅をゆっくりとなぞり、それにあわせてよく響くバリトンの朗読をスピーカーから流した。ドイツはフライブルク出身の彫刻の教授に録音をお願いしたら、ゼーバルトが大好きだと言って二つ返事で承知してくれた。印象的な彼の声と絶え間なくテープを引き裂く音とが合体して、緊張感のある、だが魅力的な空間が生まれた。鑑賞会が進行するにつれて、通りがかりの人たちが集まってきた。見ている人たちはときどき息を飲んだりたじろいだりし、ことに魅惑的な絵が破られたときや、破るという行為に胸を衝かれたときには少し嘆くこともあった。終わったとき、壁には木の枠しかなく、その下で、ずたずたになった異国の野菜の皮がとぐろを巻いたような青いテープが、カンバスの枠の下側に届きそうなほどまで積もっていた。絵はなくなった。残ったのは、ゴミの山となって存在するごたまぜの記憶だけ。ただ、むき出しの木枠は、破壊にくわえて、潔く重さを捨てた感覚と小説のフィナーレという静かな解放感を忠実に表現しうる可能性を明快に物語っていた。作品はAプラスの優等と評価された。学生新聞にジュールズとぼくの記事が載った。作品の手法はジュールズの画期的なアイデアだった。彼はその後ほぼ十年近くにわたってその手法を発展させて磨きをかけ、それが美術界での大人気につながった。彼の門出となる制作に参加できたことを光栄に思う。

タクシーからは無理だったが、帰り道に大聖堂の写真を撮ってジュールズに送ってやろうと決心した。彼は覚えているだろうか。さりげなく気持ちを表現すること――かけがえのない友人に昔を懐かしむメッセージを送ること――は、以前のぼくなら不安になって考え込んだだろうが、いまは楽しみだった。基本的にすべてのことが、未知のことさえ、というかとくに未知のことが楽しみだった。まさにそれが、町はずれの埃っぽい道端に立つ見慣れた白いスタッコの門のところでタクシーを降りたぼくの眼の前にあった。

スタッコの門は車を進入させないためのもので両側に塀はないので、その横をまわって下水溝をまたぎ、地面に突き刺した羽ペンのように、すらりとした羽毛のようなポプラの高木が両側に並ぶ長い私道を歩いていった。並木を除けば玉石の砂利道にすぎない私道だが、イタリアのあらゆるものと同じように、周囲の状況のおかげでどういうわけか土と石以上の風格があり、両側で波打つアルファルファの海に延びる白いリボンのように見えた。時はまさに正午で、太陽は明るくすべてのものを照らしていて、ぼくの影は小さく、ぶんぶん飛びまわる虫の羽音は、ぼくの若いころに聞いた暖かい時期の外の音と同じだった。何かの理由で、その場でその音を聞いたことに驚いた。そのホワイトノイズ、それぞれのさえずりが奏でる不協和音が、この偉大な半島の風格にそぐわないような気がしたかのように。それでも、その音を聞けたことに感謝した。その音を聞いていると、あまりの暑さで自分がいる場所以外のことは何も考える気にならないアパラチア地方の夏に、爆発して土のほかはなにもなくなった緑の世界を目的もなく好き勝手に農道を歩く少年のような気分になった。そういうつもりで道の途中まで歩いていくと、トランペットの滑らかな音が聞こえてきたので、一瞬幻聴かと思った。音はだんだん大きくなった。緑色の地平線の奥からゆっくりと姿を現わした屋敷で鳴っているのはアメリカのジャズのクールなサウンドだった。瓦屋根の下の四階部分はクリーム色の柱廊になった壮麗な三階建ての邸宅で、窓という窓は全部開いていて、その脇に木の葉の裏側と同じ薄緑色の鎧戸がついている。大きな円形の車回しはレンガ敷きだった。二階から突き出した小さなテラスが玄関扉の庇（ひさし）になっている。磨き上げた硬材で作られた玄関扉は珍しいほど高さがあり、窓と同じく開け放たれて館（やかた）の中心を貫く大廊下が見え、同じく開け放たれた裏扉の奥にのびる芝地が、反対側に立つぼくから見るとネオンのように光っていた。すべてがずっと色鮮やかに見えた。

いまや音はかなり大きかったが、壁の向こう側のどこかでトランペッターが吹いているかのように心地よく耳に響いた。ぼくは玄関口のすぐ外、太陽の下に立ち、いまいる場所をじっくりと味わい、ここに至るまでのことを考え、これから何が起きようともすべてのことに感謝したとき、頭に何か落ちてきた。エミリア地方の鳥にフンを落とされたかと思ったが、手で髪をなでても汚れはつかなかった。また落ちてきて、今度は目の前で跳ねた。

手を伸ばして、レンガに落ちたそれを拾い上げた。手入れされた爪のようにつやつやかで輪郭のはっきりしたピスタチオの殻。顔をあげると、二階のテラスで笑みを浮かべて、ローストしたナッツを食べながらぼくを見おろしている物理学者が見えた。「おりていくよ」そう言って、姿を消した。

彼は、時間が空くと――イタリア男全員が趣味でやっているかのような――サイクリング（身体にぴったりしたショーツとジャージを着る）や水泳（身体にぴったりした水着を着る）をしている活動的な人だと知ってはいたが、こんなにも元気で引き締まった身体の人に出迎えられたことにやはり驚いた。髪の毛も、写真では御しがたいもつれ髪のごま塩頭だったから、アインシュタインの有名な白髪頭に対する敬意なのか――美術業界に無数にいるウォーホルやデ・クーニングふうの装いをした男たちと同じように――と思っていたが、いまはきちんとカットされ、ぼく同様にはげかかってはいるものの、また繰り返しになるが、イタリアのあらゆるものにあてはまるように、はるかに風格があった。白髪まじりの顎髭もきっちり刈り込まれて、一本刃のカミソリで剃ったと思われる完璧なラインを描いている。彼はきっとそれを使っているにちがいない。だって彼はイタリア人でおしゃれだから。ジーンズにすっきりしたボーダーのTシャツとグレイのニューバランスのスニーカーといういでたちでもおしゃれだった。言いたいのは、彼は物理学者に見えなかったということだ。太くて四角い黒のフレームの眼鏡のほかは。いや、眼鏡までかっこよかった。「ようやく会うときが来たね」彼は言いながら手を伸ばしてきた。「よかった。ようこそお越しくださった。案内しよう」
玄関の左側はオーディオルームだった——狭い四角い部屋の三方の壁に沿って天井までレコードが収納され、二つの窓の間におそらく超高級な音響システムが設置され、その正面に大きな椅子が一脚置かれていた。ジャズ・トランペットが流れていたのはここだった。音を聞いて、オーディオマニアが言う〝深み〟と〝ぬくもり〟のような言葉の意味がやっとわかったように思った。
その部屋に長くはいられず、物理学者の本の一節をその場で思い出すことはできなかった。時間の経過は意識の中で起きるというアウグスティヌスの解釈を説明する一節だ。アウグスティヌスに代わって彼は言う。

賛美歌を聴くとき、音の意味は、その前後の音で決まる……だが、私たちがつねに今この瞬間にあるのなら、どのようにその音を聴けるというのか？　それが聴けるのは……私たちの意識の基盤が記憶と予測だからだ。賛美歌、つまり歌は、統一された形態にある私たちの意識のある意味での現在……したがって、これが時間の正体である。時間は、私たちの意識においては記憶として、また予測として完全に現在にある。

「音楽はお好きかな？」物理学者が訊いてきた。考えこんでいたことが顔に出ていたようだ。ぼくは詫びて、彼の著書のアウグスティヌスが出てくるくだり、過去は意識の中の残留物のようなものだということを考えていたと話した。

「なんとも小賢しい口をきくやつだな、きみたちはそう言うよね？」彼は笑って廊下へ出た。ぼくは彼についていった。向かいはカクテルルームになっていて、ピンクサテンのソファ、ビクトローラ蓄音機、見たこともないアマリの掛け布など、大半はとても古いものらしかった。壁に掛かっていた――マリリン・モンローの黒に黒のシルクスクリーン――は本物のウォーホルにちがいなかった。

　この部屋の横は広々とした居間になっていて、フィアットが一台置けそうな暖炉があった。現代風の茶色のレザーのソファセットが広大に連なり、あちこちに座れる場所があり、そこかしこに本が積んであった――小説、美術書、教則本、料理本。木の台の上に小型テレビ。あちこちの隅で茂る観葉植物のケンチャヤシ。しばらく立っていると、高く丸い天井のロココ様式のフレスコ画に気がついた。

　そこを歩いてダイニングルームへ入った。古いテーブルと古い食器棚、現代風の椅子と壁に掛けられたどれも人の手がモチーフの白黒のアート写真。ぼくはレースのテーブルクロスがないかと見回した。見える範囲にはなかった。テーブルの中央に、陶器の皿と、やはり陶器製の手巻きのリング状のパスタ（トルテリーニ）が飾ってあった。「冬はここで食べるが」彼は言った。「夏は外で。こちらへ」いったん廊下へ戻ってからテラスへ出て右側、蔓の生い茂った格子の陰に木の長テーブルが置かれていた。そこなら少しは風があたるからそこへ座ろうと彼が言いだした。もちろんぼくに異存はないので、彼が示したテーブルの端に腰をおろした。彼は少しのあいだ席をはずした。

すべてがありえないほどエレガントだった。大きな石の板で作られたテラスは緑の庭に対して完璧な線を描き、外縁に点々と置かれたテラコッタの鉢のレモンの木のつややかな緑の葉が風でかすかに揺れている。高いマツの古木の木立から庭のずっと奥まで続く芝生はきちんと刈り込まれ、緑色の海のようだ。そのマツの木陰に、池に確実に流れるようにしつらえたバロック様式の石造りの噴水があった。すべてが、手つかずの自然空間かつ人間が自然界に獲得した空間にひと目で見えるよう設計されている。噴水の奥に、野菜畑を囲っているむき出しのパイン材の厚板と金網のフェンス、その右側にもっと高さのあるテニスコートの金網塀が見えた。なんとなく――見えなかったものの――ヤナギの木立の向こう側にプールがあるような気がした。

物理学者が、銀のワインクーラーを持って戻ってきた。シチリア島のホテルの部屋に運ばれてきたものとよく似ていた。そこには、コルク栓がついた地元名産ワインのランブルスコのハーフボトルとモレッティの瓶が二本入っていた。彼いわく、ランブルスコを冷やすあいだに飲むのにちょうどいいビールだという。ワインの横に、黄金の小石のようなごつごつした塊にほぐされたパルミジャーノ・レッジャーノの皿があった。「二十四カ月熟成だよ」彼は言った。「そこの道を行った先のチーズ屋の」モルタデッラ・ソーセージのスライスが、珍しいピンクの織物のように優美に盛られていた。切り口に四角い白い脂肪が見えた。数十年寝かせた、チョコレートのように黒く濃厚なモデナ産バルサミコ酢がまんべんなく振りかけてあった。

彼は二本のモレッティを開けて、小さなグラス——サンカリストのグラスと似たりよったり——のそれぞれに三分の一ほど注いで、ぼくにグラスとボトルを手渡した。「サルーテ」彼は言った。ぼくたちは出会いを祝して乾杯した。彼は特徴的な樹木やいくつかの建物を、そのあとその向こうのアルファルファを指差しながら、ぼくがすでに知っている彼の一族の過去の栄華物語を繰り返した。右手に見える別の池を指さして彼は説明した。「あそこは河岸だったんだ。水路とつながっていてね。昔は、地域全体に水路が張りめぐらされていた。農家はそれを使って作物を輸送した。とても効率的だった」いまのところ、この家にいるのはぼくたちだけだと彼は言った。「すぐにまた家族が来ることになっている。以前より家族は小さくなったが」まわりの格子棚で咲き誇る小さな白い花が風に揺れて雪のようだった。

「私に腹を立てているかもしれないね」口ひげについたビールの泡をぬぐいながら、彼がようやく言った。

「あなたがいなくなったときはそうでしたが、いまは違います」と答えたことが信じられなかった——自分が言ったことではなく、とにかく自分が何か言ったことじたいが。異常なまでに苦しく過酷な未来を空想してきたこれまでの人生では、著名芸術家や作家やうちの父親、とくに父とこんな会話ができればいいなと思い巡らし、明確な表現でなめらかで率直な会話を夢見るのに、そうした夢見た出会いが現実に起こりそうになるといつも、想像していた可能性は音を立てて消え、たいていは、ぼくの話に耳を傾けてくれるどころか、ぼくに話しかけたがっている人がいると思った自分に対して陰気でみっともない気恥ずかしさを感じるのがおちだった――小説を書けなかったことに対して、これと同じとても痛々しい思いがあるのではないかと今は思っている――のに、物理学者の一族が数世紀にわたって使ってきた屋外テーブルで彼の向かいに座り、恐れも不安も感じずに話し、もう怒ってないよと伝えている。ガードが下がったのではなかった――なくなったのだ（治療の効果）。しかもそれだけではなかった。親近感もあった。彼にしか感じないような、今後二度と感じることはないんじゃないかと思うような、声を預けてくれた人と築く親密さのようなもの。「いろいろと事情が変わったんです」

「心境の変化とか？　そうなるようなことを私がしたのかな？」子どもみたいにパルミジャーノをかじりながら、にやりとして彼が言った。

「というより人格の変化です。ぼくは最近ある経験をしました。一種の治療で――陳腐に聞こえるけど――ほぼすべてのものに対する感覚が変わってしまったんです。いまでも毎日、違うことを経験するたびにそれがわかります。でもあれ以来、多くのことに対して怒りを感じなくなったんです。あなたが行方不明になったこととか。治療の前は、あなたを見つけて首根っこをつかまえて、仕事を終わらせろと命令して、あなた一人の話じゃないんだとかなんとか言って――いえ、あなたの本だけど仕事という意味で――人は生きるために仕事をしなくちゃいけないとか、そういう人たちを苦境に置き去りにしてはいけないとか、さらに、終身在職権があって近々ノーベル賞を受賞するベストセラー作家のあなたには、ぼくみたいな人間に金銭がどんな意味を持つかとか、ぼくみたいに圧倒的な借金を背負った生活がどういうものかとか、借金した相手が、ぼくを放っておかないリシャードみたいな口やかましいガミガミ男と弁護団を雇っている巨大出版社なら特にそうだということがあなたには理解できないんだとか言うつもりでした……とても腹を立てていたし、とにかく必死だった。でも事情は変わったんです。誤解しないでください、借金がなくなれば本当に嬉しい。それは過去とぼくをつないでいる最後の糸なんです。でも、無理じいしたくはありません。あなたをさがしだせたら、助けてくださいと頼みたかっただけでしょう。それに、リシャードが心配なんです。彼はこれに多くのものをつぎこんでいます。それに、ぼくがもらった贈り物を彼はもらっていない。彼の苦しみがよくわかるんですよ。あなたがこれにノーと言えることは承知しているし、ぼくはそれでかまいません。ここには来たけど」ぼくはモレッティを少し飲んだ。

「『リシャード』と言うのは――リチャーズのことかな?」彼は自分のモレッティを飲んだ。一種の共鳴作用だろう。

「ええ、でも発音が違うんです。『リシャード』ですよ。フランス式というか、sを発音しない」

彼は驚いたような顔をしてから、少し嬉しそうにした。「ばかばかしい。私はいつもリチャーズと呼んでいる」これを聞いてぼくは嬉しくなった。「いずれにしろ」彼は話を続けた。「きみの借金のことは知らなかった。きみと出版社とのあいだに何かあるとは思ったが、彼らが私に話すはずはないしね」

　彼は、教授が学生相手にやる昔ながらの駆け引きに出た。自分が知っていることの十分の一だけ披露して学生の反応を見てから、それに合わせて自分の出方を決める。それでけっこう。ぼくには隠すことも守るべきものもなかった。わざわざここまで来たのだ。どんなことでも話してやる。「本を書けなかったのに、もらった手付金を使い果たしてしまって、その金を返さないといけなくなった。だから出版社は——まだぼくたちの出版社だと思うけど——不満に思っていて、ぼくにあなたの仕事をさせたくなかった。今回の仕事は、借金を清算するためのものです。ぼくたちが提出した原稿は、ぼくが使い込んだ金を帳消しにしていった。金を稼ぐというより、マイナスをゼロに戻していた。ゼロに戻さないと、ぼくが住んでるカリフォルニア州の法律では妻に影響が及んでしまう。自己破産しても問題は解決しない。でも、妻に罪はない。ぼくがだらしなかったせいではまり込んだ深みの代償を妻が払うと考えると耐えられない。アニーにそんなことはさせられない。ぼくのせいで彼女はもう十分苦しんだ。いまのぼくがあるのは彼女のおかげなんだ」

「そうだったのか。わかってほしいんだが、きみを苦境に追いやるつもりでこんなことをしたわけではない。きみの奥さんも。私はそういう人間ではない。すまなかった」そう言いながら眼鏡をはずして、落ち着いた目でぼくを見た。そしてこのたった一つの仕草によって、ぼくの顎、額、腰、爪先、ぼくの全身に食い込んでいた最後のくびきがはずれるのを感じた。頭の中の電極から、ネズミの脳に移植された髪の毛並みに細いインプラントの一つから信号が消えたかのように、それが不意になくなった。それを感じることができたのは、意識の中のあれがなかったからだ。それを感じるなり、ほんの一瞬、すばやく深く呼吸した。そして言った。「知ってます。いいんです。よくわかっています」

彼は首を振って、眼鏡を拭いた。「正直言うと、きみが書かなかった本がどんな本だったのか知りたいね。こういうのを英語で、でしゃばりな感じと言うのだが。英語を話していると自分は無作法だと感じるときがある」二人とも笑った。

「九十年代にウエストバージニア州で起きた化学薬品流出事故について書く予定でした。アメリカのその小さな州でぼくは育ったんです」

「そうだったのか」彼は活気づいて言った。「一九九六年のモノンガヒーラ川化学薬品流出事故。ありありと覚えているよ」

なぜそんなことを言うのかわからなかった。ぼくはビールのグラスをのぞきこんで、何か特別なものがあるんだろうかといぶかしんだ。川の名前まで正確だった。「世界的なニュースになったとは知りませんでした。国内ではほとんどならなかった。事故について何かしら知っているのは、あのときあそこにいた人たちだけだった」

「ああ、それはね――きみは誤解している――私はいたんだよ、ピッツバーグに。悪かった――私の話がそこまで進んでいないことを忘れていた。私は一九九四年から一九九九年までピッツバーグ大学の教授だったんだ。ファイルのどれかに履歴書がある。初めて手にした大きな職だった。事故のニュースを見たんだ。それと寒さ——低温！　あり得ないような気温。同僚とペットボトルの水を運んでいったのに州境で止められたよ、何と呼ぶのだったか？　警察(カラビニエリ)みたいだがちょっと違う……」

「州兵ですか？」

「そうだ、それ。州兵から引き返せと言われた。略奪や暴動が多発していて入るのは危険すぎると言うんだ。だから水を彼らに渡した。きっとトラックにしまわれて終わりだと思ったよ。ただごとではなかった、あのときは。あんなことがアメリカで起きるなんて信じられなかった。世間知らずだな！　ただごとではなかった。どうにも名状しがたいことだった」

ばかみたいに聞こえるが、目に熱いものがこみあげてきた。この企画の当初から、さらにそれ以前の、小説を書くという恐るべきことを思いついたときから、流出事故を実体験として覚えている人に地域外で会ったことはなかった。〝どうにも名状しがたい〟という言葉がぼくの中で爆発した。これまでもあらゆるものからまき散らされていた太陽の黄金のオーラがいっそう黄金色に輝いたように思った。そしてそのとき、腰をおろしたあと初めて、オーディオルームの外を飛びまわるジャズトランペットの甲高いビブラートと、さらには虫の羽音に気づき、その二種の音波を確かに耳にした。それぞれの観念的な音の表現を高める通信インパルスが聞こえた——〝感じた〟が正しいかもしれない——そして、その小説を書こうとした原動力はずっと、その話は本当だ、大災害は実際に起きた、すさまじく恐ろしく誰も助けてくれず狂暴で異様だった、それを経験した人々を変えてしまうほど破壊的だった、そして人々は永遠に変わってしまったとほかの誰かが言うのを聞きたかったからかもしれないと思った。誰かが〝きみの話を信じる。覚えている〟と言うのを聞くためだけ。

グラスを空けてからまた注いで、心を落ち着けた。「そうです」ぼくは言った。「あれは名状しがたいことでした、少なくともぼくにとっては。自分にはできるとしばらくは思いこんでました。登場人物を考えつくものの、彼らに語らせることができなかった。第三者ではうまくいかなかった。本当に言いたいことは、他にいろいろな声がないと弱まってしまいます。多すぎるエピソードと複雑すぎる関係性。さらに悪いことに、ぼくが目の前で話しているのに、信じてくれない人がしばしばいました。だから信憑性の高い本にしようとしたけど、それによって真実が見えなくなっただけでした。第一作は偶然の産物でした。短篇集の中のどれもぼくは書かなかった。前から存在してたんです。ぼくはそれを別の形式に移し替えただけ。たまたまなんです。だからうまくいった。でも二作めは——頭の中でそれを実現させるために懸命に努力しました。作家でいようと本気で努力したんです。今日、そのことをいろいろ考えました。前は自分は画家だと思っていて、そのせいでいくつか問題が起きて、そのあと文章を書いて、自分は作家だと思って、そのせいでいくつか問題が起きて、だから今は、そもそも作家だったのか、やっぱり違ったのかはっきりしません。わかるわけないですよね。別にいいんです、わからなくても。正直なところ、若いときに理由をよく考えもせずに物を作っていた自分が懐かしい。本を書く理由はたくさんありました。自分は賢い、自分には才能がある、前からあった物語を文字にしただけだとしても第一作を書いたのは紛れもなく自分だ、ぼくは〝独創的〟になれるなどと自分に納得させるためです。いまは、独創性とは認識の幻想にすぎないと思うようになりました。それにもちろん金がほしかった。妻といい暮らしをして家族を養えるように。独創性などみじんもない話ですが。

つまり、立派なことを成し遂げたいと心から思ってました。でも、それがだめになったのは、立派であれば人がぼくを嫌うのをやめるだろうと期待したからです。みんなに嫌われていると思い込んでいたんですよ。病気でした。過去のもつれをほどいてそれを書き直せば、未来を書き換えられると思ったんです。自分が夢見た未来に、つまり夢見た〝自分〟に到達できると思った。ぼくが恐れていた未来、恐れていた自分とは正反対の、そしていうまでもなくぼくが手にした未来です。ぼくは失敗した。要するにそういうことです。でも治療したあとは、失敗したというが、それはありのままの現状を認識しただけのことじゃないかと考えてます——自分の未来をうまく操ろうとして過去にとらわれたあまり、それを二つに、半分は後ろへ、半分は前へ引き裂いてしまった。でもそんなとき、あなたは堂々と消え、目覚め、自分の視点を持ち続ける。あなたは自分でいる。ぼくは駄目な人間でした。でも、もう違う。無駄話をしてすみません。こんな明快になったことが新鮮なんです。まだ、それをどうするか結論は出ていないんです。ぼく以外の誰にも意味はないでしょうけど」とりとめなく話しながらずっと両手の中のビールを見つめていたことに気づいた。昔から恥ずかしいときにそうする癖がある。顔をあげると、興味深そうに優しく見つめ返す物理学者と目が合った。

「謝ることはない。無駄話ではないよ。私の話を何時間聞いてきた？　それに、きみがここにいるのは私のせいだ、来てくれて喜んでいるがね。会えてよかった。きみは私が予想していた人とは違ったな。ずっと物柔らかだね。写真のきみはなんというか――」ふさわしい言葉を少しさがしてから結局あきらめて、写真のぼくを大げさに真似て見せた。とても無愛想な感じ。ぼくたちは笑って、飲み、トレイのチーズをかじった。「きみは昔からこうだったのか？　治療前から。そう呼んでいるよね？　よく知らないが、かなりのものに違いない――きみの話からすると。興味が湧いたよ、むろん私が首を突っ込むことではないが」

「いつもは平気で話せるんです。むしろ、救われる人がいるかもしれないからその話を広めなければならないと思ってます。でも、あなたに対しては、正直言って、話すのがこわい。無分別だと思われるでしょうから。または非常識だとか」

「私は、時間は存在しないと――彼らがそう理解しているように――人に説明して生計を立てているのだよ。話してみなさい」彼はランブルスコのコルクをぽんという乾いた音を立てて抜き、二個のグラスを泡立つ赤い液体で満たした。ぼくたちはもう一度乾杯した。英語のせいで薄められていたイタリア人らしい彼の情熱が、しだいに戻ってきたようだった。おつまみと酒のせいかもしれない。ぼくは少し時間をかけて呼吸し、あたりを見回した。どこもかしこも緑があふれ、動きが感じられる――葉の一枚一枚、水面、青い空に浮かぶ布切れのような雲。

「五月二十二日、セラピストはぼくにサイロシビン・マッシュルーム五グラムを与え、二十年以上患った自殺性うつ病を消し去る旅（ジャーニー）へいざなってくれました。どう聞こえるかはわかります――非合理で、思慮に欠け、馬鹿げていて、ニューエイジっぽい――でも、そこから始まるんです。科学が進んだから手法は信頼に足ると思える――目的を決めてから、心の中のもつれを薬にほどかせる。ジョンズ・ホプキンス大にはそれで十分なんだ」

彼は背筋を伸ばして首をかしげた。少し中座していいかと断ってからテーブルを離れて小走りで家の中へ入り、ナイフとパルメザンチーズの残りを持って戻ってきた。

「ワインとチーズがある。太陽は明るい。私はここだ。聞いているよ。好きなだけ話してくれ」

ぼくは彼を見た。彼はぼくを見た。ぼくはワインを飲んだ――ベリーと穴蔵の香り。ぼくの結婚生活より古いチーズをかじった。花がくるくるまわりながら落ちた。

「よかったらお見せしましょうか？　報告書を」

彼の眉が弾むように動いた。「見せていただこう」

ぼくはノートパソコンを取り出して、チャートを開いた。治療が終わったその朝、すべての記憶が鮮明なうちに作ったものだ。デニースから言われてそれを作成した。〝治療報告書〟と彼女は呼んでいる。被験者全員に報告書の作成を要求するのだと彼女は説明した。体験したことの意味を理解し、教訓をまとめることは治療という点から見て役に立つからだけでなく、報告書のデータを集めるためだ。「すぐにチームでそれの研究に取りかかる」彼女は集めたデータについてそう言っていた。「何が出てくるか楽しみね」自分の体験をできるだけ多くくまなく書けるならどんな形式でもいい。「直線的に書こうとしたんですが」ぼくは物理学者に言った。「できなかった。で、思いついたのがこれです」

治療報告書

氏名：■

日付：二〇■年五月二十二日

投与量：サイロシビン五グラム

注解：これはおおよその記録である。体験したことのほとんどは言葉をはるかに超えるものだった。経験を表現する言葉がないのは、その計り知れない解放する力によるものだった。また、時間の経過にあてはめることができない。言語と時間的現実を整合性のある順序でどうにかまとめようとしたが、最終的に創作となった。

追記：〝苦しみ〟はすべて非常につらいという意味。

再追記：蛇から風景や室内まで陰気なものはすべて、ぞっとするほど恐ろしかった。明らかに私のうつ病の表出である。言われたとおり、私はそのすべてに向かっていき、そのたびにそれは消えてなくなった。

段階	視覚	感情	身体感覚	空間／時間	教え／啓示	聴覚
導入部 （継続時間：10 - 20 分）	アイマスクをつける。 すぐに不気味なアニメ顔が現われる――邪悪なロビン・フッドみたいな。 そのあとそれと同じものがいくつも出てきて無限に繰り返される。 顔どうしが壁紙の模様のように互いにつながる。 それらは私を破滅させたがっている。	恐怖心がふくらむ。	重さ 20 ポンドの毛布を掛けている。とても寒く、体が震えている。泣きじゃくる。	揺らぎだす。	手放さなければならない。	デニースは、私の知らない言葉を唱えている。彼女の声から別の声が聞こえてくる。私の声ではなくたぶんアントニーの声。「顔は関係ない、感覚の問題だ」
	たくさんの顔がとてもまぶしい中へ溶けていく……	えも言われぬ恐怖!	ここまで激しく泣きじゃくったのは生まれて初めて。 泣いていると口が横にどんどん伸びていく。その口から頭を先にして私の体が出てきて、そのあとその口からまた別のがにょきにょき出てくる。無限に繰り返す。 顔が２つに裂ける。 体は分子レベルでばらばらになる。 痛っ。	崩壊している。	死ぬとき。	同上。 その後、ロケット噴射の内側にいるようなすべてを焼き尽くすものすごいとどろき。
大きな死――または――ビッグバン （持続時間：不明）	巨大な爆発は無限の空間となる。とても静か。すべての光、すべてのエネルギー――宇宙の作用が明かされる。言葉にならない。	純然たる平安、自由、喜び、愛。表現できない。	肉体はなくなった。	崩壊した。	私は死ぬ……そしてすべてに迎えられる。調和。愛は強い力だ。ほかのことは説明できないだろうが忘れることはないだろうと直観する。	すべての感覚が混じり合ってひとつになる。エネルギーの一本の柱のように。 声に出して言った。「いまわかった」

段階	視覚	感情	身体感覚	空間／時間	教え／啓示	聴覚
大きな死――または――ビッグバン					さよなら／こんにちは	
第1段階――または――多くの死（持続時間：60分）	ピーチ色の光が集まっている。1羽の鳩がその中を飛んでいく。それは私の祖母だ。	ピーチ色の光=私に対するアニーの完全な愛／私のたましいを一面におおうアニーのたましい。	私に対するアニーの完全な愛／私のたましいを一面におおうアニーのたましい。	同上。	“私”がどういう形態になろうと、私は二度とひとりではない。	すべての感覚が溶け込んでひとつになった。それと、ごろごろ鳴る音。
	光は緑色のメソアメリカ風のセラミックのタイルへ入り、死者の祭りの骸骨が頭についた巨大な蛇（私が最も恐れているもの）となる。飛行船くらいの大きさ。骸骨が私にクワッと笑い、“私”を食べるために鎌首をもたげる。それは私のうつ病。	恐怖。	恐怖。	瞬時？	それに食べつくさせなければならない。	竜巻の中にいるような音。タイルがかちかちいう音、蛇の笑い声。
	骸骨が襲ってくる。が、私を食べずに粉々に砕け、骸骨の中、脳みそがある部分にベビーベッド。	喜びと愛。理解。	息切れ、ぬくもり。	同上。	大声で叫んだ：「私は父親になりたい！パパになるのが待ちきれない。ずっとそうしたかったけれど私の病気で子どもを害してしまうんじゃないかと心配だった。でもいまはちがう」	楽しい音。出どころは不明。
	すべての色とすべての光、私はもう一度死ぬ、そしてまた死ぬ、そしてまた死ぬ、が続く。	恐怖、そのあと身をまかす、そのあと平和、喜び、感謝、理解、愛。繰り返す。	星の爆発。そのあと細かいちりが降ってきてまとまり、星のようなものになり、それがつぶれてブラックホー	“私”が死ぬときに崩壊し、私が再び集まるときにまた集まり、“私”が死ぬときに崩壊し、が続く。	“私”は存在しない。手放す自由。対話：「デニース、いるの？」「ここにいるわよ」	唱える声。シタールか？一時的にドラムの音。

段階	視覚	感情	身体感覚	空間／時間	教え／啓示	聴覚
第1段階――または――多くの死			ルになる。繰り返す。		「戻ってきてるように思う」「いいのよ、でもあなたには捨てるべき死がたくさんある。それでいいの。手放して癒やされる。あなたはよくやってる。そばにいるわよ」	
	色がそれぞれの場所に固定されはじめた。そのあと私は自分が見ていることに気づく。そしてこれが、海を見晴らすデッキに座る若い男となった。そのあとこの全	畏怖の念。	ぬくもり、笑い。			コラール？声が言った。「とてもシンプル、とても美しい」

段階	視覚	感情	身体感覚	空間／時間	教え／啓示	聴覚
第1段階——または——多くの死	部が逆に、最後から最初に向かって起きる。＊3枚続きの水彩画を見よ。				[illegible]	
	テクニカラー構造の宇宙が全方位に、すべての方向に波打ちながら広がっていく——“私”はその一部だ。その上で白黒の不鮮明なエネルギーの波——ミスト——がしぶきをはねかける。そのときすさまじい痛みを感じる。私が自殺していたら、誰かに味わわせていた痛みだ。見ているとそれはアニー、兄、父を襲いながら宇宙を移動していく。そのすべてを無理やり感じさせられる。そして、どうなるかわからないがそのあとで彼らと再会するまで痛	悲嘆、苦悩、後悔、そして手放すことから人生の感謝へ。終末の感覚。	私の自殺と遭遇したあと私は自分の体にまた落ち着く。明快さを感じて起きあがりアイマスクをはずす。	現在に戻る。	アイマスクをはずしたあと、感謝の念がわき起こって涙を流す。声が言った。「自殺しなくて本当によかった!生きていて本当によかった。苦痛の原因を世界に放出しなくて本当によかった。ありがとう、デニース。きみは命の恩人だ」私たちは抱き合う。これが第1段階の最後。	まばゆい恍惚とした音楽。出どころは不明。

段階	視覚	感情	身体感覚	空間／時間	教え／啓示	聴覚
第1段階——または——多くの死	みを感じていただろうと気づく。白黒のぼやけたエネルギーが集合して私の死体を象徴する象形文字となる。私は目をそらさない。にらみ返すと調和の取れた色へと溶けていく。私は起きあがってアイマスクをはずす。澄み切った意識を感じる。デニースは私のそばに座っている。					
第2段階——または——肉体の回復＊（持続時間：90 - 120分）＊第2段階は非常に明確なパターンをたどった：オーブが次々に宇宙の成分から飛び出て集まってくる。各オーブ内部はミストで毒された景観になっている。各オーブは私の体の部分に対応している。デニースはその部分をマッサージし、私はミストが弱っていくのをみつめ、そしてついに景観はよみがえった。そのあと私は死んで、	毒草の野原。ミストは土の中から飛び出してきて、野原を静かな緑に戻す。	数十年間で大きくなってきた痛みが取り除かれる。謙虚と感謝。	毛布なし。右脚全体が痛む。痛みはマッサージで緩和していく。左脚はこれまでになく調子がいい。脚が真空状態でつぶれ、そのあとふたたび作られたような感じに近い。	時空の外。	うつは私の体のすみずみを痛みで満たした。	寄せ集めの文化の音楽。どこの言葉かわからない。古代インド語だと思う。
	アラスカの海岸が工業化による死滅から繁栄へ進む。鳥たちが上昇気流に乗って空を飛んでいる。	同上。	左の胸郭：痛みが消えて軽やかに。	同上。	同上。	同上。
	動物の骨でいっぱいの山の洞窟が崩壊し、オリーブの林が出てくる。	同上。	左の尻：痛みが消えて軽やかに。	同上。	同上。	同上。
	不快でじめついたセコイアの森が絶え間ない雨で再生	同上。	胃：痛みが消えて楽になる。うつのせいで何年も悩まさ	同上。	大きな声が言った。「うつのせいで完全に胃がやられ	同上。

段階	視覚	感情	身体感覚	空間／時間	教え／啓示	聴覚
また始まる。私に思い出せるのはこういう光景。	する。		れてきた胃の不調が消える。突然空腹を感じる。		てた。いいぞ、早く食べたい!」	
	枯れていたオークの木立が復活して生い茂る。	同上。	顔：痛みが消えて楽になる。	同上。	同上。	同上。
	オークの根が私の顔を通って前歯まで伸びてくる。私は歯の中へ入る。ステージがある。ステージ上に歯医者の椅子がある。そこに座る私は幼い。歯科医は私の右前歯をペンチで引っこ抜く。乳歯は壊死していた。その歯の中にミスト。私は絶叫した。	痛み、記憶、理解。	右前歯：ずいぶん古い痛みが追い払われた。そのあと理解と許し。	同上。	父に裏切られたと思ったのはこれが初めてだった。でもこのとき父が感じていた苦悩と無力感を私も感じた。大声が言った：「父は精一杯やった」感謝の念。	同上。
	高原の湖。雪のような灰が降る。穏やかな雨が降り続いて浄化される。	同上。	背中：痛みが消えて楽に。	同上。	声が言った。「もっとハイキングに行かなくてはならない。ハイキングは回復のための手段だ」	同上。
	左に遠く離れたところに砂漠の洞穴。焚き火が燃えている。10代の父がそばに座っている。とても悲しく一人ぼっち。父の兄が死んだ。ある認識のあと、その火がめらめら燃えあがって彼を飲み込み、砂漠の絵を残す。	私は彼の痛みを感じる。すさまじい痛み。そこから学ぶ。	左腕：現場。	父が過去に感じた痛みをいま感じている。	そのときの父と接触できないだろうがそれでかまわない。私が生まれたとき、私は父を癒やし始めた。	乾いた木の枝を吹き抜ける風。

段階	視覚	感情	身体感覚	空間／時間	教え／啓示	聴覚
第2段階——または——肉体の回復＊	焼き尽くされたブドウ畑はすっかり再生した。ブドウは創世以来の全人類だ。	明らかにされる教え。	胸。	時空の外。	声が言った：「人間は怖がりすぎだ、とくに愛を。多くの痛みは愛に対する壁のせいだ」	弦と接する弓。
	私の肉体が再建され、回復したのち、宇宙の中心に浮かぶように3つのオーブが出現した。＊できるだけ早く図を描くこと。	＊図にする予定。	肉体を超える。	同上。	＊図にする予定。	雪の降る由緒ある町の大聖堂の聖歌隊。
	ふたたび宇宙の構造：愛情で作られたテクニカラーの無限の糸巻き。ミサゴ1羽が現われてくちばしで宇宙の切れ端——私はその一部——を引っぱり始めた。ぐいと引かれるごとにミストはモニターのノイズのようにまだらになる。それを見て、私はミサゴが大変悪いことをしているのがわかる。そのとき気づく：こうしてうつ病が生まれるのだと。	秘密が明かされたあとの驚きと方向感覚の喪失。	同上。	厳密に目撃している瞬間。	大いなる悟り：うつは愛の機能不全である。人生のどこかで、自分の愛が人に届くという感覚を失った——父、ベン、アニーはそれを感じることができた。拒絶されたフィードバックのように私の愛が送り返されたように感じた。つまり過ちだったように感じた。孤立したとも感じた。ごく簡単だ。説明できないがいまは理解している。そのあと、うつの紛れもない愚かさが私の全身で爆発した。20年たって、それは消えた。お笑いだ。私は起きあがって第2の明晰	外で木々がこすれる音、虫の羽音が聞こえる。小川を流れる水の音。

段階	視覚	感情	身体感覚	空間／時間	教え／啓示	聴覚
第2段階——または——肉体の回復＊					な状態にはいり、アイマスクを持ちあげて言った。「いまの自分が好きだ」それまで一度も言ったことのないセリフだ。そのあとアイマスクをするりと落として倒れた。これが第2段階の終わり。	
第3段階——または——ベッド段階（持続時間：150-180分）	音楽が始まると、私は2つに引き裂かれ、そのあと粒子に分解されてからようやく再び自分の肉体として組み立てられるが、セラピー用ベッドの上にいる現在存在する自分の肉体ではない。同時にウエストバージニアの子ども時代に使っていたベッドと、ブルックリンのベッドとオークランドのベッドにいて、時を超えてそれぞれの自分が回復している。私はそれぞれの体でこれを目撃し、経験している。それぞれの眠っている体の意識の中で私はそのときに関係する記憶に戻される。たとえば、W	落ち着きが高まっていき、生きることにわくわくする。	扇状に開いたトランプみたいに一度にひとつ以上の自分がいる。同時に、体内を振動が移動し、自分の細胞が再整列して調和するのを感じる。	同時に複数の時間に存在している。	時を超えて自分は癒やされた。過去の自分の痛みはそのままだが、つぎの自分では回復が少したやすくなり、その次はもっと、と続く。	フンフルトゥの“孤児の嘆き”無数のミツバチがまわりで飛んでいるような振動で包まれる。

段階	視覚	感情	身体感覚	空間／時間	教え／啓示	聴覚
第3段階——または——ベッド段階	Vのソファで酔いつぶれる父とか。＊内訳リストを作る必要がある。					
	目覚めるとオークランドの自分のベッドにいる。部屋は灰色で暗い。だがそのときあらゆる表面から、分厚いほこりの層——それが最後まで残ったミスト——のように消えはじめる。渦を巻きながら壁にかかる鏡に吸い込まれて、暖かく明るい部屋になる。私は小さな死を遂げ、また部屋で生まれ変わる。暗いが前ほどではない。そのあと同じことが起きる——ほこりが鏡に吸い込まれていって太陽が残る。私の気分はとてもいい。私は死んで——何度も繰り返し、最後のときが来る。目覚めると自分の部屋で、暖かく朝日に満ちあふれている。ベッドの私のそばにいるアニーを感じる。そちらに向き直る。そして目覚める。	暗い部屋で目覚めたとき、うつの頂点のときとまったく同じ感じがする。目を覚ましたことが悲しく、その日感じることになる痛みを不安に思い、どうにかして死にたいと思う。でも暗さが消えると気持ちは落ち着き、自由になり、元気がでる。そのとき私は死ぬが、こんどの死は穏やかだ。抵抗しないことにする。私はただ自分をばらばらにさせ、また元に戻させる。一度ごとに容易になり、一度ごとに気分が晴れる。私はこれを100回の死と呼ぶ。その最後に、生きる意欲を感じている。この意欲を言葉で表わすことはできない。そのとき目覚める。	こんなことができるとは思っていなかったやりかたで休んでいる……そのとき目覚める。	何かの始まり／何かの終わり……そして目覚める。	声が言った：「早くシャワーを浴びて、コーヒーを飲み、アニーに会いたい。生きるのが楽しみだ」そして目覚める。	誰かがピアノを練習している大きな家にいるかのようにときどきかすかに音楽が聞こえる。それに、遠くで草刈り機が使われている。目覚めたときでも。

チャートを見せたとき、物理学者はくすっと笑った。大きくわけて三つの段階があることと、その一つ一つに異なる効果と感覚的体験があることを簡単に説明しようとした。目的はうつ病を治すことだったから、遭遇するものはすべてそれの象徴だった。「ご自分でスクロールして見てもらうのがいちばんでしょう」

彼は興味深そうにチャートを見ながら、共感に満ちた声を出し、ときどき首を振り、笑うことさえあった。彼があるマス目を指さすと、ぼくがそれについて説明を加える。彼をじっと見ないようにした。なのに、ついじっと見てしまった。見ずにいられなかった。

しばらくして彼は椅子の背に寄りかかって画面を指さした。「ここのこれ」彼は言った。「これ」彼が指さしていたのは、その後書き直した第一段階のある部分だった。まさにぼくが彼の量子重力理論を実際に目で見た瞬間を伝える部分だ。「詳しく説明してもらえるかな？」だからぼくは説明した。でもここではできない（弁護士）。

「すばらしい」説明し終えると彼は言った。「それだ。そのとおり」彼は微動だにせず、とても落ち着いていた。身体を動かす前に一つ一つの動きを考え抜いているかのように。

「で、水彩画の注釈、男のこと。それをお持ちかな？」

「あります！　リュックの中、本のどれかにはさんであります」バッグの中からそれを見つけだして、彼に渡した。きめの粗いコールドプレス紙にインジゴで描いた小さな三枚の絵だ。それらについては多くを語ることはできない。「実際のところはスケッチです、感覚的な。うまく描けていない。でも、なんとか記録しておきたかった。うまくいったとは思わないけど楽しかったです」

彼は絵を手に取り、ぱらぱら見てから、無言で一枚ずつじっと見ていった。深い溜め息を一つついたあと、彼はまた眼鏡をはずして両目を揉んだ。ランブルスコをたっぷりと一口飲んでから、二つのグラスにまた注いだ。「すまない」彼は言った。「これを見て思い出したことがある。少し整理してから説明するよ。でもまず、もう少し見たい」

「どうぞ」

彼は絵を手にしたままコンピューター画面に目を向けた。庭を縁取る丈の高い草が風で揺れた。「ここで」彼は言って、第二段階のある部分をまた指さした。「きみが言っている図はどこに?」

「まだ作ってないんです——何度か作ろうとしたんですが、うまくできなかった。紙はありますか?」

彼は家の中へ駆け込み、小さなメモパッドと鉛筆を持ってすぐに戻ってきた。ぼくは絵を描いて、次のように説明した——

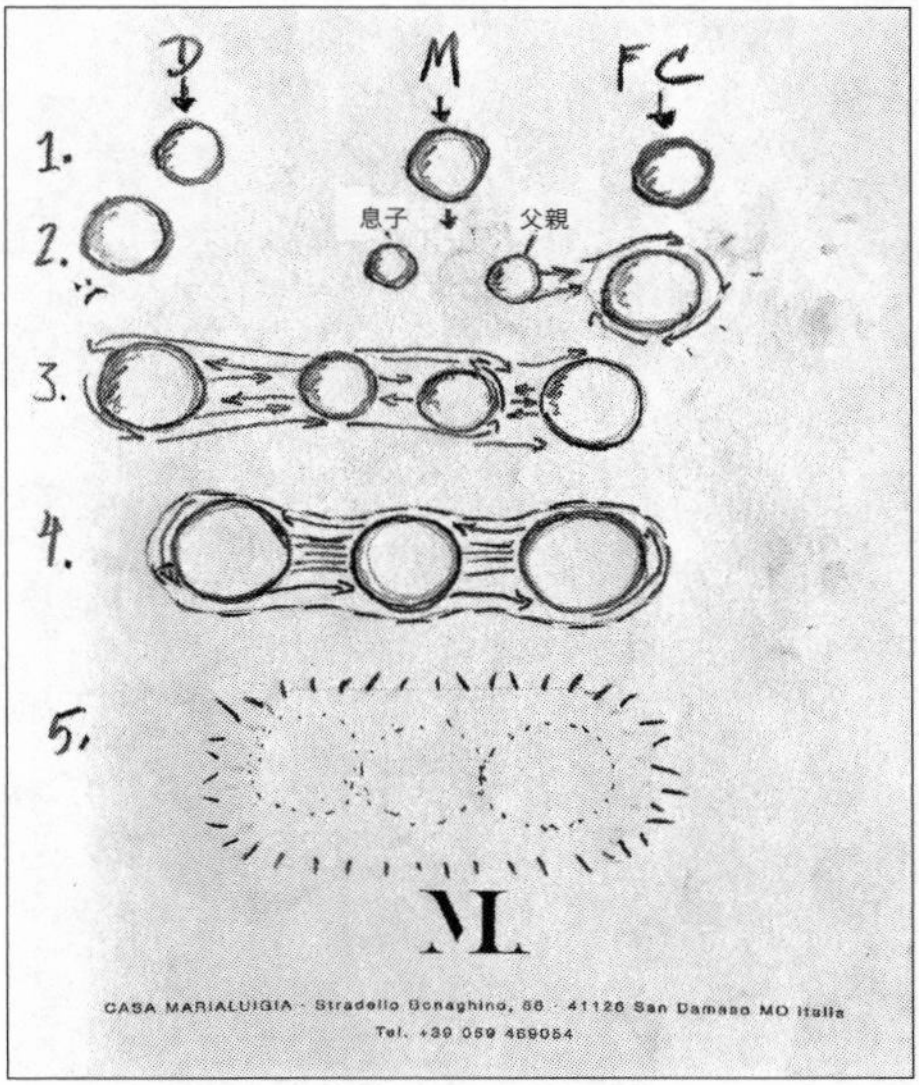

ここに描いてある円はエネルギー球体です。

1　三つの球体は、ぼくの父（D）、ぼく（M）、ぼくの潜在的な未来の子ども（FC）。

2　父親になった自分を想像したとき、ぼくの球体は未来の子ども球体へ――電子を交換する原子のように――エネルギーを送り出した。でも、何かが間違っていた。ぼくは自分の一部を〝父親〟として区分けしたので、ぼくの球体は小さめの二つの球体――息子と父親――となって分離した。ぼくの〝父親〟球体は〝未来の子ども〟に接近したが、別の一個はその場を動かなかった。この分離によって、ぼくが子どもに向かって送ることのできるエネルギーは弱まった。なぜなら、それを発する球体は小さかったからだ。これがぼくをひどく悲しませた。また、ぼくの父はまったく孤独なことに気づいた――ぼくは父に何も送っておらず、父はただ漂っていた。

3　これに気づいたとき、ぼくのもう一つの球体、〝息子〟として分離したぼくの一部が、父の球体とエネルギー交換を開始し、〝息子〟球体を成長させた。成長したそれは、ぼくの小さめの父親球体を軌道上に引き戻そうとした。父のエネルギーは、ぼくが一つの球体に再結合する手助けをしてくれていた。

4　ぼくが再び一個になると、ぼくと父とのつながりが強くなればなるほどぼくは強くなり、子ども球体により多くのエネルギーを送れるとわかった。同時に、子ども球体に送るエネルギーが増えるほどそれは大きく成長し、ぼくを通して父にまでエネルギーを送り返せるようになった。

5　結果として、三つの球体間で純粋で明瞭なエネルギーが調和して動くネットワークが作られた。

ぼくが説明し終えると、彼は身体を椅子に沈めた。「きみはお父さんにこのことを少しでも話したか？」

「まだです。今後も話すかどうかわかりません。父にはわからないと思う」

「そうか。で、きみの潜在的な未来の子ども――は潜在的なままか、それともいまは確実なのか。訊いてよければだが？」

「潜在的なままですが、いつか確実になることを願っています。こういうことになるまで、そうなることをどれほど望んでいるか気づきもしなかった。以前のぼくはとても病んでいて、わからなかったんです。とにかく無理でした。そういう未来を生きる自分を想像できなかった、それまでのぼくは。まあ、想像したとしても、それに気づかないようにされていました、それで意味が通じるなら」

「意味は通じたと思う。きみの未来でそうなることを私も願っているよ」そう言うと彼はうつむいてチャートに戻り、残りを読んでいった。結末に満足したらしく、椅子に深々と座った。またもや彼の顔の奥に静けさが広がった。気分を害してはいなかった。ちがう――その瞬間の喜びとほかの考えとのあいだで引っ張られているかのようだった。ランブルスコもチーズもなくなった。モルタデッラが載っていた木のトレイに脂の染み。物理学者は、ぼくから顔をそむけて草を眺めた。彼は首を振っている。疲れたのか退屈なのかはわからなかった。とにかくその場を沈黙にまかせた。

「ありがとう（グラツィエ）、ありがとう（グラツィエ）」ようやく彼が言った。「たいへんおもしろい。嘘じゃない」そして、失礼すると言いおいて家の中へ入り、カンパリのボトル、グラス二個、氷、大瓶のミネラルウォーターを持ってきた。一つずつ飲み物を作ってくれた。「回想録に取りかかっているあいだは」彼は切り出した。「作業手順は申し分なかった。気に入ったよ、ほかの仕事はあってもね。きみはとても優秀だった。ところが一つ問題が起きた。きみが書いた原稿の校正を始めたら、それが私の記憶になったんだ。なっただけじゃない――私の記憶を消して、それと入れ替わった。原本を取り戻せなかった。たとえ自分の音声データを聞いたとしても、それは戻らないだろう。すべての記憶がいまや、きみの声に変わった私の声というフィルターにかけられてしまった。イタリア語で思い出そうとしても、私のイタリア語ではなく、きみが話しそうなイタリア語になった。私は物理学を研究して生計を立てていて、相互作用しかない、一時性しかないと人に言っているのに、そんな私でさえときどき、こんなものを失くすことがあるのかとショックを受けることがある。最初は一時的なものだろうと思った。だが、時間がたつにつれてどんどんひどくなった。記憶を失いながら、私は自分を失っていた。思いもよらないことだった。パニックになった。それがオフラインにした理由だ。というか、それが理由だと思った。でも、それだけじゃない。いま、べつのことに気づいた。

　じつはね、きみのことはC-SPANで知ったんだ。ブックTVで。アメリカで過ごした十年間で私が見られるチャンネルはC－SPANとPBSだけだったから、いまでも第二の故郷が恋しくなるとインターネットで見ている。きみが《LAタイムズ》ブックフェスティバルで朗読した物語がとても好きだった。それだけじゃない、とくにきみの話し方が気に入った――ピッツバーグの友人たちを思い出したんだよ。同じアクセント。テレビを消しても頭からきみの声を消せなかった。私がきちんと英語を話せるようになった場所と同じ英語をきみは話していた。物理学のことを書くのは――さほど難しくはない。でも、回想録を書くには、きみが必要だと思った。話し方が同じだったからね。それが理由だと思う。こうして私たちは共同で作業することになった。だがパニックに陥ってここに来たあと、奇妙な新しい記憶が生まれはじめた。既視感。むろん前にここに来たことはある――そういうことじゃない――どう言えばいいんだろう？　未来を思い出すというか」彼は自分のカンパリをかき混ぜて、また眼鏡を拭き、鼻梁をつまんだ。

「デジャビュは続いた、というより――何度もひらめくんだ、ここに来て毎日。きみが来るんじゃないかと思い始めた。そして今日、きみは来た！　ここに座る私たち、おつまみ、酒、太陽と落ちる花――すべて、私の予想どおりだった。だが、きみが治療のことを話し始めたとき、未来を思い出したのではないと気づいた。ちがう、全部私の記憶にあったことだ――大いなる悟りだと。ふん！　それについていろいろ言われてきた。いろいろと。正直に言うと、今日きみが話しだすまで、この仕事で私たちがそこに近づいていたことに気づいてもいなかった。きみの話が進むうちに、きみの報告書を見ているうちに、一九七八年に舞い戻ったように鮮烈によみがえってきた」

動作を誤れば彼を驚かせて話が止まるんじゃないかとまで思った。先に彼が飲むのを見てから、ぼくはカンパリを飲んだ。

「長いヒッチハイク旅行の終わりにサンフランシスコへたどり着いた。七八年の五月。街へ入って、ヘイトアシュベリーで似たような若い旅行者たちと仲良くなった。彼らと一緒に車でゴールデンゲートを渡って、ボリナスという町の海辺の家へ行った。不思議な場所だったよ。翌朝早く——私の二十二歳の誕生日だ——私はテラスで座っていた。あたり一面に深い霧が立ちこめていて、ビーチの波も見えなかった。そこでシビレタケを大量に食べたんだ。トリップの度合いが深まってくると、テラスは同時に二つの場所になった。太平洋を見晴らすテラスなんだが、ここ、この屋敷でもあった。二十二歳にして座って夢見ることに人生の多くを費やしていたのだな。霧にはある種の働きがあった——師とでもいおうか。それは私が見られるものと見られないものを選別した。私の関心を誘導した。イタリアのこの場所を見るときは、霧から落ちる花へと形を変える。すると、その花が人間の形になった。その見知らぬ人間は、未来から来た赤い顎ひげの男になったり、話をする落ちる花になったりした。その男は空間の成分そのものを見たと言って、のちに『私の』理論となるものを初めて語った。いや、語っただけでなく、彼は——霧か？——霧に包まれたテラスにいる私の前でそれを実際にやってみせた。絵が消されてまた描き直されるのを見ているようだった。描いていたのは私だったのだが！　それと、その声が私に説明していたときの私は、モデナにいる私の頭の中の想像物だった。だが私はモデナにいなかった。テラスにいた。でも、いなかった。私は絵になっていたからだ。気分が浮き立った。大いに意欲をそそられた。今日きみがチャートの内容について話してくれたことは全部、前に聞いた話だ、きみから。そしてこれ」――彼は水彩画を持ち上げた――「前にこれだったことがある。この経験によっていまの私ができた。それなのに、そのうちのどれも私のものではない」

いまは無風。だが花は落ちていた。

「もちろん、この話を認めることは、きみが私の理論を書いたことを意味している。確かに、きみは私の著作を読んだからそういうものを見たのだと言える。だが、そうすると私は、今から何十年も前にきみが言ったことを本に書いただけだと言える。では、それは誰が考えついたことか？　私かきみか、それとも私たち二人か、あるいは――別の意味で――誰でもないのか？　ずっとこの話を秘密にしてきたのは、幻覚剤のことを口にすれば、終身在職権委員会はおろか科学界がどう受けとめるか不安だったからだ。話す霧だなんて！　いまわかったよ。私が恐れていたのは幻覚剤ではない――話そのものだった。それは、その世界に存在する私の終わりとなるだろう。それを認める覚悟はできていなかった。それから逃げて、自分がどうなるか見ようとした。多くの講演で『未来は自由だと想定し、それについてあれこれ空想して事を複雑にするのが人間である』という自分の文章を引用してきたのに、いかにも私はそれを信じたくなかった。では、この話を本に書いたらどうなるだろうね？　たとえ、過去と未来に違いはないと主張する男についての本だとしても。きっと拒絶されるのではないか？　天才を崇拝し、我々が研究室で合成するものが地面から生じる物以上に自然だと思う一般の人々に、自然は自然のままではなく、そうなるように私たちが操作してきたものと考える人々に信じられるだろうか。それが私自身の終わりだと知りながらきみの話を聞くのは辛かった。だが一時性は一時性だ。抵抗するのは苦痛だ」彼はテーブルに落ちた花を手で集めてから宙に放った。

「すみません」ぼくは言った。「あなたから何かを奪ったような気がする」

「いや、やめてくれ——その必要はない。それは違う。すべて打ち明けてくれてよかった。いいんだ（バ・ベーネ）」彼は笑みを浮かべた。「訊きたいことがあるんだが？」

「どうぞ」

「この治療、そのときにきみが見たもの、きみへの作用——これはきみに残されたただ一つの手段だったのか？」

「わかりません。病気がひどく悪かったんです。うつのぼくは——二十年間、もやの中でさまよっていたようなものでした。自分の人生が見えなかった。そこから助け出してくれたプロセスを考えると、イエスだと思いますね、その手段しかなかった。それは本物の薬だと、治療だと感じました。手術みたいな。でも、ぼくが知ったこと、見たことに関して、それを治療と切り離すことはできないと思います。というか、それが治療だったんです。薬物を使用することが重要ではなかった。薬物がすべてを取り去ったあとに残ったものが重要なんです。ぼくが話すことはほとんど、これまで知ったことだったり感じ方だったりしますが、ぼくにとってまったく新鮮に感じられないんです。ずっと知っていたことだな、ずっと前にそれがぼくの現実だったときがあったんだなとどこかで思ってるんです。あのノイズが入り込む前。ぼくも訊いていいですか？ あなたがボリナスへ行かなかったらどうなったんでしょう？ 悟りは別のかたちで訪れたでしょうか？」

「当然ながら、それは何とも言えない。だが悟りや発見というものを人々は勘違いしている。それは創案という行為ではない。ずっとそこにあったものにようやく目を向けたその瞬間のことなのだ。ボリナスのあの日、私はまさに、自分が見て学んだことを混乱させた相互作用だった。私がやったのはそれを広めただけだ」

「あの絵をあなたに持っていてほしいんです。あれはあなたのものです」とぼくが言うと彼は同意した。

そのあと、かなり長いあいだ、何も言わずに座っていた。暖かく、静かだった。彼が腕時計で時間を見た。ぼくは空を見上げていた。家の中から、一世紀近く前にニューオーリンズのスタジオでルイ・アームストロングが吹いたトランペットが聞こえていた。

「もう心配しなくていいと知らせようと思うんだが？ きみはカリフォルニアにいる我らが友人に連絡するのだろう？ リシャードには」彼は言った。「私が電話しよう」

治療のことを話すたびに、少し沈んだ気分になるのはわかっていた。気にするほどではないが、気づかずにはいられない程度に。治療の一週間後のまとめの会で、よくあることだとデニースは言った。気分が沈むのはおそらく、いろんな意味で口にされることのない話をしているからだろう。「だから、あなたが人に話すことになる体験談は、あなたのジャーニーの話ではなく、その言い換えなのよ。あなたはそれを別のものに作り替えている」ゆえに距離と断絶を感じるのだと。これを解消するため、彼女がまず言い聞かせたのは、だれかれかまわず話す必要はないということだった。話したいのなら、聞き手を慎重に選ぶこと、そして、そのあとで必ず時間を作って、ぼくが経験したその経験と再びつながること——そのためには瞑想が最適だろう。だから、今夜そうするつもり。寝る前に瞑想しよう。

それまでのあいだ、ぼくは感情に逆らわない。ローマの街明かりで遠くの夜空がぼんやり光っている。双子はすっかり目を覚まして、二人でリキュールのフェルネットのミニボトルをちびちびやりながら話している。ぼくの中にいかなる憂鬱があっても、アニーに会うときには消えているだろう。ただ夢中でアニーにキスして、彼女の向かいに座れることを喜び、少しずれた歯並びに見とれるだろう。今日あったことを彼女に話す。物理学者に会ったこと、彼の屋敷、治療について話したこと、彼の反応、彼の話、そして最後に彼が言ったこと。「回想録に幻覚剤のことを書かないわけにはいかない。私たちはそれに敬意を払うべきだからね。でも、少し変えたほうがいいかもしれない——手短に、あいまいに、デリケートに扱うんだ。詳しく書きすぎないように——みんなはきっと信じないだろうけど」その部分の創作はきみに任せると彼は言った。「とびきりの話を思いついてそれを書けば、きみをゼロに戻せる」その相談と、非常識なことをしたお詫びに、もしアニーがうんと言ってくれるなら、金曜にローマで食事に招待したいと彼が言いだした。ぼくの名で予約してあるレストランに電話して調整すれば問題はないと言ってくれたことを話す。たぶん彼女は──驚くだろうが──小躍りして喜ぶにちがいない。話がすんだあと彼が、フレッチャロッサの停車駅であるボローニャまで車で送る──「道を行けばすぐだから」──と言ってきかなかったこと、途中で、友人のために大聖堂の写真を撮りたいのでモデナに寄ってもらえませんかと頼んで撮ったスマホの写真を彼女に見せる。列車を待つあいだにジュールズに送った写真だ。そして、ジュールズとぼくが、彼女と出会う数年前の大学時代に共同制作した話を覚えているかと彼女に尋ねる。ボローニャで物理学者と別れる直前、彼が「さよなら、私のゴースト」と言ったから、ぼくが「ゴーストライ、タ、ーですよ」と訂正したこと、さらにその前、物理学者の車にまだ乗っていたときに、ぼろぼろの古い封筒を彼が手渡してきて、見れば興味が湧くと思うが金曜日に返してほしいと言われたことを話す。それを──いま、フレッチャロッサに乗っているぼくの手にある封筒のこと──テーブルの向かいにいる彼女に渡しながら手荒に扱わないでねと注意すると、彼女は擦り切れた折り目をそっと開ける。中に、いまにも破れそうな黄色く変色した、ちぎったノートの紙数枚が入っていて、青いボールペンでイタリア語がぎっしり書かれている。ぼくには読めないが、勉強しているアニーなら少しは読めるから、なんて書いてあるのと訊くと、七八年五月と日付がついていて、何かの報告書かタイムラインらしい、手書きの文字はひどく読みにくいが、ある対話について書かれているようだと言うので、ぼくは明日グーグル翻訳で調べるから大丈夫だよと言う。つかのま不安を覚える。内容がわからないからではなく――わかっている――それを読んだら最後、何かを失うことがわかっているからだ。でも、それでかまわない。そのあと、わたしも話すことがあるのと彼女は言うだろう。

ぼくは封筒をバッグにそっとしまいながら、『山猫』と『激情』、LDの第一作にして絶賛された一種の枠物語である『マーメイド』のバーガンディ色の地に金色の文字の表紙を見る。ぼくの好きな物語、これまで読んだ中でも特に気に入っている一篇を開いて、その話が好きなのは、登場人物の一人がぼくとほとんど同じ名前で、何度読んでもディテールにわくわくするからだろうかと考える。実際、テキサス州中部で作家をしているその人物の架空の冒険談を読むと必ず、次の二つのどちらかが起きるように思う。自分を物語にあてはめ、自分の経験に勝手に置き換えて読む。または、それ以上に頻度が多く、ずっと奇妙なのは、彼の物語を読んでいると、これはぼくの物語だとふと確信し（ありえない。ぼくが生まれる数十年前に書かれた小説だ）、まだ訪れてもいない中年後期の人生へ愛情込めて送り返される。LDがそこまで正確に予言できたことに仰天した。この不思議なめぐり合わせに気づいていたのかとずっと訊きたかったが、訊いたことはない。

知り合ってまもないころに一緒に食事をしたとき、何気なく話を向けてみようと思ったことがあった。登場人物とたまたま名前が同じだという話から、ずっと訊きたいと思っていた質問へつなげるつもりだった。あるとき、その人物は彼自身の執筆活動をごく短い言葉でまとめる。「何が起きても、原稿用紙に書き、形を整え、光をあてるのだ」ぼくがずっと知りたかったのは――LDがそう信じているかどうかだった。彼女はそれを実践しているのか？

しかし、食事中に機会があったにもかかわらず、ぼくは訊けなかった。釈明しろと言っているように思われないか不安だった。だから一瞬パニックになってしまって、その日の午後に読んだばかりのジョン・バージャーによる『ウォルター・ベンジャミン』というタイトルのウォルター・ベンジャミン文学論のことを口にした。もともとは、すばらしい出来だと思って読んでいた小説で、題辞（エピグラフ）にウォルター・ベンジャミンの卓越した言葉が引用されている。作家たちは折に触れてベンジャミンという名前を出したがるようだったが、ぼくは彼のことを何も知らなかったから、もし自分も〝作家〟であるなら何か手を打つ必要があると思った。ざっと調べて、最も重要とされるベンジャミンの作品をさがし、オークランドの行きつけの書店で見つけてその朝購入し、いくつかの章を読んだのに、何を言っているのか――たった一文さえ――さっぱりわからなかったので結局あきらめ、ほんとうに頭が悪いなと思った。そのあと、ジョン・バージャーの『評論選集』の新しい本を持っていたのを思い出した（スマホで検索したらジェフ・ダイヤー監修の本だったが、その名前を見ても当時のぼくにはぴんとこなかった）。ジュールズから餞別としてもらった本だった。バージャーの『イメージ——視覚とメディア』を新入生セミナー（この本を読まないなら美術大学の新入生セミナーに何の意味があるのか）で読んで以来、ぼくがバージャーを高く買っていたのを知っていたからだ。『評論選集』の目次を見てウォルター・ベンジャミンに関する一篇があるのを知っていたから、ジョン・バージャーがぼくに理解できるようにウォルター・ベンジャミンについて書いてくれていることを期待して読んだ。まあ、少しは書いてくれていた。

そして、たぶん今夜、ガス燈で照らされた永遠の都の迷宮をアニーとぶらぶら歩いて戻りながら、ぼくはこのすべてを打ち明けるだろう。そのあと、LDと食事しながらぼくが言ったことをやっと話す。「今日、すごいものを読んだんだ。ウォルター・ベンジャミンが、彼の夢はいっさい引用のない本を書くことだと言ってる。ぼくが次にやりたいことはずばりそれだという気がしてる」

「おもしろいわね」LDは麻婆豆腐から顔もあげずに言った。「誰の作品で引用されていたの？」

どう答えるべきかわからなかった。バージャーの評論で見つけた引用だとは話してなかったからだ。

「どうして訊いたかというと、あなたがベンヤミンを読んでいないのはわかっているし、ベンヤミンなんて誰も読まないし、読んでいるという人は大嘘つきだと知っているからよ。

彼が言ったことを少しでも知るには、どこかで引用されているのを見つけるしかない。でも、それでまったく問題ないわ。そういうものなの。ものすごく長いヒナギクの花輪みたいに繰り返されていることよ。それに――〝ベンヤミン〟と発音する。〝ベンジャミン〟でなく」

顔から火が出た。両目に箸を突き刺したくなった。

彼女は青島ビールを一口飲んでぼくをまともに見た。ぼくの顔の奥にある感想の出所をつきとめたにちがいないと思えるような厳しいまでの誠意と同情に満ちた目だった。「いいのよ。本当に。恥ずかしがるのをやめなさい。みんな、誰かに言われてやっと正確な発音を知るの。百年前に誰かがわたしに言って、いまわたしがあなたに言った。いつかあなたが誰かに言うことになるけど、できればそのとき相手にばつの悪い思いをさせないように。本当のことを知るのはそれしかないの。さあ、言ってみて。ベン‐ヤ‐ミン」

「ベン‐ヤ‐ミン」

「ベンヤミン」

「ベンヤミン」

「よろしい。それだとしっかりわかって話しているように聞こえるわ」

謝辞

本書も私の人生も、この人たちの信頼と寛大さ、指導と協力がなければうまくいかなかっただろう。リーガン・アーサー、セアラ・ボウリング、ジョン・ゴール、リベカ・ガードナー、ハフィザ・ジーター、ヘンリー・グラビン、ルイーズ・グリュック、ゲイブ・ハバシュ、ジョウカスタ・ハミルトン、デイナ・ホークス、リタ・マドリガル、アイザック・メドウ、ティム・オコネル、クリス・パリス＝ラム、ジョーダン・パブリン、ウィル・ロバーツ、ロブ・シャピロ、ジェレミー・シャーマン、ブライアン・ティアニー、クノップ社およびガーナート社の優秀な人々、私の友人、家族、とりわけライアン・ブルワー。

非常に貴重な方法で私を援助し激励してくれた次の組織のすべての人々に対して限りない感謝を捧げる。ブレッドローフ作家協議会、スタンフォード創作課程、T・S・エリオット財団。T・S・エリオットが住んだ家に特別の恩義を感じている。本書の大部分をその家で書かせていただいた。私にとってこれほど大きな意味を持つ場所はほとんどない。

私の第一の恩師であるマイケル・グリーンに一度もきちんと礼を述べたことがなかった。

グリーン先生、ありがとうございました。

解説

作家
円城塔

著者のウィリアム・ブルワーはウエストバージニア州生まれ。二〇一六年にデビュー詩集となる ***I Know Your Kind*** でナショナル・ポエトリー・シリーズを受賞。本書は受賞後第一作の長篇小説となる。

主人公は、書くつもりでもなかった短篇小説集が売れてしまったために、新作長篇の契約を結ぶことになってしまった作家である。作家という自覚はあまりなく、自己認識としては（売れない）画家である。

人づきあいに深刻な悩みを抱えている。

新作の作業が進まず悩む主人公のもとへと転がり込んでくるゴーストライターの仕事。とある著名な物理学者の自伝を書くというその仕事は奇妙に主人公になじむのだが、物理学者からの連絡はあるところで途絶えてしまう――といった流れの中で、量子重力理論や幻覚剤が入り乱れながらお話は展開していく。

作品の構成は重層的で、ページを開くとまず「↓」が現れる。これは主人公の乗る列車を示すものでもあるし、時間の流れを示してもいる。主人公の乗る列車はイタリアを南北につなぐフレッチャロッサ（レッド・アロー／赤い矢）。物理学者であれば、矢と聞けば「時間の矢」の話を思い出すだろうし、「赤」といえば赤方偏移を思い浮かべる。過去に向かう矢の登場かと身構えることになる。主人公が向かっているのが、「量子重力理論」を専門とする物理学者のところであるとなるとなおさらだ。

時間の矢とは、方向を持ち、流れる時間の比喩である。重力理論によれば、重力はその矢の進路を「曲げる」ことが可能であって、なんなら輪を描かせることもできる。量子重力理論の頭についた、「量子」論は、ミクロな現象を確率として扱う理論であって、しかしそこではどうもマクロな現象とは異なることが起こっているようでもあり、決定論的にひとすじに進んでいくはずの世界が可能性をぶちまけられたように見えたりもする。

現代に至るも「重力理論」と「量子論」の統合は果たされておらず、ミクロとマクロの間での奇妙な分裂状態が続いているのだが、主人公が訪ねようとしているのはその理論の第一人者であるらしい。

そこに架空の化学物質がかかわっていき——というSFとして読むこともできる。

主人公は、ウエストバージニア州で生まれ育った。

豊かな自然に恵まれたこの州について多くを語れる人は少ない。ピッツバーグの名前が思い浮かぶかも知れないが、それはお隣のペンシルベニア州である。

石炭鉱業で繁栄したが、現在は苦境に追い込まれている。

二〇一四年には、州を流れるエルク川に、石炭の洗浄に使われていた「4-メチルシクロヘキサンメタノール」が流出するという事故が起きたりもしたが、大きな注目を集めるということもなかった。

主人公はその子供時代の一九九六年、モノンガヒーラ（これもウエストバージニアを流れる川）で「ヘキサシクラノール9」の化学物質流出事故に遭遇する。

主人公は、二作目の小説として、この流出事故を題材とした「偉大なるウエストバージニアの小説」を書こうと試みるのだが、うまくいかない。

小説を書けない小説家の層が物語へ重なっていく。

といったあたりから本書をめぐる不穏さは急速に強まっていき、主人公は自殺性うつ病を患っている。この描写は**作者が実際に体感を記したかのように**真に迫っているので、向かないと判断した方は手に取ることをおすすめしない。

作者が主人公に、化学物質の流出事故をモチーフとする小説を書かせよう（なんだかややこしいが）とした一因には、近年の北米大陸における薬物に対する態度の変化が影響しているはずである。娯楽用大麻の解禁が話題となることが多いが、鎮痛剤であるオピオイドの過剰摂取による死亡が急増しており、ウエストバージニア州が死亡率でトップに上がる事態ともなった。*I Know Your Kind* はまた、オピオイド禍をモチーフの一つにしている。

本書に出てくる固有名詞はほとんどがそのまま実在しており、調べていくと自伝的要素が強まっていく。そうしてみると、作者は「他人の自伝を書く作家」の姿を自伝として描いていることになりそうであり、作者は自分の知っていることしか書けないが、それをどう乗り越えていくかという種類の創作論などを読み出すことも可能になってくる。

そんな固有名詞たちの中からまずとりあげるべきはマイケル・ポーランの『幻覚剤は役に立つのか』（宮﨑真紀訳、亜紀書房、2020）、（原題は、*How to Change Your Mind: What the New Science of Psychedelics Teaches Us About Consciousness, Dying, Addiction, Depression, and Transcendence* ／心を変える方法：幻覚剤の新しい科学が意識、臨死体験、依存症、うつ病、超越について語ること）であるはずであり、これは（現在では法的に規制されているLSD等の）幻覚剤の医学的応用についてのノンフィクションであり、量子重力理論と並び本書のもう一つの柱をなしている。

作者自身は、うつ病の治療として幻覚剤を利用したセラピーを受けたことをInstagramで公表しており、そのつなぎ手は二〇二〇年のノーベル文学賞受賞者のルイーズ・グリュックであったのだという。

そういう意味では本書は（連邦法および州法の枠内でも違法であると思われる）幻覚剤を利用したセラピーの体験記という風に読むこともできるわけなのだが、そのあたりをどう受け止めるかは、作中でも語られているとおり（そしてマイケル・ポーランがその著書で強調を続けるように）、慎重な判断が必要となるだろう。

虚構の程度を探る意味で続けると、本書に登場する「ノーベル賞受賞も間近とされる著名物理学者」のモデルは、日本でも『すごい物理学講義』（竹内薫監訳、栗原俊秀訳、河出書房新社、2019）や『時間は存在しない』（冨永星訳、NHK出版、2019）で知られるカルロ・ロヴェッリである。ロヴェッリの提唱するループ量子重力理論はいわゆる超弦理論とは別方向の「もうひとつの統一理論候補」であり、スピンで測ることができるような、つながりとしての空間の幾何学自体を対象としており、原子自身の幾何学に注目する超弦理論とは対照的である。本書の中で言及される「図」と思われるものを『時間は存在しない』の中に実際にみつけることもできる。

であるならば、もしかしてこの物理学者を巡るエピソードや、主人公とのやりとりも「現実」のものなのかと考えたくもなるのだが、さすがにそのあたりは（全てが創作ではあるとはいえ）創作らしい。LITERARY HUB に掲載されているアンディ・キーファーによるインタビュー記事によれば、版元であるクノップ社はロヴェッリに校正刷を送ったが好意的な返事が戻ってきた由。

本書は好意的に迎えられ、二〇二三年のカリフォルニア・ブック・アワード（カリフォルニア在住の作家の作品に与えられる）で銀賞を受賞。『SF的な宇宙で安全に暮らすっていうこと』（円城塔訳、早川書房、2014）のチャールズ・ユウ、『ニックス』（佐々田雅子訳、早川書房、2019）のネイサン・ヒルなども賛辞を贈っている。むべなるかな、という顔ぶれではある。

様々な読みを可能とする本書であるが、幻覚剤の歴史にあまり詳しくない方は、とりあえずそのまま本書を読んでみることをおすすめする。それから『幻覚剤は役に立つのか』などの書物にあたってから読み返したなら、読後感はジャンルを左右するほど異なるものになるはずだ。そこでは、『幻覚剤は役に立つのか』という書物があたかも幻覚剤のように働いて読後感／世界観を変化させることになる。

しかし改めて考えるなら、読書というのは本来、そうした世界観の変化を引き起こす（危険な）行為だったはずであり、薬の効きすぎには警告をしておくべきであるかもしれない。

二〇二三年一二月

訳者略歴　英米文学翻訳家　訳書『その少年は語れない』『地上最後の刑事』『世界の終わりの七日間』ベン・H・ウィンタース，『燃える川』ピーター・ヘラー，『静寂の荒野』ダイアン・クック（以上早川書房刊）他多数

レッド・アロー

2024年1月20日　初版印刷
2024年1月25日　初版発行

著者　ウィリアム・ブルワー

訳者　上野元美（うえのもとみ）

発行者　早川　浩

発行所　株式会社早川書房
東京都千代田区神田多町2－2
電話　03－3252－3111
振替　00160－3－47799
https://www.hayakawa-online.co.jp

印刷所　中央精版印刷株式会社
製本所　中央精版印刷株式会社

Printed and bound in Japan

ISBN978-4-15-210305-5 C0097